东方文学
经典选读

Selected Readings of Classical Oriental Literature

马　维

缪　霄

施成群　编著

李红营

李林芳

云南大学出版社
YUNNAN UNIVERSITY PRESS

图书在版编目（CIP）数据

东方文学经典选读 / 马维等编著. -- 昆明：云南
大学出版社，2023
ISBN 978-7-5482-4943-6

Ⅰ. ①东… Ⅱ. ①马… Ⅲ. ①文学研究—东方国家
Ⅳ. ①I106

中国国家版本馆CIP数据核字(2023)第082018号

策划编辑：陈　曦
责任编辑：严永欢
装帧设计：刘　雨

东方文学
经典选读

DONGFANG WENXUE
JINGDIAN XUANDU

马　维　缪　霄　施成群　李红营　李林芳　编著

出版发行：云南大学出版社
印　　装：昆明瑾煋印务有限公司
开　　本：787mm×1092mm　1/16
印　　张：11.75
字　　数：237千
版　　次：2023年8月第1版
印　　次：2023年8月第1次印刷
书　　号：ISBN 978-7-5482-4943-6
定　　价：40.00元

社　　址：云南省昆明市一二一大街182号（云南大学东陆校区英华园内）
邮　　编：650091
电　　话：（0871）65031070　65033244　65031071
网　　址：http://www.ynup.com
E-mail：market@ynup.com

若发现本书有印装质量问题，请与印厂联系调换，联系电话：0871-64167045。

序：日出东方催人醒

——"外国文学"教学的反思与改革

"外国文学"是文学院汉语言文学专业的必修课，要求学生把握外国文学的发展脉络，对名家名作有清晰和系统的掌握，了解世界文学的发展演变规律。本教材的设计初衷是"外国文学"的辅助配套教材，或作为东方文学选修课的专用教材使用。外国文学史主要包括欧美文学和东方文学两大板块，但长期以来，由于欧美国家的影响力和教学课时的限制，实际教学中一直重视欧美文学而忽视东方文学。即使有条件的高校会专门开设东方文学方面的选修课，但课时仍然远远低于欧美文学。随着国家"一带一路"倡议的提出，加之东方经济发展的强劲势头以及东方文学丰厚的资源和悠久的历史，重新审视东方文化和文学成为时代的要求。可谓"日出东方催人醒"，重视东方文学的教学，有重大的政治意义和文化意义。

长期以来，"外国文学"形成了一套传统的授课模式，即以文学的发展历史为线索，对时代背景、作家生平、创作分期、作品简介、艺术特色和价值判断等逐一展开讲授，定义概念繁多，学生机械被动地接受知识，课堂参与度低，缺乏对外国文学名著的文本细读和联系现实的有效分析。马维老师带领的教学团队近年来一直致力于"外国文学"的教学改革，在国家级和省级的教学比赛和一流课程申报中屡获佳绩。他们积极应用推广"享—读—演—影—辩—比"的课堂环节①，现在又推出教材《东方文学经典选读》，同名线上微课也已投入使用，可以帮助同学们建构"东西合一"的世界文学体系，摆脱"欧洲中心论"。本教材的特色归纳如下：

1. 编撰体例不同。每章节分八大板块，分别是创作背景、推荐译本、情节概述、电影与文本对照、相关辩题、分角色朗诵、比较出真知、创意写作。如果没有

---

① 即诺贝尔奖作家分享、原著朗读、经典片段表演、电影与文本对照、小辩论、中外比较六个教学环节。

相关电影资源，则将"影文对照"板块换之以"文本细读"。

2. 导读风格不同。"创作背景"板块聚焦主讲作品的社会历史背景、作家的创作缘由等内容，把目光凝聚在作品本身。"情节概述"板块对原著作品的结构展开介绍，尽量还原文本，并点评细节，比之传统教材，更注重"文本细读"，而非"简练概括"。通常外语学院和文学院都会开设"外国文学"课，和外语学院不同，文学院主要是研究"翻译文学"，即研究中文译本，尽管译本传递了外国文学元素，但不能把它简单地等同于外国文学。传统的外国文学教学往往忽略翻译家对文本的影响，忽略不同译本带来的不同阅读感受以及翻译与原文的差异，新增的"推荐译本"板块旨在完善这方面的不足，以追溯译者艰难的翻译经历，介绍翻译家的背景等，拉近读者与文本的距离。阅读东方文学名著，重在"得法"，一味追求尊重原著的译本未必有助于理解，比如初级学者先接触明白晓畅、通俗易懂的译本反而更好。"比较出真知"板块，则是选取一到两个比较文学的角度，打通东西方文学的联系，激活文本，引发共鸣。比如单纯讲解印度史诗《罗摩衍那》会让初次接触的学生感到遥远和陌生，但引入"孙悟空形象源自《罗摩衍那》"的比较文学案例，学生就容易接受了。

3. 特色板块凸显教学改革理念。全书最具特色的是"影文对照"板块。由于时代和地域的隔阂，阅读东方文学最大的障碍是难以依托文本建构形象，比如川端康成《伊豆的舞女》，文字清新脱俗，着意于细腻幽微的感觉，但由于中日文化和审美的差异，中国读者很难依托文本建构起合理的形象，而山口百惠出演的同名电影正好可以有所补益。但电影绝不等同于文本，所以由教师专业引导进行"电影与文本"对照，帮助学生还原文本形象，弥合时代与地域的隔阂，感受文字表达的独特魅力就显得十分重要了。

4. 课堂环节不同。供课堂教学使用的板块主要是"相关辩题"和"分角色朗诵"两个板块。传统的文学课堂基本上是教师的"一言堂"，课堂小辩论是引发学术争鸣和头脑风暴的最好方式，"相关辩题"板块由作品主题或人物延伸出2~3个辩题，做到"一课一辩论"，把思辨的精神贯穿到每一堂课上，正所谓"真理越辩越明"。特别是很多文学中的问题没有标准答案，应该给学生灌输一种"立场不同，情境不同，则结果不同"的看问题的方法，不能固化思维，要拓宽视野，发散思路。"分角色朗诵"板块为小说中的每一个主要人物设计了一段朗诵词，以符合她（他）的性格特征，呈现核心故事情节，专供在课堂教学中由学生现场朗诵。这个教学环节简单易操作，可以使学生更好地参与课堂，融入文本，最短时间内理解小说人物。有条件的学校还可以进一步开展经典片段表演等课堂活动。

5. 练习作业不同。传统的练习作业一般是针对定义、概念或艺术特征的简答题，其实文学课的终极目标是写作。"创意写作"板块依据主讲作品设计一个仿写训练或改写训练，真正运用和模仿一些名家名作的写作方法，以实践的方式理解写作的过程，不但一些定义、概念不必再死记硬背，而且写作技能也可得到提高。

除了以上五大亮点，本教材的整体编写风格强调可读性，不仅可以供课堂教学使用，也可以作为案头阅读的自学材料，并且配合同名微课带给学生声、光、影、色、文的多维度立体学习感受。教材建设是一项长期而艰巨的任务，作为教学改革的组成部分，本教材大胆创新，但作为一项新的探索，还有很多值得改进的地方。我们真诚希望使用本教材的老师和同学提出中肯的意见和建议，帮助我们不断进步。

禹志云
2022 年 9 月于丽江文化旅游学院映雪湖畔

目　录

导　论

　　教材命名为《东方文学经典选读》，主要目的还是聚焦作品，强调文本细读。把"东方文学"看成一个板块，其实是无奈之举。首先是地域范围过于广大，涵盖亚洲和非洲；其次，亚非各国差异很大，历史沿革、发展阶段、文学传统都有很大的不同，不像欧美各国联系非常紧密，有共同的源头和几乎同频的步伐。所以本教材的编写思路是在浩如烟海的东方文学宝库里采撷最璀璨的珍珠，开阔同学们的文学视野，建构兼顾东西方文学的"世界文学"体系。

　　东方文学历史悠久，其产生可追溯到公元前15世纪，远早于古希腊文学，拥有多个"世界之最"。例如，古巴比伦的《吉尔伽美什》是迄今所知世界上最早的史诗，印度的《摩诃婆罗多》是世界上最长的叙事长诗，日本紫式部的《源氏物语》是世界上最早的长篇写实小说，其他还有有"最壮丽的纪念碑"之称的阿拉伯民间故事集《一千零一夜》，有"千古绝唱"之美誉的印度梵剧《沙恭达罗》，等等。进入20世纪，大批东方作家获得诺贝尔文学奖，搭建起了东西方文学交流的桥梁。

　　东方文学和文化内部虽然存在着多元化的源流，但这些源流之间具有很强的联系和共性。亚洲文学的共性主要是重感悟和直觉的思维方式，表现出以伦理为本位、以道德为重心的文化特质，以及浓厚的宗教意味等等。非洲文学的共性则是书面文学产生较晚，其发展充分利用当代世界文学的成果和经验，受殖民文化影响，呈现出混杂性特征。

　　本教材按照传统的分期习惯，在纵向时间轴上分为上古文学、中古文学、近现代文学和当代文学四个阶段。

　　第一个阶段是上古社会。最早的东方文学发源地是在不同的地域范围里各自独立地形成和发展起来的，它不像欧美文学那样有同源的"两希传统"，而是形成了古埃及、古巴比伦、希伯来、古印度、中国五大发源地。这个阶段，教材主要介绍古巴比伦史诗和古印度史诗。东方史诗是上古东方人历史和文化的表征，和西方史诗有相通相合之处，但在精神和价值取向方面有很大的不同。本教材注重细致的文本分析以及对照比较，在东西方的交流对话中，展现东方文学的独特魅力和精神风采。

　　第二个阶段是中古社会，即封建社会阶段。随着生产力的发展和人类交往能力的增强，出现了更为广泛的文化交流，但东方各国进入封建社会的时间各不相同，有的时间差距很大，导致了发展的不平衡。在这一阶段，基督教文化圈、伊斯兰教文化圈、佛教（包括印度教）文化圈以及新儒学文化圈形成，文化的繁荣带来了东方文学的黄金时代。本教材选取了这个阶段的经典文学代表——日本女作家紫式部创作的长篇小说《源氏物语》加以介绍，将日本的古典美学范式发挥到极致；阿拉伯民间故事集《一千零一夜》，"故事套故事"的结构对西方的《坎特伯雷故事集》《十日谈》都有影响；印度的梵语诗人迦梨陀娑将古已有之的《沙恭达罗》改编成了非凡的戏剧。

第三个阶段是近现代社会，这是东方各国政治变动最剧烈的时代。所谓"乱世出英才"，异常复杂的时代图景和危机感使东方人开眼看世界，视野一打开，文学也随之繁荣。这个阶段，东方作家已经进入西方读者的视野，比如亚洲第一位诺贝尔文学奖获得者泰戈尔，他的诗歌以哲学和宗教上的深度引起了西方的共鸣；日本近代文学的代表夏目漱石带来了日本式的批判现实主义，而日本第一位诺贝尔文学奖得主川端康成用细腻的笔触让西方人了解到纤细幽微的日本之美；一度衰落下去的希伯来文学也在以色列作家阿格农的笔下重放异彩。

第四个阶段是当代社会。东西方文学和文化的交流更加频繁，诺贝尔文学奖俨然成为世界文学交流的大舞台。本教材按照获奖的先后年度展开介绍，尼日利亚作家索因卡思考和忧虑着非洲的过去和未来；埃及作家马哈福兹记录和呈现着新的阿拉伯世界；日本文学表现出新的"二战后"气象，大江健三郎用存在主义的哲学方式书写着"暧昧的日本"；南非白人作家库切焦虑着后殖民时代的新南非；土耳其作家帕慕克怀念着昔日帝国拜占庭的辉煌和神秘。

尽管挂一漏万，但本教材努力在横向上囊括古巴比伦、阿拉伯、印度、日本、埃及和非洲的一些国家，目的就是打开一扇窗，让同学们透过窗口看见更广阔的文学世界。当然，限于篇幅，我们展示的仅仅是东方文学的"冰山一角"，希望这"一角"能起到抛砖引玉的作用，带领同学们关注东方，打开视野。

第一章　上古文学

第一节　古巴比伦史诗《吉尔伽美什》

创作背景

　　"古巴比伦王颁布了汉谟拉比法典，刻在黑色的玄武岩，距今已经三千七百多年……我给你的爱写在西元前，深埋在美索不达米亚平原，用楔形文字刻下了永远。"这首风靡一时的歌曲《爱在西元前》充满了神秘的西亚元素，若欲一窥消失千年的两河流域文化，还得走进人类历史上最早的文学珍宝——史诗《吉尔伽美什》。《吉尔伽美什》用阿卡德语中的巴比伦方言创作，用楔形文字铭刻在12块泥板上，因一位英雄国王的名字吉尔伽美什而得名。

　　一般认为，西亚两河流域中下游地区的美索不达米亚平原是人类最初文明的发祥地。大约公元前3000年，这里从氏族社会末期向奴隶制社会过渡，出现了苏美尔人的城邦，其中乌尔、乌鲁克等城邦较为强大，史诗《吉尔伽美什》的故事就出现于此。"两河"指底格里斯河和幼发拉底河，发源自土耳其山区，流经叙利亚等国，在伊拉克南部合流注入波斯湾。"美索不达米亚"源自古希腊语，意思是"两河之间的土地"。美索不达米亚文明大致分为三个阶段：第一个千年（公元前4000年至公元前3000年）的苏美尔—阿卡德文明，苏美尔人成立了最早的城邦，阿卡德人建立了最早的帝国；第二个千年（公元前3000年至公元前2000年）的巴比伦文明，阿摩利人创建的古巴比伦王国，颁布了《汉谟拉比法典》；第三个千年（公元前2000年至公元前1000年）的亚述—波斯文明，迦勒底人的新巴比伦国王尼布甲尼撒二世，不仅建造过"空中花园"，还征服犹太人，制造了"巴比伦之囚"事件。公元前330年左右，马其顿国王亚历山大大帝征服此地，两河文明自此黯淡，渐渐为人所遗忘。

　　美索不达米亚文明对现代社会的影响首屈一指，而苏美尔人所建立的乌尔、乌鲁克等王国又是迄今为止考古所知出土较丰富、最早支配两河流域的国家。美国学者塞缪尔·诺亚·克莱默（Samuel Noah Kramer）在《历史始于苏美尔》一书中列举了两河文明多项的人类"第一"：第一个农业村落；第一座城邦；最早的天文历法和交通工具；最早的神庙建筑和学校；最早的法律、数学及音乐；等等。神秘又天才的苏美尔人无疑对周边各民族影响巨大。《旧约·创世纪》记载，希伯来人的祖先亚伯拉罕来自苏美尔的乌尔城，后来移居巴勒斯坦。他们的法律借鉴了《汉谟拉比法典》的"同态复仇"原则，当氏族成员受到其他部落的伤害时，将对后者施以同等的伤害，即所谓"以眼还眼，以牙还牙"。而创世洪水又和早期苏美尔人流传的洪水故事有千丝万缕的联系。腓尼基人也从两河流域文化里吸收了大量养分，他们改进了楔形文字，于公元前1500年左右创造了早期的字母文字。公元前9世纪以后，经由希腊人、罗马人的相继改造产生的拉丁字母奠定了欧洲字母的基础。

学界普遍认为吉尔伽美什确有其人，他是两河流域苏美尔城邦乌鲁克第一王朝的第五代国王，被苏美尔的"历史学家"记载于涉及早期乌鲁克王朝的《苏美尔王表》之中。吉尔伽美什的生活年代大概在公元前2900年至公元前2800年间，传说其统治时间逾百年。乌鲁克第一王朝在苏美尔人心中十分伟大，国王吉尔伽美什死后不久就被神化，公元前2400年苏美尔地区出现了供奉他的神庙。史诗里说他"强悍、聪颖、秀逸"，"他手执武器的气概无人可比"，"大力神（塑成了）他的形态，天神舍马什授予他（俊美的面庞），阿达德赐给他堂堂风采"，"他有九（尺）的宽胸，十一步尺的（身材）!"[①]《吉尔伽美什》和其他的英雄史诗一样，被赋予了神奇浪漫的色彩。据推测，吉尔伽美什的故事首先以口头形式在民间流传了几个世纪，公元前2100年左右出现以苏美尔语撰写的文本形式，接下来的古巴比伦时期还创作了不同故事汇编而成的长篇叙事诗。直到公元前1300年前后，有人根据古巴比伦版的故事和叙事诗，改编创作了现今所能见到的12块泥板的《吉尔伽美什》，人类历史上第一部长篇史诗诞生了。这12块泥板主要依据亚述巴尼拔图书馆藏品复原而成，是以《见过深海之人》为题目的中巴比伦版本，即标准版史诗。

公元前2世纪，这部史诗随着楔形文化的消失彻底被淹没。两千年后的1872年，《吉尔伽美什》因英国人乔治·史密斯（George Smith）的考古和翻译而再次被发现。楔形文字虽然被美索不达米亚文明当作书写语言，但它们之间却并不一定属于相同的语系。"楔形文字"的英语cuneiform源于拉丁语，是由cuneus（楔子）和forma（形状）构成的复合词，当时人们书写时使用芦苇秆或木棒在泥板上刻画和压印，线条笔直，形同楔子，故此得名。17世纪第一个楔形泥板被带回欧洲时无人能读，到19世纪左右它们才被陆续破解，如今早已成为一门研究古史的学科——亚述学。史密斯的一生短暂而传奇，作为维多利亚时代工人家庭的儿子，他受

---

① 佚名. 吉尔伽美什 [M]. 赵乐甡，译. 南京：译林出版社，2018：4.

到的教育极其有限，年仅 14 岁就在伦敦的一家印刷公司当学徒。他着迷于亚述的文化和历史，业余时间自学了解楔形文字，26 岁（1866 年）受聘于大英博物馆协助专家整理泥板，5 年后发现了载有洪水故事的泥板。1872 年 12 月，在英国"亚述学之父"亨利·罗林森（Henrg Rawlinson）的主持之下，史密斯因演讲"迦勒底人的洪水故事"一举成名，于次年被派往伊拉克寻找泥板。在古都尼尼微的遗址里，史密斯很快发现了一块泥板，神奇的是，这块泥板正是之前破解的那块泥板断裂下来的残片，可以修补缺失的内容。史密斯连续三次前往伊拉克进行田野发掘，为大英博物馆购取了几千块泥板，其中许多与 12 块泥板的《吉尔伽美什》相关，并撰写了好几部著作。1876 年，在考古的回程中，这位 36 岁的传奇人物因病逝世于叙利亚。随着亚述学的建立和发展，《吉尔伽美什》也重新回到世界文学的海洋。

 **推荐译本**

两河流域作为冲积平原，缺少木石，人们就地取材，用当地纯净的黏土做成泥板，再用芦苇秆压印楔形符号，经晾干或煅烧后，泥板易于保存。楔形文字不是单一的一种文字，而是一个包括许多符号种类的文字体系。据乌尔第三王朝的史诗《恩美卡与阿拉塔之王》所传，乌鲁克国王恩美卡就是创造楔形文字的人。

公元前 3000 年左右，苏美尔文已是一套较成熟的文字体系，约有 2000 个符号，有音符和意符，也有实词和虚词。苏美尔的楔形文字是表意为主、表音为辅的表意文字，有一音多符或一符多义的现象，许多同音异义词会加上区别符号。苏美尔文学创作在乌尔第三王朝时期达到巅峰，但后来随着阿卡德帝国的崛起，苏美尔语逐渐被阿卡德语替代。阿卡德人改变了楔形文字的功能，使之前的表意文字变成了音节文字，而古巴比伦时期的巴比伦人、两河文明晚期的亚述人和迦勒底人也都继承了阿卡德语的用字方式。所以，楔文文学的历史长达 2500 年以上。19 世纪兴起于欧洲的古代美索不达米亚文明研究就是亚述学，楔文文献的翻译和破解也不过百余年时间。据《古代亚述简史》的作者奥地利学者卡伦·拉德纳（Karen Radner）介绍，任何接触过汉字的人都会比西方人更容易理解楔形文字。

改革开放初期，东北师范大学在林纯志先生的带领下率先建立了世界古典文明史研究所，他也是中国翻译楔文文学的第一人。1981 年，赵乐甡先生出版《世界第一部史诗〈吉尔伽美什〉》，成为第一个完整翻译《吉尔伽美什》的中国人。但因条件有限，两位先生只能根据二手资料来翻译。国际上亚述学的知识更新很快，有"半衰期十年"的说法。20 世纪 70 年代赵乐甡先生着手翻译时，所借鉴日文和英文版的《吉尔伽美什》底本，来自当时最新的 20 世纪 60 年代的成果，照译者本人谦虚所言："凑上韵脚，读来虽铿铿有质，'凑'上的也有得有失，于是这次只好按日、英文直译，求其通俗朴素，免加藻饰了。"作为《吉尔伽美什》翻译的开拓者，其译文优美准确，略带古风。1998 年，香港学者饶宗颐先生出版的《近东开辟史诗》所依蓝本也是英文译本，却尝试了用骚体的方式来翻译，语言精致古雅。

2006 年，中国的亚述学专家拱玉书先生首次根据第一手楔文材料，将苏美尔史诗《恩美卡与阿拉塔王》译成中文；2020 年，商务印书馆出版了他在 21 世纪的最新成果——乔治学术版的楔文摹本和拉丁音译翻译的《吉尔伽美什》，由此获得 2022 年春风悦读榜的"金翻译家奖"。拱译本可以说是目前为止《吉尔伽美什》的最佳中文译本。面对几千年前用结构完全不同的语言所写成的文学文本，翻译原则可用拱玉书的论文《谈楔文文学的汉译》中的观点来代言，即采取折中的白话韵文，使之读来有韵味，品之有诗意，白话里带一点古风，通俗中不缺少优雅，用字简明，言简意赅。《吉尔伽美什》史诗是古巴比伦人的伟大作品，也是全人类共同的精神财富。虽然亚述学在我国尚属冷门，但拱玉书先生前后历经 20 年，以非凡的专业功力、生动自然的语言，使历史上已知的第一个高度发达的文明——苏美尔文明于我们而言不再遥不可及，使 4800 年前统治乌鲁克土朝的吉尔伽美什走进了当今中国读者的视野，成为我们精神生活的一部分。

 **情节概述**

12 块泥板的《吉尔伽美什》史诗共 3000 余行，因泥板残缺现存不过 2000 行，全诗内容可分为四个部分：

第一部分包括泥板一、二，描述了吉尔伽美什的非凡身世。他的残暴统治尤其是霸占新娘初夜权的行为，让不满的乌鲁克民众向神申诉，使得阿鲁鲁神奉诸神之命创造了野人状的英雄恩启都与吉尔伽美什抗衡。恩启都被古巴比伦神庙中的神妓所引诱，欢爱七夜后，神妓教给他人生的常规，又指引他找到了吉尔伽美什。恩启都愤怒于吉尔伽美什压迫民众，两人激烈较量，不相上下，最后结为朋友。

第二部分包括泥板三、四、五、六、七，吉尔伽美什和恩启都结伴去森林深处征讨杉妖洪巴巴，在天神舍马什听从吉尔伽美什的祈祷而刮起的风暴的帮助下，两人杀死了洪巴巴。女神伊什妲倾心于吉尔伽美什得胜的英姿，请求做他的妻子，却被他指责薄情善变而拒绝。伊什妲恼羞成怒，向父亲阿努神哭诉，祈求造天牛消灭吉尔伽美什。结果天牛也被吉尔伽美什和恩启都除灭了。恩启都在梦中看到诸神集会决定要自己死，12 天后果然病倒离世了。

第三部分包括泥板八、九、十、十一，吉尔伽美什为恩启都哀悼，痛感人生短暂，怀着对死亡的恐惧找到了永生的乌塔纳皮什提，求问不死的奥秘。原来乌塔纳皮什提是在洪水灭绝人类后向诸神献祭才获得永生的奖励。临别时乌特纳庇什提牟指点他说水底有仙草,吃了可不死。吉尔伽美什刚刚找到的仙草却被一条蛇叼去了。

第四部分即泥板十二,吉尔伽美什有宝物落入阴间,他告诫帮忙去取回宝物的恩启都不可以在冥界做的事情,但恩启都还是做了。吉尔伽美什叹息世间万事都没有攫住恩启都,死亡却攫走了他。后来他终于与恩启都的亡灵相见,得知了冥府可怖的景况。

《吉尔伽美什》的篇幅并不庞大,却真实地反映了古代苏美尔—巴比伦社会的现实,具有浓郁的古代两河流域生活气息。乌鲁克居民呻吟于暴政之下的诉求,吉尔伽美什与恩启都的争斗场面,伊什妲求婚被拒后的阴谋报复,暴风雨下人们像鱼卵似的漂在水面上……史诗还间接地描述了狩猎、畜牧、兵工、筑城、造船、饮食场面,它们明显具有一定的技术水平和生产规模,都广泛而细节性地体现了古代西亚生活的面貌。早期英雄史诗都离不开对于人和神的解读。和后世的古希腊《荷马史诗》中的英雄相较,吉尔伽美什也经历了追求勇武胜利、建立国家功业的阶段,却不像阿基里斯视个人荣誉高于生命而不惧死亡,他为死亡深感疑惑和悲伤;吉尔伽美什也曾像富有智慧的奥德修斯那样,获得与挚友亡灵对话的机会,却不亲身下到冥府关心自身在世的短暂未来,竟转而追寻永生的奥秘。吉尔伽美什不是单一的偶像式英雄,他在历险之路上遇到狮子会颤抖,见到蝎人也会失色,哪怕终于遇见永生的祖先,他也经受不住考验、克服不了疲倦而大睡 7 天。作为统治者他有残忍无情的时候,作为平凡人他又有害怕死亡的一面,他的形象善恶并存,伟大中也有平凡人的诉求。追寻永生,是在追问人的终极意义,是人对超越精神的寻求,史诗开篇说他经历一切后心平气和,心境澄明,正是"精神永生"的表现。

《吉尔伽美什》中的神,既是超人力量的化身,也是苏美尔—巴比伦文化幻想的产物。和古希腊、罗马的神祇类似,他们存在家庭谱系的关系,也具有人的多重性格特征。美与战争的女神伊什妲多情善变、嫉妒狭隘;大地和空气的天神恩利尔勇敢又暴躁,降下洪水毁灭人类;诸神在发洪水时不安地像狗一样瑟缩地藏着,洪水后又像苍蝇一般聚集在敬献的牺牲旁。人和神之间的矛盾,实质也是人与自然的矛盾;吉尔伽美什不甘心像恩启都一样病死而长途跋涉寻求永生,象征着人对诸神安排命运的抗争。

至于史诗的主题解读,学者们从不同角度出发给出了不同的答案。从社会学角度看,若将神话还原为历史来解释《吉尔伽美什》,主人公和恩启都的关系反映了古代两河流域苏美尔城邦奴隶制文化和闪族原始游牧文化的冲突和融合。不顾诸神反对杀死洪巴巴和天牛,是生产力提高后的人类主体性逐渐成熟的表现。吉尔伽美什寻求永生，也是人类觉醒后对自然和生命奥秘的探索。从神话学角度看，有学者认为吉尔伽美什的生命历程是太阳运行历程的隐喻，勾勒了人与自然的隐秘关系。从生态批评的角度看，《吉尔伽美什》可作为人类文明之过的启示。吉尔伽美什和恩启都都来自大自然，他们参与建造城邦，形成人类社会后，就开始征服大自然。杀死杉妖洪巴巴，是人类大肆掠夺森林资源的象征，导致森林被毁、天灾频发，恩启都被诸神赐死，吉尔伽美什寻求不死仙草也无功而返。

 **文本细读**

片段一："雪松山的梦"（第四块泥板99—107行）

> 我的朋友啊，我做的第三个梦是这样，
> 此梦使我甚迷茫：
> 天在大声吼，地在隆隆响。
> 白昼静无声，黑暗已登场。
> 电光闪烁急，烈火高万丈。
> 火焰节节高，死亡如雨降。
> 火光渐暗淡，终于不再燃。
> 徐徐余火尽，一切成灰炭。
> 你出生在荒野，我们来商量一下如何办？①

片段一解析：

《吉尔伽美什》史诗对梦境的描述较为频繁，梦境产生之后由神或人来解梦，这些往往出现在故事发展的关键节点，起到预示征兆和推动情节的作用，梦也多次集中在史诗的主人公身上。第一块泥板，吉尔伽美什连续两天梦见陨石和斧头，预示他将得到一位好友恩启都；第四块泥板，吉尔伽美什在迎战洪巴巴前做了五个梦，此处节选的文本是其中第三个梦；第七块泥板，战胜了天牛后的恩启都梦见大神们商量让自己殒命，因为要为冒犯神威付出代价；第九块泥板，吉尔伽美什在恩启都死后梦见他向众神祈祷；第十一块泥板，面对乌塔纳皮什提七天不睡眠的挑战，吉尔伽美什体力不支沉沉入梦。从全诗来看，这五次梦的描述囊括了求梦、入梦、说梦、解梦四个不同的情节；单看第四块泥板，吉尔伽美什去往雪松山做的五个梦，不仅反复出现了五次，也将整个路途分为五段。重复的诗行涵盖了全诗里已有的四个梦的情节，还有赶路、吃饭、睡觉、挖井、祭神等重复的动作，除了说梦

---

① 佚名. 吉尔伽美什［M］. 拱玉书，译注. 北京：商务印书馆，2021：84.

和解梦的内容有所变化，其他几乎一样。这种大段重复有助吸引听众、加强记忆，也能缓解长篇讲述时带来的疲惫和压力，是口头民间文学的标志性特点。从此处内容看，洪巴巴的极度危险让之前信誓旦旦要除掉它的吉尔伽美什在靠近的过程中困顿丛生，心生畏惧。述说梦境不仅能自然生动地反映主人公的心理变化，也能合理地制造预期视野，让读者理解原始社会人类挑战自然的不易。

片段二："沙玛什平息恩启都的诅咒"（第七块泥板 131—150 行）

"我固有纯净之身，你在荒野把我变成了弱小之人。"

沙玛什听他如此言，立刻从天上对他把话喊：
"恩启都啊，你为何不停把妓女沙姆哈特诅咒？
她给你吃面包，神吃都可口。
她让你喝的是王室御酒。
她给你穿上锦衣玉服，
并且给了你吉尔伽美什这个好友。
如今，吉尔伽美什，你的朋友与兄弟，
将把你放在大床上安息，
将把你放在荣耀之床安息，
将让你安坐在荣耀之床安息，
将让你安坐在他左侧的座椅，
世上的王侯将相都将吻你的双足伏在地。
他将让乌鲁克人为你哭丧，为你啜泣，
名门贵族也都将为你悲伤不已。
在你过世后，他将蓬头散发，
身披狮皮，在荒野浪迹。"
恩启都听了英雄沙玛什的这番话，
他的愤怒之心渐渐平息，
他的心趋于平静，不再大落大起。①

片段二解析：

在两河文明最早阶段的乌鲁克王国，为女神伊什妲献身的妇女很多。像沙姆哈特这样的女性，既是妓女，也是神庙中的神职人员。神庙中有庙妓的情况直到古希

---

① 佚名. 吉尔伽美什［M］. 拱玉书，译注. 北京：商务印书馆，2021：146.

腊罗马时期都有记载。第一块泥板中，恩启都与动物为伍，居牛羊之所居，食草以充饥，力大无比，破坏猎人的陷阱，乃是赤子的状态。此处面临死亡的他后悔又愤恨，如果不是沙姆哈特，他不会离开荒野来到城市承受现在的痛苦，他回忆起当初受到沙姆哈特引诱的情景："我固有纯净之身，你在荒野把我变成了弱小之人。"古代的美索不达米亚人似乎是把强壮与智慧对立了起来，随着聪明见识的增长，纯净的好体魄愈发下降，强壮与智慧此消彼长。总之，恩启都想到沙姆哈特时，对她全是负面印象，狠狠地诅咒了她。帮助他们战胜洪巴巴的太阳神沙玛什听到后，及时纠正他的偏见，列举了沙姆哈特带他体验的人类社会的各样好处和享受，以此来阻止恩启都的诅咒。这里凸显了沙玛什所具有的正义性质：不偏不倚，出言有据，令人信服。苏美尔的神同样还有预言性，沙玛什也说出了恩启都的离世会有世人和好友吉尔伽美什的哀悼和纪念，并不会像恩启都担心的那样湮没无闻。终于，在神灵的权威和安抚下，恩启都接受了死亡降临的事实。

片段三："阴阳相隔的重逢"（第 12 块泥板 80—91 行）

他对年轻英雄沙玛什说：

"沙玛什啊，宁伽尔之子，年轻的英雄，
也许你能打开一道阴间地缝。
让恩启都的亡灵出来，仿佛一股轻风。"
沙玛什遵从埃阿的命令，
沙玛什，宁伽尔之子，年轻的英雄，
打开了一道阴间地缝，
让恩启都的亡灵出来，仿佛一股轻风。
他们相互拥抱，相互亲吻，
相互交流，相互把情况打听：
"我的朋友啊，速速道来！我的朋友啊，速速道来！
快告诉我你看到的阴间是怎样的情形！"①

片段三解析：

沙玛什奉命打开了一道阴间地缝，"仿佛一股轻风"，久未谋面的吉尔伽美什和恩启都——两位阴阳相隔的朋友亲密地重逢。寥寥几行诗歌，将史诗中感人至深的友情和对于生死的理解展现了出来。《荷马史诗》是奥德修斯勇闯冥府，《吉尔伽

---

① 佚名. 吉尔伽美什 [M]. 拱玉书，译注. 北京：商务印书馆，2021：268.

美什》是亡灵回到人间，它们都表达了灵魂不灭的思想，突破了冥界有去无回的传统观念。用死者之口讲述冥界状况，用冥界的"现实"来完成道德宗教的教导，想象丰富，令人怅惘，颇有"蓝田日暖玉生烟"的情味。《搜神记》中有一篇《紫玉》，写吴王夫差的女儿紫玉爱上家仆韩重，私订终身，遭到吴王反对后紫玉气结而死。韩重往吊，紫玉芳魂与之相会，完成合卺之礼。韩重持紫玉所赠明珠拜见吴王，被其怒斥追捕，逃至墓地惊动紫玉，她亲往王府回告吴王，最终"夫人闻之，出而抱之，玉如烟燃"。活人稍有所动，亡魂便化烟而逝，生死两茫茫，相见再无望。不过，吉尔伽美什更幸运，亡友的音容笑貌历历在目，两人交谈的场景令恩启都死后的悲伤一扫而光，气氛随之缓和下来。恩启都之死变成了阴阳两界可以沟通的桥梁和理解的窗口，展现了苏美尔人与众不同的生死观。

 相关辩题

1. 正方：吉尔伽美什拒绝女神伊什妲的求婚是后者水性杨花的后果。伊什妲曾使很多男人遭殃，她配不上吉尔伽美什。

反方：吉尔伽美什拒绝女神伊什妲的求婚是前者自高自大的结果，他也曾是个霸占新娘初夜权的暴君。

2. 正方：恩启都和神庙妓女沙姆哈特的欢爱让他懂得了人间生活的智慧，病重时的恩启都应该听从沙玛什的劝告，不去诅咒沙姆哈特。

反方：恩启都和神庙妓女沙姆哈特的欢爱让他失去了纯洁和力量，病重时的恩启都不应听从沙玛什的劝告，应继续诅咒沙姆哈特。

 分角色朗读

恩启都：天地之间无所不能的大神安努，听见乌鲁克女人的抱怨，吩咐阿鲁鲁把我创造。因那强大卓越的王——吉尔伽美什不许新娘回家见新郎，我的强壮足以与他心中的风暴抗衡！妓女莎姆哈特将我带到他面前，让他见识见识我的力量。我挡在婚房前不让吉尔伽美什进门，我要结束他的暴政。我们大打出手却不分高下，门柱颤动，墙壁摇晃，不打不相识，我们成了好友。雪松林的洪巴巴叫喊是洪水，说话是火焰，呼吸是死亡，如此危险的妖怪，吉尔伽美什为何想闯进森林除掉它？好吧，就让我们结伴同行，我想护卫他安全归来。我们战胜了洪巴巴，可是吉尔伽美什又惹怒了女神伊什妲，我们齐心合力把她的天牛宰杀。不过，梦中的大神们到底在商量什么？有人要为洪巴巴和天牛的死负责，我被众神选中付出生命代价。朋友啊，我已遭到神的厌弃！我曾惧怕战斗，但更糟糕的是不战而亡。我不能死于沙场却卧倒在病床，名字也得不到传扬。

女神伊什妲：风流倜傥的吉尔伽美什，战胜洪巴巴的你，请做我的新郎！我将为你套一挂车，车身用青金石，车轮用黄金，车角用琥珀。伴随雪松的芳香，请你进入我们的洞房，王座也在亲吻你的双足，王公贵族将对你卑躬屈膝表示臣服。什么？你竟敢拒绝我？羞辱我？父神安努啊，快把天牛给我，我要让吉尔伽美什死在他的老窝。天牛鼻息喷一声，地面出现一个坑，成百上千个乌鲁克青年，鱼贯坠入大坑中。该死的吉尔伽美什啊，你不但使我蒙羞，还杀了我的天牛！

吉尔伽美什：梦见天上群星仿佛陨石向我落不停，搬不起也滚不动；梦见广场大街一把斧头在地，全城百姓围住观赏一层又一层，我将它拾起放在神灵脚下求裁定。原来那预示了恩启都的到来，恩启都也是我毕生好友。我已决意远足雪松山，挑战洪巴巴。二百二十里，吃点面包；三百三十里，搭棚睡觉；五百五十里，整天不歇脚。雪松山，正面瞧，林海茫茫枝繁茂。洪巴巴咆哮如雷，它举起我和恩启都就要抛向地面，千钧一发之际，太阳神沙玛什出手相助。南风、北风、东风、西风、暴风等十三种风一起刮，我拔出短剑战胜了它。我拒绝了女神伊什妲的求爱，她这个朝三暮四的女人，是屠杀英雄的殿堂！天牛来了也不怕，可是我的挚友恩启都，你为何一病不起？你那发烧的嘴唇，像苍蝇一样嗡嗡地叫个不停。是什么睡眠把你捉住？你已经失去意识，听不到我的呼声。我为你哀伤，六天七夜为你哭泣不止。将来我也要死亡，难道不会像你那样？恩启都的遭遇，我无法承受。先祖乌塔纳皮什提，他与众神站在一起，我要去追寻永生的奥秘。身披狮皮，翻山越海，船夫乌尔沙纳比带我来到永生先祖的地方。乌塔纳皮什提啊，你是如何获得了永生？既然灭世洪水不可能重来，仙草便是我唯一的希望。但是，一条狡猾的蛇居然趁我不备，叼走了仙草！我费尽心力是为了什么？罢了，人要认清自己的大限，永生终究是人和神无法逾越的鸿沟。

乌塔纳皮什提：吉尔伽美什，为何你两颊憔悴，面带愁容？为何忧心忡忡，看上去身心疲惫？为何内心深处有痛苦悲伤之情？为何带着一副长途跋涉的面容？为何游荡荒野置身于狮群中？吉尔伽美什啊，你可曾关心民众死活？请尽王者之责，让他们把头抬起。谁也没有听到过死亡的声音，却可能猝然命丧九泉。至于我的不死之身，也只得由我来揭示秘密。一天大神共商议，发场洪水淹大地。我的主人、智慧神埃阿吩咐造条大船迅速逃离，我把所拥有的一切都装进船舱，把生命的种子装入船舱。七天的狂风暴雨将世人化为泥土，众神也畏缩退避上天宫。待到大水退去，我拿出牺牲祭奠神灵，众神聚拢前来。为着祭物的甜蜜芳香，大神恩利尔拉我和我的妻子，为我们赐福永生。这样的条件不再有，但是吉尔伽美什啊，有种仙草深藏海底，能叫人返老还童，长生不老。

《吉尔伽美什》和《圣经》的洪水传说

　　《吉尔伽美什》和《圣经·旧约·创世纪》的洪水故事在基本情节上极为相近，1872 年史密斯就曾大胆推测：希伯来人曾受到古巴比伦人的影响，诺亚方舟源于乌塔纳皮什提方舟神话。《吉尔伽美什》的洪水记录出现在第十一块泥板，主人公在好友恩启都离世后对死亡充满了恐惧和困惑，经历艰险终于找到了先祖乌塔纳皮什提探寻永生的奥秘。史诗借乌塔纳皮什提之口转述，洪水故事这样开始："舒鲁帕克是座城，那座城邑你熟悉。幼发拉底河岸边，它就坐落在那里。那座城邑甚古老，神就在那里曾安息。一天大神共商议，发场洪水淹大地……"《圣经》中的洪水记录则出现在《旧约》的第一卷"创世纪"第六章，耶和华创造天地万物，亚当和夏娃悖逆堕落离开伊甸园后，地上的人多了起来。"耶和华见人在地上罪恶很大，终日所思想的尽都是恶，耶和华就后悔造人在地上，心中忧伤。耶和华说：'我要将所造的人和走兽，并昆虫，以及空中的飞鸟，都从地上除灭，因为我造他们后悔了。'"我们将类似的情节罗列归纳为五点：

　　1. 神灵想要利用洪水毁灭世界。

　　2. 神灵将秘密泄露给一个人，制造方舟躲避洪水。

　　3. 这个人放出飞鸟，打探洪水退去的状况。

　　4. 拿出牺牲献祭。

　　5. 幸存者成为再传人类的始祖，繁衍后代。

　　然而两者的区别也很明显。从宏观方面看，首先是宗教的不同，古巴比伦推崇多神信仰，希伯来人却只信独一真神。古巴比伦诸神对待洪水的态度不似希伯来的俯视视角，众神也畏惧洪水灾难，"就像丧家犬"，洪水后因挨饿，"像苍蝇一样，围拢在奉祀者的身旁"。恩利尔还发怒责怪："在这场灭绝中，活一个都不可以。"其次是善恶观念的不同，尤其体现在发动洪水的原因上，古巴比伦的故事没有体现出明确的善恶观，希伯来故事则说明灾难是耶和华对人类罪恶的惩罚和审判。再次是洪水的结局不同。洪水退去后，古巴比伦的诸神奖赏乌塔纳皮什提的献祭，让他和他的妻子得到永生；而"挪亚共活了九百五十岁就死了"，耶和华与挪亚及其后代立约，把彩虹放在空中为记，"水就不再泛滥毁坏一切有血肉的物"。从微观方面看，两个故事存在更多细节处理的差异。比如古巴比伦神埃阿教导乌塔纳皮什提对民众撒谎，称是因恩利尔的厌恶，要逃离此处才要造船；两个救命的方舟构造尺寸不同，乌塔纳皮什提方舟有六层甲板、七个层级，诺亚方舟仅上中下三层；装入方舟的物品不同，除去幸存者及其家人，乌塔纳皮什提多装了金银、工匠，而挪亚只装了公母成对的畜类、飞鸟和昆虫；希伯来故事没有交代方舟如何启航，但乌塔纳皮什提却再次以欺骗的方式找到一个船夫做封舱人……

　　虽然长期以来存在希伯来人"抄袭""翻版"古巴比伦人的故事，但更客观地讲，由于双方各自所处的自然条件、社会环境、生活方式、风俗习惯和心理素质等方面的不同，民族文化传统必然会有差异。更可能的是，希伯来洪水传说受到了古巴比伦的影响，"这种接受影响是继承、改造和创新。其中，体现了希伯来人在接受巴比伦文学遗产时所展示的民族特点和创造精神"①。

创意写作

　　模仿史诗《吉尔伽美什》的文风，选择一个中国神话中的英雄人物，尝试写一段 300 字左右的叙事诗。

（缪　霄　撰写）

第二节　印度史诗《摩诃婆罗多》

创作背景

　　古印度有两大史诗《摩诃婆罗多》和《罗摩衍那》，其中《摩诃婆罗多》是世界古代文学史上最长的史诗，长度大致相当于《罗摩衍那》的四倍，《荷马史诗》的八倍。史诗有一个共同特征，最开始都属于口头文学，先是靠着人们口耳相传，直到有文字后被记录下来，才成了文。

　　古代印度文学的发展最重要的有两个时期，一个是吠陀时期（前 2000 年至公元前 500 年左右），一个是史诗时期（公元前 500 年至公元 400 年左右）。从字面意思理解，吠陀时期最重要的经典就是《吠陀》，"吠陀"是"神圣的知识"或者"智慧"的意思。它是古代祭司们传下来的诗歌和作品集，实际上是印度最古老的宗教文献，讲的是宗教、巫术、风俗、哲学等方面的内容，虽然保留了带有文学性的诗歌，但是算不上是纯文学作品集。《吠陀》包括四种：《梨俱吠陀》《阿闼婆吠

---

　　① 张朝柯. 是抄袭、剽窃，还是改造，创新？——通过比较重新评价诺亚方舟的故事[J]. 辽宁大学学报，1991（4）：26.

陀》《娑摩吠陀》《夜柔吠陀》，其中前两种最具文学价值。这个时期还形成了大家熟知的种姓制度（四大种姓：婆罗门、刹帝利、吠舍、首陀罗）和婆罗门教。婆罗门教抬高了婆罗门的地位，还摒弃了自然神灵信仰，变为信仰三大主神（创造神梵天、保护神毗湿奴、破坏和毁灭神湿婆）。

而史诗时期（公元前 500 年至公元 400 年左右）最重要的文体就是史诗了，《摩诃婆罗多》和《罗摩衍那》就诞生于这个时期，《摩诃婆罗多》还享有"第五吠陀"之称。这个时期的印度列国争雄，出现了很多战争英雄，刹帝利武士阶层的地位逐渐突出，《摩诃婆罗多》写的便是这个时期的战争。在宗教思想领域，出现了反对婆罗门特权地位的佛教和耆那教。佛教凭着一系列很"亲民"的思想迅速走红。佛教认为众生平等，在通往真理的路上，祭司没有特权地位，因而也不排斥低种姓的人，所以在孔雀王朝阿育王时期（公元前 268 年至公元前 236 年）佛教便被定为国教，佛教用于宣传教义的很多文本也随着佛教的发展传播到世界各地。直到4 世纪初的笈多王朝时期，除了佛教艺术的发展，文人的作品也开始兴盛，影响最大的就是诗人兼剧作家迦梨陀娑（约350—472 年），我们将在本书的第二章第二节向大家介绍他的代表剧作《沙恭达罗》，《沙恭达罗》的情节正是取自《摩诃婆罗多》。

 **推荐译本**

推荐黄宝生先生团队翻译的六卷汉语全译本《摩诃婆罗多》。

《摩诃婆罗多》是世界古代文学史上最长的史诗，因为文本太长，所以最早翻译过来的仅仅是史诗中的一些著名插话，比如《莎维德丽传》《那罗和达摩衍蒂》《薄伽梵歌》等，很长一段时间内没有完整的汉译全本出现，要想完整地将这样一部浩浩史诗"翻梵为汉"着实是一项浩大的工程，印度本国一批特别优秀的梵文学者仅仅完成史诗的精校本就花费了近半个世纪。

20 世纪 80 年代初，《摩诃婆罗多》的全本汉译工作正式启动。经过多年集体的艰苦奋斗，全本汉译工作最终于 2003 年完成。这项翻译工作的开始，首先是受到了季羡林先生翻译《罗摩衍那》的鼓舞，七卷八本的《罗摩衍那》的汉译本是在 20 世纪 80 年代出版的；其次是金克木先生的大力支持和亲自示范，金先生亲自翻译了《初篇》前四章，确立了翻译体例。1993 年底，由赵国华和席必庄先生翻译的第一卷《初篇》出版，社会反响很好。中国社会科学出版社领导希望能够继续完成全书翻译，于是 1996 年将翻译工程列为重点项目，黄宝生先生担任项目主持人，除了原定参与者郭良鋆、席必庄，又邀请了葛维钧、李南参加，更有段晴的自愿加入。关于汉译工作，主持人黄先生说："我有一种愚公移山、天天挖山不止的真切感受"，"尤其是离最终目标越来越接近的这一两年中，我全神贯注，夜以继日地工作。有时夜半搁笔入睡后，梦中还在进行翻译。"

从经历的时间来看，完成这项浩大的翻译工程的确称得上是"十年磨一剑"。从翻译过程看，也是一波三折。《摩诃婆罗多》实在是太长了，在梵文人才稀缺的年代，如果一个梵文学者下定决心要翻译《摩诃婆罗多》，就意味着要为它牺牲掉自己一生中的学术巅峰期。最终，六卷《摩诃婆罗多》汉语全译本终于和读者们见面了，总字数达 400 万字，享有"现代梵文经典翻译史上的一座丰碑"的美誉。

在此汉语全译本之前的译本大多以英译本为底本进行节译或改写。相比之前的版本，六卷汉语全译本的特点是：一共分为十八篇，每一篇前面都有黄宝生先生撰写的导言，主要介绍各篇的主要内容、文化背景，对内容有简要评析和研究提示。史诗的每一篇、章和颂都标明序号，和以往的译本相比，全译本更加注重学术规范，并在译文中添加了必要的注释，以方便读者阅读与研究。此外，虽是多人合译，每个译者有自己的语言习惯和特点，语言风格有差异，但由于金克木先生的译本示范，加上黄宝生先生统稿时有意识地统一，译本的语言风格基本一致，差异不大。

情节概述

在书名中，"摩诃"的意思是"伟大的"。"摩诃婆罗多"的意思是"伟大的婆罗多族的故事"。据现代学者考证，《摩诃婆罗多》的成书时间约在公元前 4 世纪到公元 4 世纪之间。史诗用梵文写成，全诗一共是 18 个篇目，分别是《初篇》《大会篇》《森林篇》《毗罗篇》《备战篇》《毗湿摩篇》《德罗纳篇》《迦尔纳篇》《沙利耶篇》《夜袭篇》《妇女篇》《和平篇》《教诫篇》《马祭篇》《林居篇》《杵战篇》《远行篇》和《升天篇》。全诗大约有十万颂。"颂"是一种印度诗体，每一颂有两行诗，每行 16 个音。史诗采用倒叙手法，首先是歌人演唱原诗的内容，并插入"蛇祭缘起"作为楔子，然后正式开篇。最后附有一部《诃利世系》，有时作为第 19 篇，但事实上它是一部独立的作品。按照印度传统的说法，史诗的作者是毗耶娑，译为广博仙人。但根据史诗的内容来看，它是多人积累和加工的产物，由到处漫游的伶工代代传唱。

作者毗耶娑的身份和荷马的身份一样难以确定，很难断定他是否是真实的历史人物，这个名字本身有"划分""扩大""编排"的意思，总体来说，应该是集体创作，但不排除个别人在史诗成型方面做出了巨大贡献。因为没有书面材料佐证，作者很难确定。毗耶娑也是史诗中的人物，他目睹、参与了俱卢族和般度族斗争的全过程，在般度族五兄弟升天后，他用 3 年时间创作了这部史诗。

《摩诃婆罗多》主要讲述了婆罗多族两支后裔俱卢族和般度族争夺王位继承权的故事。故事开始之前有一段传奇的神仙下凡历劫的故事：话说有 8 位神仙带着妻子下凡游玩，偷走了极裕仙人的母牛和牛犊，于是仙人发出诅咒，这 8 位神仙都要下凡做凡人。8 位兄弟非常后悔，请求仙人宽恕，于是仙人减轻诅咒，说有 7 位兄弟只需要下凡走一遭，但偷牛的主谋要留在人间。8 位神仙请求恒河女神作为他们在人间的母亲，商量好把生下的前 7 个孩子都扔入恒河，洗去罪过后重新复活为神。于是恒河女神化为人间女子赢得了象城福身王的爱情。恒河女神和福身王订了婚前协议，让福身王不许问她的来历，也不能干涉她的行为，福身王都同意了。成亲后，他们每年生一子，但是都被母亲扔入恒河，一直持续了 7 年，终于到了第 8 年，母亲生了天誓（即毗湿摩），福身王没忍住，制止了妻子的遗弃行为，此时仙人的诅咒生效。恒河女神告知福身王事情的原委，然后把孩子送到仙人那里学习各种技能，孩子长大后回到福身王身边，被立为太子。后来福身王爱上渔家女贞信，渔夫嫁女的条件是立贞信的儿子为太子。天誓知道后，发誓放弃太子之位，永不结婚，改名"毗湿摩"（立下可怕誓言的人）。

渔家女和福身王生下花钏和奇武，奇武的遗孀生下持国和般度。持国天生是个盲人，但他有以难敌为首的 100 个儿子，他们的族名是俱卢；般度有以坚战为首的 5 个儿子，其中贡蒂生下了坚战、怖军、阿周那，玛德利生下孪生子偕天和无种，虽然数量不如持国之子那么多，但个个武功出众，他们的族名叫般度。因为持国眼盲，所以由般度继承王位，但是不久般度死去，王位只能回到持国手中。般度的大儿子坚战成年后，持国指定他做王位继承人。但持国自己的大儿子难敌不答应，企图霸占王位，两族开始了争夺王位的斗争。史诗的中心情节可以分为五个层次：纵火阴谋—五子同妻—赌博骗局—俱卢大战—尾声。

（1）纵火阴谋

持国的百子和般度的五子自小争斗不断，长大后的他们为了争夺王位更是各种算计。先是持国的长子难敌企图谋害般度族的怖军，阴谋未遂。继而难敌又让坚战五兄弟去住一座涂满树胶的房子，然后难敌派人放火烧房。万幸的是有人通风报信，般度五兄弟得以从地道脱险，逃进森林。

（2）五子同妻

坚战兄弟逃进森林后，邻国般遮罗国王的女儿黑公主举行招亲大会，坚战五兄弟乔装打扮为婆罗门前去应试。五兄弟中的阿周那按照选婚要求挽开了大铁弓，一箭射中远处旋转的鱼眼睛，得以娶黑公主为妻。但由于误会，贡蒂母亲说出了不能收回的成命，为了遵从母亲的旨意，五兄弟共同娶了美丽的黑公主为妻。般度族五兄弟在选婚大典中暴露了自己的真实身份，加上黑公主的国家势力强大，于是持国召回他们，分给他们一半国土，但都是荒凉的土地。

（3）赌博骗局

坚战五兄弟在国王分给他们的土地上建造城市，并在天帝城取得了辉煌政绩。难敌见此心生妒忌，让坚战五兄弟和他玩掷骰子的赌博游戏，赌约是输了的一方必须被流放13年，特别是在第13年不能被其他人认出，否则还要再流放13年。坚战五兄弟迫于压力无奈答应。结果坚战输了，兄弟五人只好跟他们的妻子去森林里开始了13年的流放生活，而后在最后一年里隐姓埋名、乔装打扮，在毗罗吒王的宫廷里充当仆役。

（4）俱卢大战

13年的流放期结束后，般度五兄弟要求难敌归还他们原先的王国和财产，难敌却拒绝了坚战五兄弟的请求，于是战争一触即发。他们各自寻求盟友，在俱卢之野开战。在大战中，一边是多门城国王黑天设计杀死了俱卢族首领毗湿摩、武功教师德罗纳、武艺高超的迦尔纳；一边是难敌的99位兄弟全部遇害，只有难敌利用一根芦管躲在湖水里呼吸，试图逃脱，不曾想却被坚战五兄弟发现。坚战五兄弟为了逼难敌从湖水里出来，故意说一些恶毒的话语羞辱刺激对方，最终难敌不堪受辱与其决斗，却因寡不敌众而被杀害。难敌的将士们听说后决心为其报仇，于是他们夜间突袭坚战五兄弟的军营，杀了他们一个措手不及，般度军几乎被屠杀殆尽，仅有般度五子和黑公主、黑天侥幸逃脱。此次俱卢大战，前后持续了18天，最终以坚战五兄弟的胜利而告终，但是双方死伤不计其数。战后，般度族长子坚战回到象城做了国王，他在做国王的36年里，每每想到家族间的争斗给百姓带来的深重灾难，内心甚是愧疚。于是坚战五兄弟不久便把王位传给孙子，带着妻子黑公主隐居喜马拉雅山修道，最后他们都升入了天国。

（5）尾　声

在史诗的最后，坚战兄弟和难敌兄弟在天国相遇，双方都已摆脱了人类的自私和卑微，成了天神，泯灭了各自的仇恨和愤怒，个个面容安详平静，享受着真正的和平和安宁。

史诗大致包含了三大方面的内容，第一大方面是主要核心情节，即坚战兄弟和难敌兄弟两族的王位之争；第二大方面的内容是诸多插话，有200个左右，主要分布在《初篇》和《森林篇》；第三大方面的内容是一些非文学性诗体著述，内容很广泛，包括哲学、宗教、政治、法制、风俗和道德规范等，主要分布在《毗湿摩篇》《和平篇》和《教诫篇》。整部史诗约10万颂，但其中心故事仅有2万颂左右，其他的约8万颂都属于插话或非文学性著述。从史诗所包含的内容看，它"是一部有诗的形式，历史文学的性质，百科全书的内容的印度古书"。

《摩诃婆罗多》中最具有代表性的插话便是《那罗传》（又译《那罗和达摩衍蒂》）和《莎维德丽》。这两篇插话都出自《森林篇》，是流放期间林中修道的仙人为了安慰坚战兄弟而讲述的两个故事。《那罗传》有 28 章和一个短结尾，共 882 颂，主要讲述了国王那罗与妻子达摩衍蒂悲欢离合的故事；《莎维德丽》比《那罗传》短，有 297 颂，主要描写莎维德丽与阎摩死神周旋救回丈夫性命的故事。

非文学性诗体著述中，《薄伽梵歌》是印度最重要的宗教哲学诗，后来便成为印度教的神圣经典，对印度的社会、政治等方面都产生了极大的影响。诗中宣扬的对黑天的崇拜，开创了中古时期印度教的虔信运动。它共有 18 章（第 23 章至第 40 章），共 700 颂，中心内容是两族大战前夕黑天向阿周那阐明达到人生最高理想的三条道路，业瑜伽（即"行动"）、智瑜伽（即"知识"）和信瑜伽（即"虔信"）。

影文对照

电视剧资料：《摩诃婆罗多》是 Star Plus 出品的一部古代神话电视剧，由 Siddharth Anand Kumar 执导，Saurabh Raj Jain、Shaheer Sheikh 等联合主演。该电视剧根据史诗《摩诃婆罗多》改编，于 2013 年 9 月 16 日播出，共 267 集。该剧耗资 1600 万美元，又投入 310 万美元用于预告宣传，被称为印度最昂贵的电视剧。该剧情节基本符合史诗内容，在人物刻画上大胆融入了现代观念，因此受欢迎的同时也备受争议。总体而言，演员敬业且颜值高，沉重的金属饰品挂在身上也能演得神秘宁静。虽然特效不够精致，但是不少民俗宗教上的细节做得非常细腻，配乐也是极其大气华丽的，整个画面色彩鲜艳、辉煌大气，似绘画与雕塑的再现。此处节选两个磅礴大气的原著片段与电视剧进行对照。

片段一：宗教哲学插话《薄伽梵歌》（节选）

吉祥薄伽梵说①

请看，阿周那啊！我的形象庄严神圣，
各种色彩和形状，千姿百态，变化无穷。

请看众位阿提迭和婆薮，楼陀罗、双马童和摩录多②，
请看许多前所未见的奇迹，婆罗多子孙阿周那啊！

---

① 薄伽梵是对黑天的尊称，意为尊者或世尊。
② 双马童是孪生神，天国神医。摩录多是风神。

现在你看在我的身体里，这个统一完整的世界，
容纳一切动物和不动物，一切你想看到的东西。

但是，用你的肉眼，你不可能看见我，
我给你一双天眼，请看我的神圣瑜伽！

全胜说

伟大的瑜伽之主黑天这样说罢，
他向阿周那显示至高的神圣形象。

无数嘴巴和眼睛，无数奇异的形貌，
无数神圣的装饰，无数高举的法宝。

穿戴神圣的衣服和花环，涂抹神圣的香料和油膏，
这位大神具备一切奇幻，无边无际，面向各方。

倘若有一千个太阳同时出现在天空，
光芒才能与这位灵魂伟大者相比。

般度之子阿周那在这位神中之神身上，
看到一个完整世界，既统一，又多样。

阿周那看到之后，惊讶不已，汗毛直竖，
双手合十，俯首敬礼，向这位大神说道①。

片段一解析：

《薄伽梵歌》是《毗湿摩篇》中最著名的宗教哲学诗，讲的是俱卢大战第一天，般度族主角阿周那对这场同族相残的战争产生疑虑，不愿意参战，然后黑天开导阿周那，这些开导的话便是《薄伽梵歌》的主要内容。原文文本和2013版的电视剧台词相比，首先是文本长度不一样，演员台词精简，删除了大量深奥的宗教哲学阐释。《薄伽梵歌》原文一共18章，从第23章到第40章，内容与宗教、哲学相

---

① 毗耶娑．摩诃婆罗多：毗湿摩篇［M］．第33章5—14颂．黄宝生，译．南京：译林出版社，2018：158，159．

关，十分艰涩难懂，也很考验读者的耐心和细心。而影视绝不可能将如此冗长而深奥的文本照搬到荧幕上，所以演员的台词十分简洁地阐述了《薄伽梵歌》的主要内容，比较深奥的文本注释也同样出现在荧幕上以帮助观众理解，但是即便如此，为了营造一种神圣感，这段"说教"保留了大量宗教哲学话语，节奏整体比较慢，所以对观众来说依然是一种挑战。

其次，影视取胜文本的，当属它的音乐、画面感和特效。这段文本中提到黑天要向阿周那显示至高的神圣形象，这个形象有"无数嘴巴和眼睛，无数奇异的形貌，无数神圣的装饰，无数高举的法宝"。阿周那要在黑天身上看到一个统一而多样的完整世界。呈现在影视中的，首先是一个神圣的背景，在两军交战之处中间广阔的空地上，阿周那向黑天跪地求教，天上打下一束光芒，随之而来的是背景音乐和一段作品中的原文字幕，然后黑天开始显示自己的形象，这里特效的运用显然花了大量功夫，宇宙中的各种星球运行于黑天的掌心，各种神的形象依次出现，整个画面是辉煌的金色，装饰奢华高贵，配上紧凑独特的音乐，以及阿周那跪向黑天时崇敬的面部特写，整体营造出庄严之感。

片段二：俱卢之战

号角和铜鼓鸣奏，如同狮子吼，
还有马的嘶鸣声，车轮的转动声。

到处是大象吼叫，战士喊叫，
呼喊声，拍击声，一片喧嚣。

太阳升起，俱卢族和般度族两支大军，
你的儿子们和般度的儿子们，大王啊！
全都起身，准备停当，王中因陀罗啊！

大象和战车装饰着金子，
看上去像乌云携带闪电。

众多的车队看上去像一座座城市，
你的父亲光辉灿烂，犹如一轮圆月。

士兵们手持弓箭、刀棍、梭镖和长矛，

各种闪光的武器，站在各自的队列中。

象兵、车兵、步兵和马兵排列成阵，
国王啊！如同成百成千张开的罗网。

成千成千面我方和敌方的旗帜，
高高飘扬，各色各样，光彩熠熠。

这些国王的旗帜装饰有金子和摩尼珠，
犹如燃烧的火焰，闪闪发光，国王啊！①

片段二解析：

对于俱卢之战，影视较之文本做了简单化处理。在原文中，《毗湿摩篇》除了宗教哲学插话《薄伽梵歌》之外，都是在讲俱卢之战前 10 天的战斗情况，中心是围绕毗湿摩的身世、经历、死亡而展开，文本对战争的描写是相当厚重且细致的。原文中花了大量篇幅描写婆罗多国的河流、山岳、国土的名称，大地各处的面积、山上的居民等，还讲述了婆罗多国的四个时代、各种行星的规模，而这些影视都只是挂一漏万，影视重点展示的是两支军队相遇时的壮阔之景，"犹如世界末日，两座大海汇合"，"到处是白色的华盖、旗帜、幡幢，象、马、车和步兵，光辉灿烂"。除了整个画面的震撼，还有音乐的恢宏：战士的呼喊声、号角、铜鼓声、大象的吼叫声、车轮的转动声、战马的嘶鸣声。在介绍两军人物时，影视做得比较好的是，伴随背景音乐与字幕介绍出场人物，镜头也同时聚焦，展示出军队的阵容和恢弘的气势。至于人物的肤色、容貌、衣饰、车辇、坐骑、武器的细节，镜头只是一晃而过，如毗湿摩"白色的顶冠、白色的马、白色的铠甲"，"以金棕榈为旗徽"，"大勇士们佩戴的金臂环、金腕环和弓箭"，这些细节在镜头中短短呈现又迅速挪开，而书中更多的细节观众难以注意到，如"尸毗王戈婆萨纳肤色如同莲花"，"首席教师德罗纳的幡幢，装饰着祭坛、水罐和弓"，"难敌的大旗上装饰着摩尼珠宝象"。如果不是细读文本，仅凭影视，是很难认可这是一场"伟大的战争"的。至于双方的排兵布阵，每个人物的站位、兵器和坐骑的装饰，影视也只能是选择性地呈现。

---

① 毗耶娑. 摩诃婆罗多：毗湿摩篇［M］. 第 16 章 22—30 颂. 黄宝生，译，译林出版社，2018：77.

相关辩题

1. 正方：黑公主"一女嫁五夫"是道德的。

　　反方：黑公主"一女嫁五夫"是不道德、伤风败俗的。

2. 正方：俱卢之战中，般度族一方是正义的。

　　反方：俱卢之战中，般度族一方是不正义的。

分角色朗诵

　　阿周那（两军开战前）：小时候，我爬在泥土里玩耍，由于不懂事，抓着毗湿摩的裤脚喊："爸爸，爸爸。"他抱起我说："我不是你的爸爸，是你爸爸的爸爸。"我怎么能向他下手呢？我所有的弓箭技艺都来自德罗纳师父，他爱我胜过爱他的亲生孩子，他的儿子马勇也待我如同兄长。如今我要对这些人展开杀戮，这实在太可怕了。不过是为了财产，我们就这样相互残杀。如果任何一方的胜利都需要大量的流血牺牲作为代价，那么这样的胜利真的可以带来快乐吗？我在战场上厮杀，是因为害怕别人嘲笑我的怯懦，可是每每看到将士们的尸首横卧战场，我的心就像是被人撕裂了一般痛苦。啊，我们正在进行的，是多么邪恶、多么残酷的勾当啊！尊者啊，请你告诉我该如何是好？我头脑发昏、浑身颤抖，双手无法举起武器，我的甘狄拔①在手中打滑，我看到的只是可怕的毁灭，我找不到理由去打仗。尊者啊，叫我如何摈弃所有的孱弱，举起武器去勇敢地战斗啊！

　　毗湿摩（临死）：我乃恒河之子，我曾经以母亲的清誉起誓，我将辅佐象城的国王，永远效忠，鞠躬尽瘁。我为责任所系，在我一生中没有哪怕是一次犯下过不义的罪行，只是为了完成我向父亲立下的誓言，任何对象城举起武器的人，我都非杀不可。但是我错了，错在愚昧，我没有理解正法的含义，原来誓言在正法面前是可以让步的，而我关心的只有我的家庭，没有想过让世界更好，我放弃皇位，发誓终身不娶只是为了父亲的私欲，而不是为了世界的福祉。我被我的誓言所束缚，遵守一个对社会有益的承诺确实是有意义的，但是一个人的承诺开始对社会产生不利，那就应该立即强制地打破这个承诺。现在，面对这场战争，我已经悔悟，我愿意放下武器，接受自己的死亡。只要让阿周那躲在束发身后向我射箭，我就无计可施。因为束发前生是公主安芭，我曾亏欠于她，我不会向她出手。

　　黑公主（朝堂受辱）：对于幸运的男男女女，生活就像一支甜美的歌谣，但是在不懂得尊重的社会中，社会中所有人都是不幸的。我与阿周那一见钟情，但却阴

---

①　甘狄拔是阿周那的弓。

差阳错地嫁给了般度五子。你们嘲笑我是与五个男人有染的娼妇，在朝堂上剥光我的衣服来侮辱我，只有黑天用无尽沙丽①保护我，敢问如果没有无尽沙丽，谁来保全女子的尊严？从今日起，我将不再束发，不再佩戴婚妇头饰，不再是俱卢王朝的儿媳，此刻我没有丈夫，没有名字，没有王朝，就像在远方林栖者的炉火中燃烧的火焰，火焰纯洁却以不纯者为燃料，今天在这朝堂上，我独自落泪，如同世上所有的女子一样。眼前的这座宫殿，现在就要沉没。我不再是人，只是死亡，我是这邪恶朝堂之上所有不义之人的死亡，这就是我的诅咒。

黑天：一旦正法衰落，非法滋生蔓延，婆罗多子孙啊，我就创造自己。为了保护善人，为了铲除恶人，为了维持正法，我一次次降生。我非凡的宇宙相，便是真理的智慧。我寓于寰宇的每颗微尘，大地、太阳、月亮、银河和星宿也遍布于我。我是真理，我是完满，我是生命，我也是毁灭之神，我是圣君罗摩、神川恒河，我是万物的始、中、末，我是梵学，我是大黑天，我是大梵、效力、胜利、良善和决断，我是惩罚、力量、善策、静默以及世间诸谛，我是瓦苏戴夫、阿周那、广博仙人，世上无一物不是我，世上无一处没有我，我是时间，我也是生命和死亡。

迦尔纳：贡蒂抛弃我，牛大抚养我，持国之子始终尊敬我，我怎能不报答他，我享受了难敌的财富，不能背信弃义。贡蒂虽是我的母亲，但她抛弃了襁褓中的我，对我造成的伤害比任何一个敌人都大，我的父母永远是赶车的人，我也永远是一个车夫之子。我发誓不伤害贡蒂的其他孩子，但是我和阿周那只有一个能活。

难敌：一边是战无不胜的那罗延大军，一边是手无寸铁的奎师那，两者还有考虑的必要吗？奎师那已经承诺不会在战场上使用任何武器，那他还有什么利用价值呢？傻子才会选奎师那作为帮手，我一定要选择强大的那罗延军队。阿周那虽然享有优先选择权，但是他居然选择了手无寸铁的奎师那，天真地认为在战争中御者比战士重要，现在那罗延大军要效忠于我了，我要去接受达奥的祝福了，这场战争我赢定了！

 **比较出真知**

《摩诃婆罗多》《罗摩衍那》与《荷马史诗》

1. 叙事范式比较②

印度古代两大史诗《摩诃婆罗多》《罗摩衍那》和古希腊的《荷马史诗》都属

---

①　沙丽是印度妇女的一种服装，主要以丝绸为材料，可从腰部围到脚跟呈筒裙状，然后将末端下摆披搭在左肩或右肩。

②　刘小菠.《摩诃婆罗多》《罗摩衍那》与荷马史诗叙事范式比较研究［J］. 河南教育学院学报（哲学社会科学版），2019（5）：92-100.

于口头史诗歌，但叙事范式具有鲜明的差异：《奥德赛》是"回归"的故事范型，《伊利亚特》是"愤怒"的故事范型，基本模式可以这样概括：一个远离家乡的人，因他的离去而给其所爱的人带来一场浩劫，他终于重返故里，报仇雪耻。《荷马史诗》的结构特点是"整一性"，即集中精致的线型结构。印度古代两大史诗属于"争斗"型故事范型，主干故事模式为：降生—成年—宫斗—流亡—大战—登基—马祭—升天。印度古代史诗的框架结构特点是"有容乃大"。

而之所以有不同的叙事结构形态，是和两大古代民族的宇宙时间观和宗教观息息相关的。《荷马史诗》的结构集中精致，是因为在古希腊人的宇宙观看来，宇宙一分为三，宙斯三兄弟分别掌管冥、海、天，人的命运被神掌控，人生短暂且人死不能复生，所以古希腊人具有强烈的悲剧意识。荷马不可能讲述英雄的前世和来生，也无需对人物的一生进行纪传体式的讲述，只需要对英雄一生中最壮烈的行为事迹进行浓墨重彩的描绘即可，所以作品呈现出集中精致的整一型形态。而古印度人的宇宙观认为：宇宙中天、地、空三界是有因果联系的，一切生命都会在三界轮回、无始无终。古印度婆罗门教宣扬的便是业因果报、生死轮回的思想，所以印度史诗的叙事就不仅要讲述英雄现世所为，还要讲述英雄的前世和来生，印证其业果关系。

2. 爱情母题比较①

印度古代史诗和《荷马史诗》爱情母题的相同点是：第一，相同的联姻方式——比武招亲（选婿大典），目的都是彰显求婚者的武功、力量和勇气。第二，男女主人公无论是外在的仪容风度还是内在的精神品质，都体现了民族审美诉求，男主人公都是高贵不凡的英雄，女主人公都是高贵的美女，忠贞的楷模。第三，夫妻伦理是不对等的两性关系。以男人为中心，强调女人的美德是管理家务，忠贞顺从。尤其印度史诗对女人的贞洁、忠诚有更为苛刻的要求。例如《摩诃婆罗多》中，众多女子为丈夫殉葬：般度的妻子玛德利随着丈夫的死去投身火海，黑天的妻子们在丈夫死后纷纷殉葬；而特洛伊战争之后，海伦回到希腊后仍然做她的王后，既没有被惩罚，也没有羞愧自尽。尽管史诗中男女主人公的关系是不对等的，但史诗都对男女主人公之间的真挚情感进行了肯定与歌颂，表达了史诗时代人们的爱情理想。

3. 诅咒间性问题②

《荷马史诗》和印度两大史诗都有写到诅咒，如《荷马史诗》中克律塞斯和阿

---

① 刘小菠，王丹.《摩诃婆罗多》《罗摩衍那》与荷马史诗中的爱情母题比较［J］. 郑州大学学报（哲学社会科学版），2017（4）：91 - 96.

② 苏永旭.《摩诃婆罗多》《罗摩衍那》与荷马史诗中的诅咒间性问题［J］. 河南大学学报（社会科学版），2017（6）：102 - 114.

喀琉斯对阿伽门农的诅咒，《摩诃婆罗多》中甘陀利对般度族的诅咒。通过诅咒来实现愿望或者惩戒坏人，力图借助语言来充分伸张社会正义，实则体现了远古人类对语言魔力的高度迷信和对人（神）非凡意志力的顶礼膜拜。

但是《荷马史诗》和印度两大史诗的诅咒是有差异的：《荷马史诗》中的诅咒一般属于显性进程，诅咒实施的过程是非常具体的；印度两大史诗中的诅咒则是隐性进程，读者能够看到诅咒在人间是如何具体表现的，但是神明诅咒的过程是含糊不清的。前者的诅咒重视的是过程，后者的诅咒更重结果；前者的诅咒手法侧重于谋篇布局，后者的诅咒手法重于推动情节发展、增强情节的丰富性和生动性。

诅咒原本是一种原始巫术，但是在新的历史条件下，它成了一种迎合公众审美趣味的艺术手法。它有很强的夸张意味和主观色彩，言语之间就可以把主观愿望转化成客观事件，其社会根源主要在于公众自古以来就对民间传统巫术在潜意识中有一种普遍接受和认同的朴素心态。

创意写作

格言诗是印度古代文学的一个特色，《摩诃婆罗多》从某种意义上看已经具备了最初的诗的形态，里面充满了很多含有道德训诫的诗句，适合在节日庆典或者戏剧舞蹈演出活动中进行吟诵或演唱。请你模仿"颂"这一诗体格式，采用通俗易懂的语言仿写一首格言诗，如：

敬神，敬老师，敬智者，敬婆罗门，纯洁，
正直，行梵行，不杀生，这是身体的苦行。

言语不激愤，真实、动听而有益，
经常诵习经典，这是言语的苦行。

思想清净而安定，心地纯洁而温和，
控制自己而沉默，这是思想的苦行①。

（施成群　撰写）

---

① 毗耶娑．摩诃婆罗多：毗湿摩篇［M］．第39章14—16颂．黄宝生，译．南京：译林出版社，2018：185.

第三节　印度史诗《罗摩衍那》

创作背景

　　与《摩诃婆罗多》一样，《罗摩衍那》最初也只是口头流传，历经各个时代不同作者的增删。全书7篇，其中第2到第6篇是全书较原始的部分，而第1篇和第7篇出现较晚，可能是后来加上去的。最早的部分，估计写成于公元前4世纪或公元前3世纪，而最晚的部分大约写成于2世纪，全书形成的过程长达四五百年。

　　《罗摩衍那》传说为"跋弥"所写，或称为伐尔弥吉，意为蚁垤仙人。蚁垤仙人生卒年代不详，传说他原出生于婆罗门家庭，因被遗弃，被迫以偷盗为生。他曾一动不动地静坐修行数年，无数蚂蚁在他身上筑巢，他的身体竟然成了蚂蚁窝，由此得到"蚁垤"（蚂蚁洞口的小土堆）之名。也有人说他是仙人或金翅鸟的儿子，还有人说他是语法学家。神的使者向他讲述了英雄罗摩的故事，蚁垤资质平庸，无法记录下来。直到有一天，他在树林中看到一个猎人射死了一只公麻鹬，母麻鹬因惊恐与悲哀惨叫不止，悲愤的蚁垤突然脱口而出押韵的话语，于是优美、和谐的"输洛迦"短颂体诞生了，蚁垤正是用这种诗体创作了《罗摩衍那》。

　　另有一个关于蚁垤的传说更为传奇：相传他原来是一个臭名昭著、无恶不作的大盗，名叫罗多那迦。他的父母都是虔诚的信徒，但是他却丧失了善良的天性。有一天早上，他躲在一棵树上寻找抢劫目标，看到了两个托钵僧人（天神婆罗摩和那罗陀的化身），他举起铁棍准备打死僧人剥掉他们的衣服。但是婆罗摩用法力定住了铁棍，然后亲切告诫他，杀人乃是大罪过，是否有人为他分担罪恶？他勇敢回答说，他抢的东西都均分给父母和妻子了，所以毫无疑问他们会分担他的罪恶。婆罗摩告诉他，家人不会分担他的罪恶，如果愿意，那么自己就心甘情愿被他杀掉。罗多那迦急于验证僧人的话，跑回家分别询问了父母亲和顺从的妻子，他们都认为杀人抢劫的罪，应该由罗多那迦自己负责。罗多那迦意识到自己的罪恶深重，感到恐惧绝望，找到天神发誓要洗心革面，涤清罪孽。天神教他去河里洗去罪孽，他悔恨的泪水掉到河水中，水里的生命全都死去。婆罗摩给他洒了圣水，教他反复念"罗摩"这个名字以涤清罪恶。一开始他舌头打结，不能念出名字，后来他不断重复，终于成功。日复一日，年复一年，寒来暑往，岁月推移，有一天天神再次经过那条路，看到有一个白蚂蚁堆起来的小山，山上长满了茂盛的灌木和吉祥草，走近一看，才记起自己曾经让一个犯错的人在此默祷，他还在继续念着"罗摩"。天神叫来因陀罗下了七天七夜的大雨，洗刷这背负深重罪责的身子，但他已经变成了骷髅，没有一点肉。创造神婆罗摩让罗多那迦复活，并且告诉他："从今以后，你要被称为伐尔弥吉了，你要使那个把你从罪恶里解救出来、净化你生命的神圣名字永远流传下去，这名字要通过你写的《罗摩衍那》永垂不朽。你把罗摩的一生写成书，把有关他的一切事迹和意义告诉世人。"

季羡林先生从汉译佛经中发现两个故事与《罗摩衍那》的故事密切相关。一个佛经故事说，有一个国王，因其舅兴兵夺取他的国家，他为百姓着想，不与舅舅交战，带着王妃避居山林。但是祸不单行，在山林中王妃被一条恶龙劫走。一只巨鸟路遇不平，与龙交战，龙以雷电击倒巨鸟，挟王妃逃归大海。国王四处寻妃，碰到一个同样被舅舅驱逐出国的大猕猴。在大猕猴的帮助下，终于斩龙救妃，还恢复了原来的王位。另一则题为"十奢王缘"的佛经故事说，十奢王本来立大儿子罗摩为王位继承人，但在第三夫人要挟下，不得不改立婆罗陀，而将罗摩流放14年，罗摩最后又复国为王。《罗摩衍那》的故事几乎就是这两个佛经故事的复合体。

推荐译本

推荐季羡林先生根据梵文原著翻译的《罗摩衍那》汉语全译本。

（1）《罗摩衍那》的版本、改写本、精校本

现存史诗抄本绝大多数是15世纪以后的产物，少数抄本出现在10世纪或更早的时候。《罗摩衍那》在12世纪被译成泰米尔语，15世纪出现孟加拉文本。此后，运用地方文学语言译释或改写史诗形成风气，至今未息。在方言翻译或改写本中，16世纪下半叶北印度印地语诗人杜尔西达斯（1532—1624年）根据《罗摩衍那》创作的《罗摩功行录》、9世纪（一说12世纪）南印度泰米尔语诗人甘班写的《罗摩下凡》比较著名。

印刷本较流行的有四种版本：一是北方本或称孟买本，由孟买古吉拉特出版社和孟买决洋出版社出版，这个版本流传最广。二是孟加拉本，由吉·戈勒西约博士于1848—1867年间在加尔各答作为梵语丛书之一出版第二版。三是南方本，1929—1930年在马德拉斯由马托·维拉斯书局出版第四版，分上下两册。四是西北本，也称克什米尔本，1923年由拉合尔雅利安毗湿奴学院出版，流行于西北一带。这四种版本中，北方本、南方本和孟加拉本被认为是主要的版本，这三种本子的诗节和章节在数目上几乎都不同，内容先后次序和文字也有很大的差异。大多数学者认为最可靠的是北方本，其次是孟加拉本。

印度班达卡尔东方研究所花了近半个世纪完成了《摩诃婆罗多》的精校，而《罗摩衍那》的出版也历时10多年，从1960年出版第一篇开始，到1975年全部出版完。

（2）《罗摩衍那》的译本

在 20 世纪 60 年代，中国出版了两种根据《罗摩衍那》英语缩写本翻译的汉译本，即《腊玛延那》和《罗摩衍那的故事》。在 1980—1984 年，人民文学出版社出版了季羡林先生从梵文翻译过来的 8 卷《罗摩衍那》全译本。

《罗摩衍那》全书为诗体，用梵文写成，诗律几乎都是"输洛迦"，即每节 2 行，每行 16 个音节。为了尊重原著，季羡林先生坚持译成诗体，并且采用顺口溜的民歌体，每行字数相差不多，押大体上能够上口的韵。先生的译本与原书一样，分为七卷，每卷前面都有译者撰写的剧情概要。除第六卷篇幅较长，分为上、下两本外，其余各卷均单独成本，所以全套放在一起就是八本。

由于《罗摩衍那》篇幅巨大、离题话和赘语多，加上辞藻多有重复，所以读者往往会觉得史诗臃肿，剧情拖沓，且故事进展缓慢，平板单调。书中各种人名、地名、动物名、植物名的堆砌，考验着读者的耐心。如《荷马史诗》一般，史诗常有多种对人物的修饰，如描述罗摩为长胳膊罗摩、粗胳膊罗摩、长着莲花眼睛的罗摩、黑得像蓝荷花的罗摩、光辉的罗摩、大力的罗摩、以达摩为怀的罗摩、擅长辞令的罗摩；对悉多的修饰就更多了，大眼女郎、纯真女郎、美丽可爱的女郎、美臀女郎、妙龄女郎、女娇娇、腰肢美妙的悉多、臀肥腰细、臀部十分宽大等。所以面对这部印度国宝级的文化遗产，读者需要更多的坚持与耐性。

（3）译者介绍

季羡林（1911—2009 年），国际著名东方学大师、语言学家、文学家、国学家、佛学家、史学家、教育家和社会活动家。精通英文、德文、梵文、巴利文，尤精于吐火罗文，能阅读俄文、法文。曾任中国科学院哲学社会科学部委员、北京大学副校长、中国社会科学院南亚研究所所长。北京大学终身教授。

（4）季羡林翻译《罗摩衍那》的艰辛历程

季羡林先生的翻译始于"文化大革命"期间，译成时他已年逾古稀。彼时的先生刚走出牛棚，被发落到学生宿舍看大门。白天的大部分时间，他的主要任务就是在学生宿舍值班当门房、发信件、守电话。当时的《罗摩衍那》属于"毒品"，季先生不敢把原著带到值班的地方，所以只能利用在家的时间，每天把一小段原文抄在一张张小纸条上，利用上班干活的空闲，趁着没人的时候偷偷搞翻译，下班回家再赶紧把译稿抄下来。

1976 年 10 月 6 日"四人帮"反革命集团被粉碎，先生翻译《罗摩衍那》再也不用偷偷摸摸进行了。在从事翻译《罗摩衍那》的第 8 个年头，第一本装订精美的《罗摩衍那》汉译本印刷完成送到了先生手中。这一版是人民文学出版社在 1980 年出版的。1980—1984 年，汉译《罗摩衍那》七卷本相继出版。从 1973 年到 1983 年

2 月，十年呕心沥血，这一部长达两万颂、译文达九万行、五千余页、约三百万字的皇皇巨著终于全部译完。季羡林先生这样形容翻译《罗摩衍那》的过程："时间经过了十年，我听过三千多次晨鸡的鸣声，把眼睛熬红过无数次，经过了多次心情的波动，终于把这书译完了。"季羡林先生在中国翻译史和中印文化交流史中建立了一座丰碑。

 情节概述

"罗摩衍那"在梵文中是"罗摩的漫游"或"罗摩传"的意思，全书约有24000 颂，由 7 个篇章组成，分别是《童年篇》《阿逾陀篇》《森林篇》《猴国篇》《美妙篇》《战斗篇》和《后篇》。全书以罗摩和妻子悉多悲欢离合的爱情故事为主线，其间还穿插了各种神话传说。

《童年篇》讲述的是：罗摩出生在阿逾陀城，他的父亲是太阳族的后代子孙，名叫陀娑罗多，"陀娑"的意思是"十"，"罗多"的意思是"车"，所以也被称为"十车王"。十车王膝下没有子女，在举行马祭大典时，祭火中的毗湿奴大神告诉他，让他的三个王后喝下波雅就可以生下儿子。乔娑罗耶喝了一半波雅，生下儿子罗摩，吉迦伊生下婆罗多，苏密多罗一胎双生，取名罗什曼那和沙多卢那。罗摩和罗什曼那长大后，帮助一位大仙人降服扰乱祭祀的罗刹，并随仙人到密提罗国参加一次盛大的火祭。密提罗国王遮那竭有个女儿叫悉多（悉多是"田畦"的意思，因为她是遮那竭在田中畦沟耕种时捡到的，她奇特的出生方式表明她是大地之女）。遮那竭把她当作亲生女儿一样抚养长大，到了婚嫁年龄，遮那竭国王借拉弓比武之名招上门女婿，引来很多王子参与。在王宫盛大的仪式上，罗摩从容地拉开湿婆之弓绷紧的弓弦，并且将弓折成两段，赢得了悉多。罗摩的另外三位兄弟也同时迎娶了密提罗国的三位公主。婚礼毕，年轻的夫妻回到阿逾陀城接受祝福。

《阿逾陀篇》讲述的是：阿逾陀城的国王十车王年近古稀，想要立受人民爱戴的罗摩为太子，让其继承王位，但二王后吉迦伊在一个丑陋的驼背侍女曼多罗的恶毒挑唆下，向十车王请求改立自己的儿子婆罗多为王。尽管十车王不赞同"废长立幼"，但是吉迦伊以老国王曾许下的诺言作为要挟条件，无奈的十车王只好信守诺言，放逐罗摩 14 年。罗摩的妻子悉多和弟弟罗什曼那自愿跟随他流放。三人离开都城前往森林不久后，十车王悲伤死去。当时的婆罗多正在舅舅家，不知道事情真相，他被紧急召回举行父葬和继承王位，知道真相后他气得发疯，痛斥母亲吉迦伊的卑鄙手段。为十车王举行完火葬后，婆罗多亲自带人去找到罗摩，要求哥哥回去继承王位。但罗摩坚守誓言，拒不回国。婆罗多带回罗摩的木屐放于王位之上，代为执政 14 年。

《森林篇》讲述的是：罗摩、悉多和罗什曼那渡过恒河，开始森林流亡生活。罗摩一行在森林漫游，担起保护林中修道仙人免遭罗刹侵害的职责。十年后，他们来到另一个森林，罗摩获得天神因陀罗的弓箭。楞伽城十首魔王罗波那的妹妹首哩薄那迦向罗摩和罗什曼那求爱，遭到两兄弟戏弄，便想要一嘴吞吃悉多，最后被罗什曼那割掉了鼻子和耳朵。为了报仇，她先鼓动哥哥伽罗杀死罗摩，但是最终伽罗死在罗摩兄弟手中。于是她转而向不可一世的哥哥罗波那描述悉多的美貌，怂恿他劫掠美女悉多。罗波那派一个罗刹化为金鹿引诱罗摩去追赶，悉多远远听见罗摩的求救声，于是让罗什曼那去救助罗摩，其实这是魔王的"调虎离山"之计。罗波那趁罗什曼那离开，化身为一个修行之人请求布施，乘机劫走了悉多。罗摩和罗什曼那四处寻找悉多，遇见为救悉多而受重伤的金翅鸟，得知悉多已被罗波那劫往四面环海的楞伽城。后来，他们又解救了一个无头怪，无头怪指示兄弟俩去找猴王须羯哩婆。

《猴国篇》讲述的是：罗摩和罗什曼那先是见到了猴王须羯哩婆手下的大臣哈奴曼，在哈奴曼的带领下见到了被哥哥波林夺走王位和妻子的须羯哩婆，罗摩答应帮助须羯哩婆收复失地、重新登上猴国王位。他在两个猴兄弟混战的时候，从一旁射杀了波林，须羯哩婆重拾王位，为哥哥举行了盛大的火葬。然后猴王在王国内全面发起寻找悉多的号召，猴子大军从东西南北四个方向开始了寻找悉多的漫长征途。以哈奴曼为首的南路大军带着罗摩的信物戒指遇到了鸟王，知道悉多被劫往楞伽岛（通常被认为是今天的斯里兰卡岛），但这个岛矗立在大海中心，无法到达。

《美妙篇》讲述的是：神猴哈奴曼飞越大海找到了楞伽岛无忧园，他又变成一只猫，钻进罗波那的宫殿。他来到后花园找到了悉多，并躲在暗处亲眼目睹罗波那对悉多威逼利诱，但悉多对罗摩始终忠贞不渝。当哈奴曼把罗摩的信物戒指交给悉多的时候，悉多欣喜万分，同时也把自己的信物宝石托哈奴曼带给罗摩。

《战斗篇》讲述的是：在工巧大神的儿子那罗的帮助下，罗摩和猴军在海洋上架桥，猴军与魔王的军队展开大战。战斗激烈而曲折，罗摩和罗什曼那在交战中身受重伤，哈奴曼搬来长有仙草的北方神山，救活了他们。最后的结局是罗摩杀死了魔王罗波那，成功解救悉多。但悉多毕竟待在魔王宫中多年，罗摩怀疑她的贞操。悉多伤心落泪，愿投火以证清白。火神从烈火中托出悉多，证明了她的贞洁。此时 14 年流放期已满，罗摩一行人乘飞车回到阿逾陀。弟弟婆罗多欣然让位，罗摩登基为王。

《后篇》讲述的是：阿逾陀在罗摩的治理下安宁太平，但民间流言四起，说悉多曾在魔王宫中居住多时，算不得贞女，迫于社会的压力和男权思想影响，罗摩忍痛把怀孕的悉多放逐到恒河岸边。悉多得到蚁垤仙人的救护，住在净修林里，生下一对双生子罗伐和鸠娑。蚁垤仙人作了长诗《罗摩衍那》，并教会两个孩子诵唱。在罗摩举行马祭大典时，蚁垤仙人让两个孩子当场诵唱这部长诗。罗摩听到最后，才知道眼前这两个孩子就是自己的儿子。于是蚁垤仙人把悉多带来，再次为她的贞节辩护，但罗摩仍说无法取信于民。悉多于是向大地母亲求证，说如果自己贞洁无瑕，请大地母亲收容她，顿时大地开裂，她纵身投进了地母的怀抱。史诗最后，罗摩把王国交给两个儿子分治，自己和弟弟们一起抛弃凡体，升入天国。

在史诗中，罗摩是一个理想的君主形象和封建道德的典范。面对种种艰难险阻，他勇敢无畏；面对年迈的父王，他忠诚恭顺；面对全王国百姓，他仁慈宽厚。他是善和正义的化身，他的品质既体现了古印度文化的传统，又顺应了印度社会由奴隶制进入封建制过程中的时代要求。但罗摩工于心计，等级意识和男权观念严重，这些历史局限性在他残杀低等种姓和冷酷无情地抛弃妻子的行为中有着鲜明的体现。

悉多是一个富有人格魅力的女性，她"眼睛大，美丽婀娜，臀肥腰细……她贞静，美貌可赞，在大地上无人能比"。除了外表美丽，她的最大特点是贤淑、深明大义，对待爱情忠贞不渝。当魔王罗波那向悉多求爱时，她狠狠地羞辱了罗波那一番，她用了一系列的事物作类比，来说明自己的丈夫罗摩和罗波那的区别，把罗波那贬得一钱不值。

如果说罗摩是史诗作者心目中理想的统治者，那么悉多身上更多体现了女性在古代印度社会中的不平等地位，因此，可以说《罗摩衍那》对于了解史诗时代的古印度社会具有重要的价值。

影文对照

电影资料：2010 年印度 Chetan Desai 执导的动画电影，主演曼诺吉·巴杰派、玖熹·查瓦拉。这部动画将《罗摩衍那》的核心故事浓缩在了时长 1 小时 40 分钟的影片中，所以一定程度上弥补了史诗剧情进展缓慢的缺点。影片情节紧凑、曲折动人、引人入胜，但也正因为时长有限，必然就对史诗的内容多有删减。此处节选两个原著片段与动画电影进行对照。

片段一：悉多指责罗什曼那

由罗刹幻化成的金鹿引诱罗摩离开，在森林中被罗摩射死，临死时金鹿模仿罗摩的声音喊："啊，悉多！啊，罗什曼那！"悉多听到声音，以为罗摩有难，就叫罗什曼那去援救，但罗什曼那按兵不动。

遮那竭的女儿很生气，
接着又对他把话来说：
"罗什曼那！表面上是朋友，

你实际上仇视你的哥哥。

你哥哥处在这样境地，
你却不到他那里去；
你是希望罗摩死掉，
罗什曼那！好把我来娶。

我认为，他倒霉，你高兴，
你对哥哥没有一点感情；
眼里看不见那光辉的人，
你站在这里无动于衷。

你是跟着他到这里来的，
如果他遭到了不幸，
我一个人活在这里，
那么我还有什么事情？"①

当罗什曼那向悉多解释，这声音是罗刹幻化的，悉多仍然恶语相向：

"你这坏东西，专干坏事，
卑污苟贱，败坏我们家门；
我完全是为了你好，
你竟这样满嘴喷粪。

罗什曼那！对敌人来说，
干这种坏事并不奇怪；
像你这样卑污苟贱的人，
经常是把自己伪装起来。

你这个坏蛋，你跟罗摩
一个人来到这个森林里，

---

① 蚁垤. 罗摩衍那：森林篇 [M]. 第43篇5—8颂. 季羡林，译. 南京：译林出版社，2018：246.

偷偷摸摸地是为了我，
或者是那婆罗多授意。

罗摩皮肤黑得像蓝荷花，
他的眼睛长得像荷花一样；
我有了这样一个丈夫，
我怎能把普通的人去想？

罗什曼那！毫无疑问，
我就在你眼前舍掉性命；
如果我没有了罗摩，
我在地球上一刻也不想生。"①

片段一解析：

在史诗中，悉多的这段言辞是极其粗暴无礼的，她说罗什曼那存心不良，是想罗摩死掉后娶她，罗什曼那不得已才向罗摩的方向走去。一方面，这的确是悉多由于对罗摩爱之深而表现出的失态；另一方面，"兄死弟娶嫂"在史诗时代确有其传统。而在动画电影中，悉多虽然指责了罗什曼那，但重心却在指责他不救哥哥是想早日回到阿逾陀城，而并非想娶自己。在史诗文本中，罗什曼那同情哥哥，情愿追随哥哥，为哥哥嫂嫂服务，这是罗什曼那的侠肝义胆、手足情深，悉多居然用那样刻毒的语言伤害他，一向温柔贤淑的悉多此时俨然一个泼妇。罗什曼那去找哥哥之前，给嫂嫂在地面上画了一个驱魔圈，这个情节类似《西游记》中孙悟空画圈把唐僧保护在里面的情节，是悉多没有足够判断力走出圈外才导致魔王奸计得逞。史诗还写到，当罗摩见罗什曼那走来，情知不妙，走回原地，果然不见了悉多。罗摩焦急，竟也责怪起了罗什曼那。罗什曼那解释说是嫂嫂发了脾气，罗摩依然坚持认为弟弟根本不应听从一个生气妇人的话而不执行自己的命令。罗摩和悉多互相关心，一对相爱夫妻的正面形象凸显出来，但是面对情同手足的弟弟，他们同样出现了理智颠倒、恶语相向，这虽然是人之常情，但读者不免为罗什曼那大感不公。而在动画电影中，或许是为了塑造一个正面形象，罗摩并没有指责弟弟。在史诗文本中还有这样一个情节，讲的是魔王的妹妹首哩薄那迦情感热烈而直露，喜欢罗摩，敢于表白，但罗什曼那却取笑、捉弄她，让她做小老婆，还割掉了她的鼻子和耳朵，从

---

① 蚁垤．罗摩衍那：森林篇 [M]．第 43 篇 20—24 颂．季羡林，译．南京：译林出版社，2018：249.

而引发了后面的大战。一定程度上，罗摩和罗什曼那是有过错的，但是动画影片更多是将罪过归于罗刹女的引诱与野蛮。史诗结尾，罗摩迫于社会的压力和心中的男权思想，把悉多遗弃了，这个"渣男弃妻"的情节也许并不符合人们希求美满团圆结局的心理，所以影片只到罗摩从魔王手中救出悉多，回国做了国王而终止。

片段二：鸟王阇吒优私大战罗波那

它抓住了这个恶魔，
用利爪把他来撕裂，
就像一个骑象的人，
骑上一头象脾气暴烈。

它用爪子撕他的头，
在他的脊梁上狠打；
它用爪、翅、嘴当兵器，
它扯下了他的头发。

这个罗刹被鹫王抓住，
它不停地把他来折磨；
他气得嘴唇直发抖，
浑身上下直打哆嗦。

罗波那用自己的左手
把悉多往怀里又搂又摁；
用手掌不停地打阇吒优私，
他气得简直是发了昏。

这个鸟王阇吒优私，
骑在他身上用嘴来撕；
这制服敌人的鸟撕断了
魔王所有的左手十指。

于是十头恶魔发了火，
这大力怪物丢下悉多，

他用双拳加上双脚，
把阇吒优私又打又踩。

在两个勇猛的家伙之间，
一霎时展开了一场搏斗，
一个是罗刹们的总头子，
一个是所有鸟群的魁首①。

罗摩找到受伤的鸟王，鸟王说：
"罗摩呀！你和罗什曼那，
都离开了那个王后悉多；
我亲眼看到她被罗波那
那力量极大的罗刹劫夺。

我连忙奔向那个悉多，
同罗波那搏斗了一场；
他的战车还有旗帜，
都被我打翻倒在地上。

这是他那打断了的弓，
这是他的那个箭袋；
罗摩呀！这是他的战车，
被我在搏斗中打坏。

罗波那用他那柄钢刀，
砍断了我的两只翅膀；
我疲惫不堪倒了下去，
他抢走悉多飞向天上；
我是被那罗波那打倒，
请你不要再把我来伤。"

---

① 蚁垤. 罗摩衍那：森林篇 [M]. 第49篇29—35颂. 季羡林，译. 南京：译林出版
社，2018：293.

> 罗摩从鸟王那里听到了
> 有关悉多的可爱的故事；
> 他同罗波那搂住鸟王，
> 两个人都痛哭不止①。

片段二解析：

从史诗文本中可以看到，罗摩找到奄奄一息的鸟王时，鸟王告知他凶手是罗波那，也了解到了战斗的详情，后面还告诉罗摩悉多被劫往南方了。而在动画影片中，这个情节只有短短几秒，为罗摩提供关键信息的鸟王根本没有说上话，镜头就已经没有了，包括后文出现的无头罗刹迦槃陀、仙人摩登迦的老女仆舍薄哩，也都只是快速地在镜头中掠过。史诗原文对鸟王与罗波那打斗过程的描述较为详细，鸟王打倒了魔王的战车、旗帜，打断了弓，可见鸟王的战斗力还是比较强的，读者能够在脑海中想象出一幅激烈的打斗画面。但是影片中的鸟王，仅一个回合就被魔王砍断翅膀从天上掉下来，俨然是一只有正义感而实力不足的鸟群魁首。而且影片的打斗中，魔王的战车丝毫未损，打落鸟王之后就飞驰而去，与原文战车被打翻的描述不符。动画影片紧凑而曲折的剧情快速地帮助观众了解了史诗的核心内容，优点是弥补了史诗厚重且剧情进展缓慢的缺陷，但同时也暴露出不足，被强烈压缩后的故事必然会忽略掉史诗文本中诸多细致的描写。对于那些优美宁静的环境描写、诸多动植物和山河湖海的名称、各个人物的来历、家族谱系、事迹、穿戴等，影片无法一一呈现出来。相比史诗文本，影片的被接受度肯定会更直接，当然也会限制读者的想象。归根到底，动画影片只是文字的一种可能和演绎，是很难取代文字的。

相关辩题

1. 正方：罗摩是道德的典范。
   反方：罗摩不是道德的典范，是个伪君子、封建暴君。
2. 正方：悉多是封建婚姻家庭制度的牺牲品。
   反方：悉多坚守贞洁，她和罗摩是夫妻的典范和楷模。

分角色朗诵

首哩薄那迦：我的名字叫首哩薄那迦，是个罗刹女，能够随意变形。我孤身在林子里游荡，能让所有的人兽吃惊。我的哥哥名叫罗波那，是罗刹之王，还有一个

---

① 蚁垤. 罗摩衍那：森林篇［M］. 第63篇15—19颂. 季羡林，译. 南京：译林出版社，2018：376，377.

长睡不起的、大力的鸠槃羯叨拿，还有虔诚的维毗沙那，还有伽罗、突舍那两兄弟，在战斗中以英勇闻名。我的勇力超过这些哥哥。从第一眼看到你起，罗摩！我就深深地爱上了你啊，想要你这人中魁首把丈夫做。永久永久地当我的丈夫吧！你还要那个悉多干什么？悉多变得老丑不堪，她完全配不上你。我却是同你年貌相当，请把我看作你的爱妻。我想把那个女人吃掉，连同你的那个弟弟。然后，情郎呀！你同我，一起游观各种山峰，观看各种森林。

魔王罗波那：一个乞丐，带着一群裹着布条的蠢动物，就敢挑战强大的罗波那，我要狠狠地教训你们，像捏蚊子一样捏死你们，让你们知道任何人都不能入侵我辉煌的楞迦岛！这里的财富，这里的繁荣，所有的一切，都是我的，都是靠我的实力赢得的。悉多现在关系我的自尊，我绝不会让我的自尊受到挑战。罗摩，你一定会死在我手上的！

神猴哈奴曼：你好，主母悉多，这个戒指是我主罗摩亲手给我的，我是他忠诚的弟子哈奴曼。我主罗摩告诉我，看到戒指，您就会接受我做朋友的。看到您安然无恙真是太好了，刚刚我躲在树后看到可耻的罗波那对您威逼利诱，而您坚定地痛斥魔王的场面那样让人感动。您放心吧，我主罗摩就要来到，我这就带着您的手镯回去交给我主。

罗摩：朋友们，我很感激你们，为了我在这里聚集，但我要明确说明，你们支持我要冒很大危险，我是为我的荣誉而战，但并没有强迫你们。解救悉多，要面对可怕的敌人十首魔王罗波那和他凶恶的军队，如果谁不想参战，可以离开，但我——十车王的儿子罗摩，向你们保证，胜利是属于我们的，没有什么能够阻挡我们前进的脚步，海神会亲自为我们指路，所有的罗刹都会被彻底消灭！

悉多：罗波那终于死了，所有罗刹都逃跑了，罗摩赢了，现在他随时都会过来，我该如何面对他呢？我已经一年没见他了，不知道为何，我像个新娘一样羞红了脸。我仿佛听到他在叫我，这是梦吗？我不敢睁眼，害怕一睁眼这个梦就会消失。我们真的可以回家了吗？阿逾陀啊，14 年了，我终于可以回到您的怀抱了吗？

比较出真知

孙悟空与印度神猴哈奴曼

我国古典名著《西游记》中塑造了神猴孙悟空的形象，而关于孙悟空形象的来源，众多学者观点不一。胡适和陈寅恪先生都曾先后论证孙悟空的原型是《罗摩衍那》中的神猴哈奴曼。

1978 年以来，随着中国学术的复兴和繁荣，孙悟空与哈奴曼的关系问题引起文化界的兴趣。如顾子欣、季羡林等先生同意二者之间有因缘或影响关系；有些人则不同意，如金克木、苏兴、刘毓忱等先生。蔡国梁先生则较持平地认为孙悟空是既继承无支祁形象、又接受哈奴曼影响的"混血猴"。如果细细比较会发现两部著作的相似之处远不止于此，细节的相似之处多到令人惊讶。

在印度神话中，哈奴曼是风神之子，一出生就力大无穷，可以随意变换身形。但他从小顽皮，有一天他看太阳像一个水果，就想要吃掉太阳。天神因陀罗催动雷锤把哈奴曼从空中劈了下来，引起风神不悦。梵天做了和事佬，让众神给哈奴曼各种神力的祝福作为补偿。雷神赐予哈奴曼金刚不坏之身，火神、水神赐予他水火不侵，风神赐予他飞行如风，梵天赐给他长生不老，其他神合力加持了一件叫加达的大锤赐给哈奴曼。哈奴曼有四张脸、八只手，长大后成为猴王须羯哩婆手下的一员大将，后来帮助罗摩杀死十首魔王罗波那，救出罗摩的妻子悉多，还飞到喜马拉雅山取草药为他人救治伤病。

哈奴曼与孙悟空有一些共同点：哈奴曼为猴国大将，孙悟空为猴王齐天大圣；哈奴曼火烧魔王城，孙悟空大闹天宫；哈奴曼帮助罗摩救妻，孙悟空帮助朱紫国王救援金圣娘娘，还帮助唐僧取经；哈奴曼为救悉多带去罗摩的一只信物戒指，孙悟空出发去救金圣娘娘时向国王要了表明他身份的黄金宝串；二者皆可日行万里，且都是金刚不坏之身，有自由变化的神通，都曾采用过钻腹战术：哈奴曼曾被老母怪苏拉萨吞吃，然后通过变小从其耳中跳出，孙悟空曾被狮驼山老魔、无底洞女妖、铁扇公主、黄眉大王、红鳞巨蟒等吞入肚中，却借以杀败魔怪，从其五官中飞出。或许正是因为有了这些相似点，才不免让人以为哈奴曼就是孙悟空的原型，而实际上，作为一个艺术典型，孙悟空形象的构成既是土生土长、根深蒂固的，又是接木移花、枝叶纷繁的。

孙悟空身上虽然有哈奴曼色彩，但也有其土生土长的传统原型和文学史的依据。这个"猴人"形象的来由，不仅有自然的、物种的要素（如人类对类人猿、猿猴和所谓"野人"的认识）；从文化史看，应该远溯到我国及别国远古氏族社会对猿猴图腾及其灵迹的崇拜，还应该追溯到上古英雄传说的文化威力及其根源，如由大禹治水传说里派生出来的无支祁故事就起着决定性的作用。但也不可否认，由佛经人物衍化出来的听经猿、大目键连、华光等，也曾经深浅不同地介入其形象的构建①。

创意写作

罗摩作为君主，始终坚持一夫一妻制，这在古代全世界的王族中都是极其少有

---

① 萧兵. 无支祁哈奴曼孙悟空通考［J］. 文学评论，1982（05）：66-82.

的。但在史诗最后，罗摩迫于社会的压力和男权思想，两次抛弃了悉多，最后悉多投入地母怀抱，罗摩和悉多这对恩爱的夫妻有善始而没有善终。

　　请你根据情节的发展和人物的个性特征，为史诗改写一个结尾。

（施成群　撰写）

第二章 中古文学

第一节 紫式部《源氏物语》

创作背景

2021 年夏季，推迟一年举行的东京奥运会开幕式上，诡秘的气氛令人不解，这是物哀美和"百鬼夜行"的元素吗？想要更好地理解日本古典文化，除了认识他们的历史，便是解读古典长篇小说《源氏物语》了。

日本意为日出之地，历经绳纹、弥生等原始时代后，在本州岛中部大和国的基础上，于 5 世纪形成统一国家，正式定名为日本。不久，圣德太子效仿中国隋朝，建立以天皇为首的中央集权国家。7 世纪中叶推行大化改新，效仿唐朝实行改革，迎来奈良时代的振兴。9 世纪后，代表性大贵族藤原氏以外戚身份把持朝政，引发武士集团的混战。1192 年，源赖朝建立以镰仓为中心的幕府政权，日本进入武家统治的幕府时代。尽管历史上天皇多数被架空，但日本天皇制是世界上延续时间最长的君主制度，近代以后日本曾宣称天皇"万世一系"并将其写入宪法，从传说的神武天皇到当今的德仁天皇，已有 126 代。

11 世纪初，相当于中国的北宋年间，处于平安时代的日本诞生了世界上最早的长篇写实小说《源氏物语》。该书描绘了桐壶帝之子光源氏及其后代的情感传奇，我国也称其为"日本的《红楼梦》"。日文里"物语"表示故事或杂谈。物语文学是平安朝宫廷贵族的独特文学样式，当时分为两个流派：创作物语和歌物语。紫式部把两者结合起来，使《源氏物语》成为一部探索人物内心世界、独具物哀之美的散文作品，在世界女性文学中首屈一指。从写实小说看，《源氏物语》早于《红楼梦》700 余年；从女性小说看，又早于女性创作最发达的英国同类小说 600 余年。所以，11 世纪初，日本就有了近百万字的《源氏物语》，实属不易，后世与其相关的研究、影视剧、漫画、手工艺术品等在日本乃至世界范围内层出不穷，影响深远。

平安朝从 794 年桓武天皇迁都平安京开始，到 1192 年源赖朝建立镰仓幕府为止。"平安时代"取自当时的国都名"平安京"，即现在的京都，寄寓了安宁和平的美好希望。然而平安时代并不平安，皇室、公卿贵族、武士之间矛盾纷纷。除了持续不断的叛乱事件，晚期平氏家族的恐怖统治还激起了各阶层人民的反对，体现在后期的军纪物语如《平家物语》之中。《源氏物语》的作者紫式部所处的时代较早，正是摄关政治的鼎盛时期。摄关政治是平安时代中期的体制，"摄关"表示"摄政"和"关白"。天皇年幼时太政大臣代理国政，称摄政；天皇亲政后太政大臣由摄政变为辅助政事，改称关白。紫式部所处的时代，也是藤原氏以外戚身份实行寡头统治的时期。当时的摄关人物藤原道长掌权长达三十年，让三个女儿都成为天皇皇后，权势无人能及，他曾吟诵和歌"此世即吾世，如月满无缺"来表达自己志得意满的心境。

摄关政治类似我国汉代的外戚干政，使得后宫文化十分盛行。达官贵人竞相将女儿们送入宫廷，选择才能出众的仕女来营造风流文雅的后宫文化，以博取天皇的宠爱。不论日本学界的访谈节目，还是由天海佑希出演的电影《千年之恋》中，都有紫式部受太政大臣藤原道长所托，教导女儿彰子皇后习得汉语文化，并以物语创作争得一条天皇宠爱的传说。累代为外戚的藤原家族虽然权倾朝野，同族的藤原道长和藤原道隆却也竞争激烈，他们各自的女儿彰子和定子为获大皇恩宠使出了浑身解数。据说清少纳言的随笔集《枕草子》先行发表，为定子中宫传扬了美名。藤原道长请紫式部做彰子的女官，不仅在于教导女儿文化，也想借其才华和创作的声名来打压对方，他不仅提供了当时价格不菲的纸张，也是《源氏物语》的第一位读者。可见紫式部在写作《源氏物语》时压力不小。

平安时代的婚姻，除了皇女下嫁以外，基本是访婚、妻方居住婚两类并存。一个男子与正妻的婚姻稳定后，与其他妻妾的婚姻一般始终属于访婚。这样的婚姻制度使得女性完全处于被动的等待状态，即使是贵族女子，也须通过习字、习和歌、擅长琴筝等才艺手段吸引和挽留异性。因此，源氏虽为虚构人物，但一夫多妻在平安朝的确广泛存在。源氏的情人六条妃子苦恋无果带着女儿避居乡下，嫉恨怨毒而生魂出窍，正夫人紫姬寒心于源氏的多情和自私想要出家又不被允许……小说里相似的婚恋悲剧乃至女性悲剧比比皆是。

紫式部生卒年仍未探明，虽另有《紫式部日记》流传于世，但其书只记载了紫式部入宫后两三年的个人所感和宫廷见闻。平安时代的女子一般随父兄的官衔为名，"式部"是因为作者的长兄任"式部丞"。作者本姓藤原，但因《源氏物语》中女主人公紫姬为世人所传颂，便没有被称为藤式部，而以"紫式部"的名字流传下来。紫式部出身中层贵族，自幼随父亲藤原为时学习汉诗，熟读中国古代经典，并精通音乐和佛经，对白居易的诗有较深的造诣。紫式部性格深沉内敛，静而好思，富有理性。她的早慧曾令当时身为汉文学者的父亲感叹可惜其不是男儿身。传说藤原道长也曾欣赏她的才华却求爱不得。从《紫式部日记》品评清少纳言"自满""故作风雅""轻浮"，除了两人不和的政治因素，也可看得出紫式部截然不同的为人方式。家道中落后紫式部曾嫁给地方官藤原宣孝，三年后丈夫不幸染上疫病离世，自此寡居。进宫后的紫式部有机会直接接触平安朝的倾轧斗争，广泛了解上流阶级的宫廷生活和审美情趣，这些都为她的创作打下了基础。紫式部冷静内省的写实精神，成为后世理解日本古代文化高峰时期贵族生活的不可多得的视角。

 推荐译本

如今国人在学习日语的时候，常常从平假名的五十音图入门，接着是片假名，然后才是汉字。日语借用的汉字和相应的中文读音、写法、意义多有差别。但在平安时代，正式文书必须使用汉字，写汉文、作汉诗，这是男性贵族的特权；日本人认为，他们根据汉字部首或草书所创造的假名书写，比起使用汉字更能传情达意，展现内心世界也更为贴切。假名只能在非正式的私人场合才能使用，是女性写作的唯一选择。男性轻视假名写作的态度，使得女性在 10 至 11 世纪的日本成为假名文学的代言人，她们利用假名创作了和歌、物语、随笔和日记。《源氏物语》就是紫式部以古典日语的假名写成，在历史流传过程中注释本众多，20 世纪才出现一批现代日语译本，如明治末年的与谢野晶子译本、二战时期的谷崎润一郎译本。我国国内以丰子恺、林文月的中文译本影响最大。除此之外，市面上的《源氏物语》全译本多达八种。古典日语的翻译难度不仅来自语言，还有来自历史文化制度的隔阂，像人名、职官、仪式等我国读者感到陌生的名词，更需要专业的注释。有学者将殷志俊、梁春、夏元清、姚继中、郑民钦的译本与丰子恺先生的进行对比，结果不甚乐观，认为"照抄、沿用丰译本的情况十分严重，在译文上不仅谈不上超越，甚至可以说是一种倒退"①。

来自台湾地区的林文月先生在散文写作、学术研究、翻译上皆有建树。她出生于上海的日租界，启蒙教育为日语，深厚的功底不言而喻。她在和歌的翻译上大胆使用了骚体诗的形式，译文从容不迫、风韵有致。而丰子恺先生作为中文全译《源氏物语》的第一人，早在 20 世纪 60 年代就着手翻译工作，又有精通中日文化的钱稻孙、周作人辅助，丰译本自面世起就达到了其他译本难以企及的高度，是所有译本中印刷量最大的。还有文章比较丰译本和林译本的整体话语结构和语言特征后，认为"林译比丰译的白话文味道应该更浓厚"②，丰译本更能帮助读者体会到日本

---

① 何以量.中国的《源氏物语》翻译三十年［J］.日本研究，2011（3）：117.

② 何元建.关于中译本《源氏物语》［J］.外语与翻译，2001（4）：1.

古典文学的韵味。不论从市场接受度，还是"信、达、雅"的考量，在推荐《源氏物语》的中译本时，丰子恺先生的译本实为首选。

情节概述

《源氏物语》篇幅庞大，内容跨越70多年，历经四代天皇，出场人物有400多个，写尽王室贵族源氏三代人。全书共54回（日文的"帖"相当于"回"），按情节可分为三部分。

第一部分从《桐壶》到《藤花末叶》共33回。主人公虽为桐壶帝的皇子之一，相貌俊美并获得了"光华公子"的美称，但身为地位低微的桐壶更衣之子，更被降为臣子光源氏。亲生母亲早逝，源氏恋慕肖似生母的藤壶皇后，与之私通，竟秘密生下了后来的冷泉帝。这33回也是源氏从17岁到39岁间放纵爱情生活的写照，其间爱恋的女子有拒绝源氏宁愿出家的空蝉、柔弱温顺却横遭暴死的夕颜、妒恨至生魂出窍的六条妃子、被偷来金屋藏娇的养女紫姬、被讥诮丑陋红鼻子的末摘花、带着父母期盼高攀源氏的明石姬等，不一而足。政治对手曾借源氏与胧月夜私通而迫使他谪居海岛。等到冷泉帝即位，源氏位极人臣，遂修造六条院收纳了这些女子。

第二部分从《新菜上》至《魔法使》共8回。源氏的状况与第一部分大不相同。从第一部分的结果来看，风流多彩的婚恋生活给源氏带来了政治上的辉煌，可在第二部分，为了保住现有地位他迎娶了朱雀帝的三公主，却给他的中年生活蒙上了黯淡的色彩。最爱的夫人紫姬抑郁死去，三公主与柏木私通生下小公子薰君后出家为尼，源氏碍于政治地位等多重考虑而装作一概不知，独自品味人生的万般无奈，悟得佛教因果宿命的循环，颇具宗教色彩。

第三部分从《匂皇子》至《梦浮桥》共13回。源氏去世后，故事以其外孙匂亲王、继承人薰君和宇治三姐妹的恋情为主，其中从《桥姬》到《梦浮桥》10回又被称为"宇治十帖"。三姐妹里，大女公子和二女公子都是八亲王的女儿，因政治失意随父亲长期避居宇治山庄，二女公子违背父姐不婚的告诫，嫁作匂亲王之妾，之后又后悔不已。大女公子在妹妹失身后抑郁而亡，使得薰君苦寻其替身。最离奇的是不被八亲王所认的、和侍女所生的浮舟，痛苦于纠缠她的匂亲王和薰君，经历了被薰君安置在宇治山庄，避无可避，在被匂亲王诱奸后投河自尽，却被僧都救下削发为尼的悲惨景况。全书在薰君妄图重寻浮舟的茫然中结束。

紫式部曾在书中多次声明："作者女流之辈，不敢奢谈天下大事。"一部源氏家族风流史的背后，却实实在在地道出了当时的政治矛盾和人情险恶。开篇第一回《桐壶》就提到源氏的母亲：

"话说从前某一朝天皇时代，后宫嫔妃甚多，其中有一更衣，出身并不十分高贵，却蒙皇上特别宠爱。有几个出身高贵的妃子，一进宫就自命不凡，以为恩宠一定在等我；如今看见这更衣走了红运，便诽谤她，妒忌她。和她同等地位的，或者出身比她低微的更衣，自知无法竞争，更是怨恨满腹。这更衣朝朝夜夜侍候皇上，别的妃子看了妒火中烧。大约是众怨积集所致吧，这更衣生起病来，心情郁结，常回娘家休养。皇上越发舍不得她，越发怜爱她，竟不顾众口非难，一味徇情……这消息渐渐传遍全国，民间怨声载道，认为此乃十分可忧之事，将来难免闯出杨贵妃那样的滔天大祸呢。更衣处此境遇，痛苦不堪，全赖主上深恩加被，战战兢兢地在宫中度日。"①

这种历史、宗教、和歌、汉文化等相结合的特点，使得后世对《源氏物语》的主题探索形成了多重意义，其中最重要的是"物哀"美学。源氏看似万事遂意，尤其紫姬在第一部分的后半篇里被抚养成为他理想的夫人，既待其如父，对他百依百顺，又如母亲般宽容他寻花问柳。然而第二部分紫夫人的离世却成为压垮源氏使其遁入空门的最后一根稻草。紫式部常以佛教的宿命来解释当时男女关系的无奈。源氏在追逐欲望的过程中不仅给众多女性带去悲剧，自己也饱尝了生命的虚无，体会了人生无常的孤独。到了全书结尾，薰君寻访浮舟而不得的猜想联翩、伤感不已，也留下了绵延的叹息和愁绪。物哀意识笼罩全篇。大体说来，"物"是客观对象的存在，"哀"代表人类的主观情感，两者都可以是主体，可调和一致为优美纤细、幽远枯淡的情趣世界。这和日本人偏爱精致素雅、短暂易逝的事物互为观照，更多地体现在男女间的缠绵之爱上，生命的悲剧显出凄美意境。如源氏之子夕雾见到紫姬亡故的遗容时，"竟希望自己立刻死去，把灵魂附在紫夫人的遗体上，这真是无理的愿望啊！"② 亡人比活着时更美，爱的极致便是死亡。物哀不仅是感于物的哀，也是物本身的哀，无法解脱，是绝望的哀情，在日常的平淡性中缓缓地流淌。源氏对已故紫姬的追忆，也是生活化的碎片："紫夫人起来迎接他，神色非常和悦，却把满是泪痕的衣袖隐藏起来，努力装出若无其事的样子。回思至此，终夜不成寐，痛念此种情景，不知何生何世得再相见。"③ 紫式部的妙笔，展现了富于物哀的有情世界，成为日本文学经典的代表。

 影文对照

电影资料：2001 年上映的《千年之恋·源氏物语》由日本东映映画发行，崛

① （日）紫式部. 源氏物语［M］. 丰子恺，译. 北京：人民文学出版社，1980：1.
② （日）紫式部. 源氏物语［M］. 丰子恺，译. 北京：人民文学出版社，1980：715.
③ （日）紫式部. 源氏物语［M］. 丰子恺，译. 北京：人民文学出版社，1980：720.

川顿幸执导，天海佑希、常盘贵子、吉永小百合、高岛礼子等主演。影片只截取了原作前 40 回的一些关键部分并做了改编，仍然长达 143 分钟。它从紫式部的生活入手，采取作者的叙述视角和戏中戏的方式来表现《源氏物语》的创作过程和主要内容。《源氏物语》人物众多，关系复杂，情节环环相扣，环境和人物心理描写细腻，贵族间常有互赠和歌的交往，两个多小时的现代影片很难概括其书全貌。此处节选四个情节进行对照。

片段一："源氏献舞"（第七回）

高高的红叶林荫下，四十名乐人绕成圆阵。嘹亮的笛声响彻云霄，美不可言。和着松风之声，宛如深山中狂飙的咆哮。红叶缤纷，随风飞舞。《青海波》舞人源氏中将的辉煌姿态出现于其间，美丽之极，令人惊恐！插在源氏中将冠上的红叶，尽行散落了，仿佛是比不过源氏中将的美貌而退避三舍。左大将便在御前庭中采些菊花，替他插在冠上。其时日色渐暮，天公仿佛体会人意，洒下一阵极细的微雨来。源氏中将的秀丽的姿态中，添了经霜增艳的各色菊花的美饰，今天大显身手，于舞罢退出时重又折回，另演新姿，使观者感动得不寒而栗，几疑此非人世间现象。无知无识的平民，也都麕集在树旁、岩下，夹杂在山木的落叶之中，观赏舞乐；其中略解情趣的人，也都感动流泪。承香殿女御所生第四皇子，年事尚幼，身穿童装，此时也表演《秋风乐》舞，此为《青海波》以后的节目。这两种舞乐，可谓尽善尽美。看了这两种表演之后，便不想再看别的舞乐，看时反而减杀兴趣了①。

片段一解析：

红枫与樱花，均为日本人所钟情，传统里把秋天观赏红叶叫作"红叶狩"。在京都看枫叶至今都是日本国内一项重要活动。影片在大约三分之一处，把源氏在朱雀院行幸时所表演的双人舞《青海波》再现出来。女扮男装的日本演员天海佑希饰演的源氏公子本来英气飒爽，光彩照人，此处却显得怅惘满腹，心不在焉。镜头停在父皇雍容华贵的藤壶妃子身上，眉眼间露出隐隐忧思。两个人心照不宣的哀愁，仿佛在暗示什么。果然，镜头又切换成正在舞蹈的头中将的问话："光源氏，你和那位美丽的女子交好是真的吧，她一直在看着你。看，坐在那里的皇子就是你的……"源氏铁着脸默然，用扇子敲了一下头中将，试图打断他。头中将却自顾自地继续说道："皇上好像已经知道了，他将你们三人聚于此难道不是想试探你吗？"源

---

① （日）紫式部．源氏物语［M］．丰子恺，译．北京：人民文学出版社，1980：128.

氏被说中心事，扇子掉下，亦引起藤壶妃子担忧的一叹。电影仅用短短一分半钟的时间，就交代了第七回《红叶贺》的主要内容。而文章写红叶的灿烂，更写源氏公子令人不安的诱惑和对藤壶如痴如狂的迷恋，就像此处因美而生的恐惧，不仅在于皇上要替他诵经礼忏，更是儿子与继母乱伦的丑闻在欲盖弥彰下的暗流汹涌。文章没有那样露骨的舞蹈台词，却因美得不寒而栗，将艳情如饮鸩止渴般的凶险一点一点地向人昭示。寂寞深重的源氏公子，仅有紫姬作为藤壶的替代还不能满足，后半回里还荒唐到艳遇年过半百的内侍。这样的"痛"和"快"可以说贯穿了源氏风流寄世的一生。

片段二："葵姬之死"（第九回）

葵姬怀孕，还没有到临盆时期，大家漫不介意。岂知忽然阵痛频频，显见即将分娩了。各处法会便加紧祈祷。然而最顽强的那个魂灵，一直附在她身上，片刻不离。道行高深的法师都认为此怪少有，难以制治。费了很大法力，好容易镇服了。此怪便借葵姬之口说道："请法师稍稍宽缓些，我有话要对大将说！"众侍女相与言道："对了，其中必有详情。"便把源氏大将请进帷屏里来。左大臣夫妇想道："看来大限到了，想是有遗言要对公子说吧。"便略略退避。正在祈祷的僧众都放低了声音，诵读《法华经》，气象十分庄严。

源氏公子撩起帷屏的垂布入内，但见葵姬的容颜异常美丽；她的腹部高高地隆起。那躺着的姿态，即使旁人见了，也将痛惜，何况源氏公子。他又觉可怜，又觉可悲，乃当然之事。葵姬身穿白色衣服，映着乌黑的头发，色彩非常鲜明。她的头发浓密而修长，束着带子搁在枕上。源氏公子看了，想道："她平日过于端庄了。此刻如此打扮，倒是非常可爱，更加娇艳，实在美丽之极！"便握住了她的手，说道："哎呀，你好苦啊！教我多么伤心！"说时泣不成声。但见葵姬的眼色，本来非常严肃而腼腆，现在带着倦容仰望着源氏公子，凝视了一会儿之后，滚滚地流出眼泪来。源氏公子睹此情状，安得不肝肠断绝？葵姬哭得很厉害，源氏公子推想她是舍不得她的慈爱的双亲，又担心现在与丈夫见面竟成永诀，故而悲伤。便安慰她道："什么事都不要想得太严重了。目下虽有痛苦，但我看你气色甚好，定无危险。设有意外，我俩既结夫妇之缘，生生世世必能相见。岳父母与你亦有宿世深缘，生死轮回，永无断绝，必有相见之时，万勿悲伤！"

附在葵姬身上的生灵答道："否否，非为此也。我全身异常痛苦，欲请法师稍稍宽恕耳。我绝非有意来此相扰，只因忧思郁结，魂灵不能守舍，浮游飘荡，偶尔至此也。"语调温和可亲，又吟诗道："郎君快把前裾结，系我游魂返本身！"说时声音态度，完全不像葵姬，竟是另一个人。源氏公子吃惊之余，仔细寻思，恍悟此人竟是六条妃子。奇哉怪也：以前众口谣传，他总以为是不良之人胡言乱道，听了很不高兴，往往加以驳斥。今天亲眼看到世间竟有如此不可思议之事，觉得人生实在可厌，心中不胜悲叹。便问："你说得是。但你究竟是谁？务请明以告我！"岂知她回答时连态度和口音都完全是六条妃子！此情此景，奇怪两字已经不够形容。葵姬的众侍女就在近旁，不知她们是否看出，源氏公子颇感狼狈①。

片段二解析：

日语和汉语同用"鬼"字，但意义不同，前者指向的是精怪、妖怪，包括人的生魂。日本的妖怪不仅存在于当下的游戏、动漫、影视之中，也是历史文化的产物。平安时代就被看作是人与妖怪共生的，室町时代（1336—1573）的画师土佐光信以《百鬼夜行画卷》第一次将文字想象转化为视觉感受。第九回《葵姬》是《源氏物语》的第一个高潮。时年源氏22岁，正夫人葵姬被妒恨的六条妃子生灵附体折磨，生子难产而亡。源氏与不到14岁的紫姬成婚。紫式部有关葵姬的描述不多，虽是少年夫妻，两人的关系却长期冷淡，男方四处沾花惹草，女方傲娇佯装不睬。哪怕在怀孕初期，源氏也是漫不经心。但电影安排葵姬亲口告诉源氏自己怀孕的消息，接下来一句台词又完全打消了源氏的惊喜："是光大人与别人的孩子闯入了我的腹中。"编剧以更为直白的现代方式表达了葵姬的不屑和骄傲，并借紫式部告诫彰子皇后的口吻说女人的嫉妒心是可怕的，透露葵姬死亡的恐怖经过。镜头拉近，葵姬病倒，六条妃子凝视镜子含恨道："谁也别想夺走你。"这是暗示六条妃子生魂出窍、前来攻击，因她执念过深，任凭和尚怎么做法事也无法赶走她的生灵，葵姬难产引得不安的源氏进屋安慰，不料瞬间葵姬的声音变了，是另一个人的声音说："快把我肚子里的孩子取出来。"源氏才惊觉是六条妃子，葵姬身死前邪魅疯狂的笑渲染了六条妃子的心死。电影虽动用一些特效展现日本人眼中关于"生灵"的理解，但比起书中丰富的场景和对话，依旧逊色不少。

片段三："须磨之恋"（第十三回）

明石姬看了，心念自己是个少女，看了这优美的情书若不动心，未免太畏缩了。源氏公子的俊俏是可爱的，但身份相差太远，即使动心也是枉

---

① （日）紫式部．源氏物语［M］．丰子恺，译．北京：人民文学出版社，1980：163.

然。如今竟蒙青眼，特地寄书，念之不禁泪盈于睫。她又不肯写回信了。经老父多方劝勉，方始援笔作复。写在一张浓香薰透的紫色纸上，墨色忽浓忽淡，似乎故意做作。诗云："试问君思我，情缘几许深？闻名未见面，安得恼君心？"笔迹和书法都很出色，丝毫不劣于京中贵族女子。源氏看了明石姬的书柬，想起京中的情况来，觉得和此人通信颇有兴趣。但往还太勤，深恐外人注目，散布流言。于是隔两三天通信一次。例如寂寞无聊的黄昏，多愁善感的黎明，便借口作书。或者推量女的亦有同感的时候，寄信慰问。明石姬每次回信，都不无适当之语。源氏公子想象这女子的风韵娴雅的品质，觉得不见一面不甘罢休。然而良清每次说起这女子，总表示"此人属我"的神情，令人不快。况且他已经苦心追求了多年，今我当面攫取，使他失望，又觉对不起他。左思右想，最好对方主动，移樽就教，我不得已而接受，如此最为妥当。然而那女的比故作姿态的贵族女子更为高傲，决不肯毛遂自荐，叫人奈何不得。于是双方对垒，竞赛耐性，如此因循度日①。

片段三解析：

宫中尚侍胧月夜等待嫁与朱雀帝，却与源氏有染。她又是源氏政敌弘徽殿太后的六妹，向来情场风流的源氏感到了危险，自求外放，避居到须磨。须磨在日本神户西南，是一个荒僻的海滨。当地豪族明石道人对女儿明石姬期盼甚高，不肯轻易许人，还拒绝了前任国守的儿子良清。他夜夜祈求佛祖庇佑。源氏贬居到此，自然给这位煞费苦心的父亲带来了一线希望。第十三回《明石》详细描述了源氏与明石姬往来的情形，与之前和胧月夜的缱绻难别不同，双方各有盘算，就此僵持不下。电影里安排源氏和各位女子结缘多为带有情色的写实风格，唯独明石姬除外。她正式出场的第一个镜头竟是在海水之下的小庐中抚琴，源氏闻音而来，明石姬为躲避他向海中更深处潜去，源氏紧追不舍，两人的互动没有任何台词。直到字幕上显示："我这样出身卑贱的人，是不配成为你的妻子的。"连后来怀孕生子也是在海水之中。湛蓝的海水中发生了一切，像是西方童话里的美人鱼，又像中国传说里的龙宫，总之全做了"二次元"的处理。电影的叙述虽是如梦如幻，但小说里调侃的"耐性竞赛"等更多耐人寻味的细节却一个镜头也无，着实可惜。可能像《源氏物语》这样的长篇小说，用几个小时的电影来展现并不适宜。

① （日）紫式部. 源氏物语［M］. 丰子恺，译. 北京：人民文学出版社，1980：254.

片段四："出家不得"（第三十四回）

新帝即位之后，常常挂念他的妹妹三公主。世人也普遍地尊敬这位公主。只是她不能胜过紫夫人的威势。紫夫人与源氏的恩爱，与日俱增，两人绝无不快之事，也无一点隔阂。但紫夫人对源氏说："我现在不想再过这种烦杂的生涯了，但愿闲居静处，悉心修道。活到这年龄，世间悲欢荣辱，均已阅尽。请你体谅我心，许我出家。"她常常恳切要求。源氏总是答道："你这想法全没道理，也太无情了。我自己早就深望出家，但念你独留在世间，何等孤寂。且我出家之后，你的生涯必定变样。为此放心不下，迁延至今尚未实现。且待我此志遂成之后，你再做打算可也。"他屡次阻止她①。

片段四解析：

关于紫姬的讨论很多。有的人认为她年幼被父亲抛弃，年长又寄人篱下，小小年纪被源氏偷来府上，按照源氏心目里的"完美妻子"一般生活，是一个被摆布、隐忍丈夫四处风流的美丽玩偶；也有人认为，年幼的紫姬曾经把源氏当作父亲和兄长，年长后则成为源氏眼中的妻子。她固然会吃醋，也一直无子，但明石姬等人并不能真正威胁她的地位，在日本多妻制的背景下，紫姬才是源氏府上的女主人。在三公主嫁入六条院前她过得还算顺心。第三十四回就讲述了三公主入门后的变化：紫姬心绪恶劣而生病到被人误传逝世，年过四十的源氏看出了三公主和柏木的私情却隐忍不发。这段文字里紫姬在书中第一次表示要出家，作者所谓的"紫夫人与源氏的恩爱"纯属虚晃一笔，并不能作数，不然后半回不会出现紫姬在病倒前的痛苦心理："固如源氏主君所说，我的命运比别人幸福。然而，难道教我终身怀抱了人所难堪的忧愁苦闷而死去么？啊，太乏味了！"② 电影略去了源氏死后"宇治十帖"的故事，但不忘交代紫姬想出家的片段：画面布置得异常优美，六条院内红花绿树，生机盎然，一段池中锦鲤该不该放生的讨论后，紫姬向源氏提出了出家的请求。编剧设置了一段书中不存在的台词，锦鲤好比源氏豢养的众多女眷，纵有优越的环境，终究还是宅中玩物。编剧的意思很明显：紫姬不甘心成为源氏的笼中金丝雀，她要获得真正的自我和自由。然而人毕竟是环境的产物，脱离了历史的理解容易产生偏颇。紫姬要求出家，书中不止一次交代是出于厌世的心理，而不仅仅只是绝望于源氏的爱情。电影能表现的，实在有限。

---

① （日）紫式部. 源氏物语［M］. 丰子恺，译. 北京：人民文学出版社，1980：592.
② （日）紫式部. 源氏物语［M］. 丰子恺，译. 北京：人民文学出版社，1980：609.

 **相关辩题**

1. 正方：主人公源氏虽然一生风流多情，但最看重的只有两名女子，紫姬是明线，藤壶皇后是暗线，她们作为线索人物贯穿全书，推动情节发展。

反方：藤壶皇后和紫姬只是主人公源氏众多猎艳经历中的两个人物，有关其他女子的描写也占了大量篇幅，并没有起到线索的作用。

2. 正方：源氏去世后的"宇治十帖"中，浮舟是一个被侮辱与被损害的妇女典型。

反方："宇治十帖"里的浮舟虽被薰君和匀亲王所玩弄，但她在自尽获救后得到重生，坚决出家，做出了遵从自我的选择。

 **分角色朗读**

藤壶皇后：在做女御的时候，桐壶帝就常常嘱咐我不要疏远年幼的源氏公子，大家都说我长得很像他的母亲，他也爱与我亲近。这般童子装束，纵然娇艳可爱，我还是他的继母，要避嫌的。几年来每逢春花秋月，他总是倾诉恋慕。如今行了冠礼，他已不能再轻易进入内帏，难以见得一面，我竟惆怅了。贴身女侍禁不住源氏的哀求，秘密私会了几次，不想有了皇子，我的命好苦！我不能再见他了！一旦事发，就是万丈深渊！这孩子越来越像他的样子，可是容貌越像，就越发从心底里折磨着我。皇上表面上不说什么，却安排我观看他的献舞，还说实在是像源氏，是不是皇上也听闻一二了呢？我不敢想，更不能想，源氏，从此诀别了吧！桐壶帝仙逝，朱雀帝即位，我的儿子会是未来的冷泉帝，一个戴罪的女子，还有什么可求的？唯愿儿子平安健康地成长，我要离开这红尘纷扰，洗净这一世的罪孽，让我侍奉于佛祖吧！

紫姬：在源氏的六条院内待了大半辈子，几乎忘了来时的路。兵部卿亲王才是我的生父，可打记事起，只有尼姑外婆带着我过活，母亲什么样子早就想不起来了。源氏公子偷偷地把我带到这里，每天与我做伴，教我习字、看画、游戏。那一阵子，只要源氏不在，我想念外婆就会哭，除此之外，好像也没有什么不快乐。提起源氏，本来以为是父兄一般的存在，一度觉得大宅子里他才是我的亲人，不曾想几年时间一晃而过，大家都称我作紫夫人。我成了他的妻子，却不能独自拥有他……谁让这世代使得男人们的妻子众多，在外眠花宿柳也是常事。虽然源氏的情人数也数不过来，可是，我也没有更好的去处。如今一生过半，可算把明石女公子抚养大了，源氏又把朱雀帝的三公主迎进了门！他总希望我仰慕他、包容他、理解他，到底我是他的女儿、母亲，还是妻子？我的一辈子就要这样过去了，身有病痛还能忍耐，心中忧伤谁能释怀？是世事本来虚空，还是人心面目可憎？宅中的春花秋月、风流富贵，又与我有什么相干？

源氏：父皇将我降籍为臣，实则是保护，世人眼里不是皇子却胜似皇子，享尽盛世荣华。我有惊人的俊美，是众人称赞的"光华公子"。可是我的心啊，却永远有恼人的、填不满的欲望！女人真是可爱、可怜、可怕、可恨。藤壶皇后相貌酷似我的母亲，举手投足间都是我爱恋的样子，简直就是完美的女人！曾经费尽心思私会那么一两次，就被她残忍无情地拒之门外。按日子推算，她生下的那个皇子极有可能是我的，没错，长得也越来越像我，啊，这更令我魂牵梦绕了！狠心的空蝉不肯接受我的爱，美丽温柔的夕颜又如此短命，六条妃子毕竟是前任皇太子的，至于年少定亲的夫人葵姬，高傲冷淡就更别提了。好在紫姬是我意中人藤壶皇后的侄女，面貌颇有相似之处。趁着她幼年毫无忌妒之心，我可以随自己所需教养她长大。哎，葵姬产下夕雾就去了，藤壶皇后也出家了。六条妃子生魂出窍，把葵姬害死了，她这么热烈执着地爱我，我却只是感到害怕又厌恶。这还不是最糟糕的。当初，弘徽殿太后得知了我与尚侍胧月夜的私情，我就离开京都，去往须磨躲了一阵子。穷乡僻壤、恶浪滔天，幸得明石道人的照拂，不过他家的明石姬产下小女公子，能被我接到京都来，已经是高攀了，小女孩就给紫姬抚养吧，她一直没有孩子。末摘花虽不懂和歌，还生得一副丑陋的红鼻子，看在她坚定地等我回京的份上，新造的六条院里也有她的一席之地。夕颜流落到乡下的那个女儿玉鬘也长大了，出落得很不错，我接她到府上，也曾多次想亲近，却被她装聋作哑地拒绝了……四十岁大寿我不会大张旗鼓，如今冷泉帝即位，不知他的母亲藤壶皇后可否告知过他谁是他的生父？朱雀帝身体不好，把他独宠的三公主托付给我，紫姬不会想什么吧！可是，柏木和三公主有私，真是因果报应啊，当年我的父皇桐壶帝对冷泉帝没说什么，我对薰君，也不能公开追究。

薰君：我是谁？为什么来到这个世上？母亲三公主对我爱搭不理，仅仅是因为她出家了吗？玉鬘说我的相貌非常肖似已故的柏木大纳言，我的身世是个可怕的谜啊！父亲源氏离世，这偌大的六条院还需要人打理。我还在年少，好像就已经老去。世俗生活令人深感乏味，要是草草爱上一个女人，身上便有了恼人的羁绊。侍女们的挑逗，我毫无兴趣。听闻八亲王隐居在宇治山庄，吃斋念佛，潜心向道。我与他老人家倒是颇为投机，常常一起研读经义、赏玩丝竹，可惜好景不长，他竟生病故去了，留下了两位绝色的小姐。我有心恋慕大女公子，她却下定了决心终身不嫁，最后竟先我而去。二女公子和匂亲王有缘，可这匂亲王贪爱美色惯了，怎么可能唯独钟情二小姐？八亲王有个私生女浮舟长得很像大小姐，她温柔多情，我悄悄将她安置在宇治山庄，匂亲王竟然背着我去引诱浮舟……听说她跳水自杀了，我不能相信，现在就要去到僧都那儿打听她的下落。

比较出真知

《源氏物语》和《红楼梦》

《源氏物语》和《红楼梦》分别是日本文学和中国文学里古典小说的丰碑，同为亚洲文化圈，二者在艺术风格、思想内容、人物塑造等方面存在着相似之处，又因中日历史文化的差异显现出各自的特色。

《源氏物语》主要围绕主人公的风流艳情、仕宦沉浮、亲朋交往等方面展开，每一帖的题名多以与源氏有染的女子命名，以他的爱情生活为线索形成 11 世纪日本贵族社会的画卷。全书不蔓不枝，如年谱一般记录了源氏的活动轨迹，属于单线发展的纵向延伸。虽然《红楼梦》也以宝黛爱情及他们的成长为主线，但又和贾、史、王、薛四大家族兴衰际遇的总纲互为经纬，其间穿插家奴、远亲、佃户等平民的生活。《红楼梦》回目沿袭我国章回小说的传统采用骈体，寓意深远。全书通过贵族大家庭的悲剧充分展现了中国 18 世纪的社会生活，错落有致，属于多线发展的网状结构。

两部小说源于历史，却又与一般的历史小说有别，它们都是作家亲身见闻、苦心孤诣的结果。《源氏物语》在表现日本封建贵族的糜烂生活时，多用直笔，皇室家族的荒淫无度从书中第一个天皇就有坦率的叙述："皇帝虽然春秋已高，在女人上面却并不疏懒。"大量心理活动的描写也较为直白。源氏在流放须磨艳遇明石姬、四十多岁迎娶十几岁的三公主时，自己都觉得愧对紫姬。《红楼梦》则受到我国传统史家春秋笔法的影响，艺术辩证多用曲笔。有甄士隐也有贾雨村，有甄宝玉也有贾宝玉，甄家贾家，真假互藏；元妃省亲，灯谜皆为散乱无常之物；贾母八十大寿，因绣春囊荣宁二府失和，悲欢交织。《源氏物语》清幽柔婉，笼罩着纤细恬淡的愁绪，奠定了"物哀"美；《红楼梦》绚丽含蓄，慷慨苍劲，为世间难得之十二钗立传，具有悲怆之美。

紫式部和曹雪芹所面对的都是封建贵族极盛将衰之时，六条院和大观园的繁华下藏着大厦将倾的隐忧，两位作者都敏锐地觉察到了社会中不可调和的矛盾，试图以儒、释、道的思想加以阐释和解脱，但因各自本土文化的根基不同展现了不同的面貌。日本吸收融合的儒、释、道思想以原始的神道教精神为基础，神道教不仅崇拜自然祖先，也崇拜号称是天照大神之后的天皇，属于泛灵类多神信仰。《源氏物语》受神道现实本位的支配，不避讳谈论人性的真实，尊重人物的情感需求，道德伦理观淡漠。源氏不追求高远的理想境界，他立足于现世，懂得政治的进退，在自然情感诉求破灭时才意欲出家。他留恋爱欲荣华，从未深度反省自身和社会，并不具备否定现世的反抗力量。紫式部引入佛教，更多的是为祈愿佛祖的保佑，宣扬罪孽、因果、宿命等理念。曹雪芹毕竟亲身经历家世荣衰，贾宝玉对封建贵族社会所定义的成功如建功立业、光宗耀祖深恶痛绝，直骂贾雨村类为"禄蠹"。《红楼梦》谈论人情的真实，又包含儒家追求道德和天理的旨趣。贾宝玉的入道精神更彻底，他否定现世的追求，"青埂峰""离恨天""太虚幻境"都是对于来世的浪漫描述，他的出家在追求来世的意味上更浓厚，对于高远理想境界的向往也就更深刻。

创意写作

尝试借用"物哀"的审美情趣记录一次出行观景，500 字左右即可。

（缪　霄　撰写）

第二节　迦梨陀娑《沙恭达罗》

创作背景

《沙恭达罗》的作者是迦梨陀娑，是在印度享有最高声誉的古典梵语诗人和戏剧家，有"印度的莎士比亚"之称。有一首流行的梵语诗歌这样称颂迦梨陀娑：

> 自古屈指数诗人，迦梨陀娑属小指，
>
> 迄今仍无媲美者，无名指儿名副实。

另有一首流行的梵语诗歌称颂迦梨陀娑的名剧《沙恭达罗》：

> 一切语言艺术中，戏剧最美；
>
> 一切戏剧中，《沙恭达罗》最美。

迦梨陀娑的生平材料流传下来的很少，生卒年代也没有记载，多数学者认为他生活于4—5世纪的笈多王朝时代。在有关迦梨陀娑的传说中，有两个故事比较典型。一是迦梨陀娑原本是印度高等种姓婆罗门的孤儿，被人收养后成为青年牧人。当时国王的女儿贝拿勒斯公主想寻找一位更有学问的男子作为自己的丈夫，但举国上下无一人合公主的心意。于是，这些求婚者用计谋对公主加以报复，让迦梨陀娑冒充智者与公主成婚。待公主知道真相后，她只能让迦梨陀娑去迦梨女神寺庙祈求恩惠。最终迦梨陀娑得到了迦梨女神恩赐，成了大学者和大诗人。迦梨陀娑的意思是"迦梨的奴仆"，显然该故事是后人根据迦梨陀娑的名字附会出来的。二是迦梨陀娑作为诗人，在面对斯里兰卡国王鸠摩罗陀娑题写的上半首诗——"只是耳闻而未目睹长在莲花上的莲花"时，他信手拈来下半首——"女郎啊，你的莲花脸上长着一对莲花眼"。只是有个名妓为冒领国王悬赏下半首诗的赏金而致迦梨陀娑于死地。后来，国王鸠摩罗陀娑查明真相后，为迦梨陀娑举行了隆重的葬礼。

从迦梨陀娑的作品可以看出，他受过良好教育，熟练掌握梵语，博学多才，情感丰富。他的故乡大概是在喜马拉雅山南麓的邬阇衍那城，他一生遍历印度各地，既熟悉宫廷生活，也熟悉民众生活。他热爱自然，热爱现实生活，热爱一切美好的事物，他信仰印度教的湿婆，属于林加支派。

在印度有很多署名迦梨陀娑的作品，据有关学者统计，共有 41 部，其中大多是伪托之作或是同名之作。迦梨陀娑的作品，一般公认的有 7 部，分别为剧本《摩罗维加和火友王》《优哩婆湿》和《沙恭达罗》，抒情长诗《云使》，抒情诗集《时令之环》，叙事长诗《鸠摩罗出世》和《罗怙世系》，其中抒情长诗《云使》和剧本《优哩婆湿》是仅次于《沙恭达罗》的重要作品。

 **推荐译本**

推荐王维克（据法语本转译）或季羡林先生译本（由梵语直译）。

在古代，迦梨陀娑的一些作品就已传入亚洲许多国家。大约在 13 世纪，迦梨陀娑的名诗《云使》被我国译成藏文，收在藏文佛典《丹珠》中。近代，英国梵文学者威廉·琼斯率先于 1789 年将《沙恭达罗》译成英文出版，并称颂迦梨陀娑为"印度的莎士比亚"。此后，迦梨陀娑的戏剧和诗歌作品相继被译成各种欧洲文字，在欧洲文学界备受推崇。

我国自 20 世纪 20 年代以来，也出现过多种根据英译本和法译本转译的《沙恭达罗》汉译本。苏曼殊、根敦群培、曾圣提都曾完成了翻译，贺扬灵译出一半，未见发表。能够确定日期的最早的汉译本是 1925 年《京报》的《文学周刊》刊出的焦菊隐的《失去的戒指》，实际上这是《沙恭达罗》第四、五幕的节译。王哲武根据法国人杜圣的法译本转译了《沙恭达罗》，在《国闻周报》第 6 卷 18 期上陆续发表。最早的汉译单行本是 1933 年 4 月上海世界书局出版的《沙恭达罗》，译者是王维克，不过仍然是从法语转译的。中国的一些连环画版本的《沙恭达罗》依据的就是王维克译本，周恩来总理 1954 年 6 月访问印度时也曾把王维克译本作为礼物赠送给印度客人。此外，还有卢前与杨宪益合译的南曲版《孔雀女》（1945，重庆中正书局）、王衍孔译本（据法译本转译，1947，广州致用中学图书馆）、糜文开译本（据英译本转译，1950，台湾全右出版社）。

　　1956 年，世界和平理事会将迦梨陀娑列为该年纪念的世界文化名人之一，我国首次出版依据梵文原著翻译的《沙恭达罗》（季羡林译）和《云使》（金克木译）汉译本，以示纪念。在季羡林《沙恭达罗》译本问世前夕，王维克译本在国内具有重要的地位，并承担了一定的政治使命。1956 年人民文学出版社出版的季羡林先生译本，并未在普通读者群中广泛流传，主要是承载了联系中印友好关系的历史使命。1980 年季羡林复译《沙恭达罗》，虽然是作为世界经典作品的复译本，季羡林在细节的处理上似乎仍然有值得商榷的地方①。

　　首先是语体的选择，如舞台序幕部分，季译本将某些带贬斥性的修饰语用以形容女郎：

> 女演员（唱歌）
> 风骚的女郎把尸利沙的花朵编成了花环，
> 　·　·　·
> 蜜蜂轻吻着美妙的花须，在上面飞舞盘旋。（季羡林译本）
> 女演员（歌唱）
> 美丽的合欢花，
> 布满了花粉，
> 姑娘们温柔地采撷，
> 装饰她们的秀发。
> 这美丽的花儿，
> 被热切的蜜蜂亲吻。（王维克译本）

有些译文内容略生硬、含混，如沙恭达罗送嫁前的细节：

> 阿奴苏耶　所以我曾专为这件事把能够经久的计舍罗香末储藏在一个椰子壳里，现在就挂在芒果树枝上。你把这些香末放在荷叶上，同时我去准备一些牛胆黄、圣土和杜罗跋草的幼苗来为她制造吉祥膏。（季羡林译本）
> 亚拉稣耶　我已经采集了些花朵，我又把花粉装满了一葡萄壳，这些都可以拿来送给沙恭达罗呢。你再去采集些吧，我还要到圣池里去取些黏土，寻几根香草，和一点儿蜜糖拌和起来，沙恭达罗洗浴时用得着的……还要替她预备一张避邪的麝香膏药。（王维克译本）

----

　　① 刘建树. 季羡林《沙恭达罗》译本的演进及其影响因素研究 [J]. 世界文学评论（高教版），2015（02）：222－231.

季译本有些表达又显得拖沓啰唆，如父亲在送别沙恭达罗时，母亲说的话：

乔答弥　孩子呀！你们启程的时间已经过了。劝你父亲回去吧！不然的话，你会很久不让他回去的。您请回吧！（季羡林译本）

哥答美　我的女儿，赶路趁好天，我们快些走罢。你的父亲也应当回去了。他做事向来不爽快的……（对冈浮）冈浮，爽快些叫我们上路罢！（王维克译本）

总的来说，王向远教授对季译本《沙恭达罗》的整体价值的评价是比较准确的："（季羡林）这个译本的问世，使其他译本基本上退出读者市场，近半个世纪以来，几度再版，影响很大。但仔细读来，也有白璧微瑕……季羡林的印度文学翻译……填补了印度文学汉译的多处空白……尽管译文本身并非尽善尽美，但作为直接译自梵文的译作，具有不可替代的价值。"①

译者介绍：

王维克（1900—1952），江苏金坛人，我国著名的翻译家、教育家。他曾留学法国学习数学、物理、天文等，成为举世闻名的居里夫人的中国学生。归国后于上海中国公学、湖南大学等校执教。1951 年王维克于北京的商务印书馆工作。1952 年因病去世。王维克还是著名数学家华罗庚的恩师。在华罗庚读初中时王维克就发现他的才华，并在后来的学习和生活上对其多加帮助。王维克爱好文学，热衷翻译，先后翻译了但丁的《神曲》、法国名剧《希德》、比利时名剧《青鸟》、印度名剧《沙恭达罗》等，创作剧本《傀儡皇帝》，以及编著《日食和月食》《自然界印象记》等自然科学书籍。

情节概述

《沙恭达罗》（王维克译本）是一部七幕诗体戏剧，取材于《摩诃婆罗多》和《莲花往世书》。剧作描写的是豆扇陀和沙恭达罗的爱情，七幕的主题分别是：遇艳、废猎、诉情、离乡、忘盟、忆旧、重圆。

第一幕"遇艳　树林之中"。描写国王豆扇陀到郊外去打猎，为追逐一只小鹿而闯入净修林，在此见到了美丽绝伦的少女沙恭达罗，她的"下唇像蓓蕾一样鲜艳，两臂像嫩枝一样柔软，魅人的青春洋溢在四肢上，像花朵一般"，"蜜蜂在花丛

---

① 王向远. 佛心梵影——中国作家与印度文化 ［M］. 北京：北京师范大学出版社，2007：263，266.

中采花酿蜜，竟数次往她粉脸上飞扑"①。豆扇陀和沙恭达罗一见钟情，豆扇陀爱沙恭达罗美丽的形体，而沙恭达罗爱豆扇陀的温良谦让和优雅。这两人的爱具有强烈的肉欲色彩，初见沙恭达罗时，沙恭达罗被一件外套束缚，她要求女伴帮她脱下，藏在树林后的豆扇陀见状，不禁想："我想这件外套是有罪的，因为他阻止一个美丽身体的发育，他又压碎两个天地间最鲜艳的果子……"但不能把这种迷恋简单理解为低级情欲，这种迷恋中蕴含着古印度人，尤其是崇拜湿婆大神的印度教徒的宗教观和人生观，他们主张在肉欲的满足中保持心灵的纯洁和精神的超越。

第二幕"废猎　林中空地"。国王自从看见沙恭达罗，对打猎也没了兴味，因为那些可怜的猎物，都是他爱人的伴侣。国王正愁如何接近恋人，此时，国王的母亲派人叫他回去举行"斋戒之礼"和"祭祖大典"，林中的修道仙人却请求国王留下镇压恶魔。为了方便恋爱，国王派宠臣摩达维耶代自己回宫，自己则留下。

第三幕"诉情　河流之旁"。沙恭达罗自从见过国王之后，便患上相思病忧郁起来。这天，女友探问她的心事，她老实回答说是因为国王，她想让国王接受她卑下的爱情。女友出主意让沙恭达罗给国王写诗，于是沙恭达罗作诗一首："君心若止水，妾心已如焚。莫问生和死，此生终属君。"这番话恰好被躲在树后的豆扇陀听到，他激动地从隐蔽处走了出来，大胆地向沙恭达罗表达了真挚的爱意。二人互表真心，并接了一吻。此时沙恭达罗的母亲哥答美来找女儿回家，国王赶忙躲到树后。

第四幕"离乡　花园之内"。国王和沙恭达罗以"乾闼婆"的自由恋爱方式（既无父母之命，又无媒妁之言）结合了。婚后国王豆扇陀不得不返回王都，临行前，他将一枚刻有自己名字的戒指作为信物交与沙恭达罗。国王走后，沙恭达罗因眷念国王而神思恍惚，因此得罪了一位爱发脾气的仙人杜发煞。仙人诅咒沙恭达罗的情人一定会把她忘掉。沙恭达罗的女友听到诅咒后，急忙恳求仙人的宽恕。仙人减轻了诅咒，条件是只有国王看到他留给沙恭达罗的戒指时，才会记起他们之间的爱情。隐士冈浮回来之后，知道女儿已经怀了国王的孩子，于是决定派人送她到宫里去和国王团聚。沙恭达罗即将离开净修林时，森林里的草木鸟兽都以自己独特的方式表示自己的眷恋："鹿呆着不动了，嘴里的草也忘记咀嚼了……孔雀垂着两翼，不再舞蹈了……树叶萧萧地落下来。"沙恭达罗临行时向树林鞠躬，向茉莉花、小山羊告别。临行前，养父嘱咐她："你要绝对服从国王，勿要和国王有争执，勿要在他面前发怒，除非他来要求你，你勿要引诱他向欢乐的路上走，对于宫里的嫔妃，要待她们像姊妹一样，对于仆人要公平和善，宽猛相济。"于是沙恭达罗拜别

---

① 迦梨陀娑．沙恭达罗·云使［M］．王维克，译，成都：四川人民出版社，2021.

父亲，踏上了寻夫之路。

第五幕"忘盟 国王之宫"。在去王宫的路上，沙恭达罗不小心把国王留给她的戒指遗落了。到了王宫，豆扇陀果然忘记了沙恭达罗。国王虽然记不起沙恭达罗，但仍然为她的美貌所倾倒，他注视着她，内心想着："她真是一个美人！他们硬叫我做她的丈夫，可惜我没有这种幸福。无论如何，我想不出她曾经和我有什么关系……我只觉得我好像是一只蜜蜂，在早晨的阳光里，恋爱一朵含着露珠的花，虽然不能接近她，也不愿离开她……"面对国王的负心，沙恭达罗痛斥豆扇陀："你是骗子，是小人，没有良心，没有廉耻！谁有你这样狡猾？心肠恶毒，带着一副道德的面具！你好比一个害人的坑，上面盖着些花草……"这段痛斥透露出沙恭达罗温柔性格后面坚强与反抗的一面。对沙恭达罗被国王忘弃这一事件，剧中人赛惹拉伐有一个评价，为女性敲响了警钟，他对沙恭达罗说："这是轻浮的刑罚！天下女子要以你为前车之鉴，过路爱情是讲不得的，否则难免不失身于仇敌的怀里。"透过赛惹拉伐的话，也可以看出当时男女不平等和一夫多妻制下的夫权所带来的不公，他对国王说："丈夫是妻子的主人，留住她由你，赶她走也由你，这是你的特权。"又对沙恭达罗说："你既然是他的妻子，你就听他的摆布；无论爱不爱，你要绝对服从，这是你父亲临别关照的话。"的确，当时的国王后宫美人众多，这一幕开篇就描写了一个被冷落的妃子华苏马太在宫中唱着怨歌："你飞到这花，又飞到那花，蜂呀，蜂呀，快回来罢！"国王对宠臣说："从前我很爱华苏马太，或者你不知道这一回事……现在呢，我不理她了，所以她抱怨我。你去对她说罢，我听得够了。"也难怪摩达维耶评价国王对沙恭达罗的倾心为"吃够甜蜜枣，想吃酸梅汤"。正当沙恭达罗走投无路的时候，天空中闪起了一道金光，把悲痛欲绝的沙恭达罗接到天上去了。

第六幕"忆旧 宫中花园"。不久，一位渔夫打鱼时，发现一条鱼的肚子有刻着国王名字的戒指，在他把戒指拿到街上卖的时候被巡查的士兵抓获。国王得到这枚戒指后，立刻恢复了记忆，"他的失望和悲哀是无穷尽的！他责备自己的残忍，自己的不义……他深深地忏悔。他发誓替她终身戴孝，他拒绝了一切侍从的恭维，一切嫔妃的媚态。他日夜躺在床上，翻来覆去，心里面好像滚油一般的煎熬。他说话也没有次序了；看见女人，只是喊着沙恭达罗；喊错了，只是低着头怕羞……"

他找人画了一幅沙恭达罗的画像，对着画像长吁短叹，以泪洗面。此时，天帝命车夫马德里前来传令，让豆扇陀去天界征讨一群恶魔，国王急忙出发。

第七幕"重圆 云中仙境"。国王在凯旋的路上，于一处天山停留，礼拜天帝之父。他在这里看到一个掌心有轮状纹路的孩子在戏弄小狮子，从照管孩子的妇人口中，他得知了眼前的孩子是沙恭达罗的儿子。这时，孩子的手镯掉落在地，国王捡起手镯的时候，妇人震惊了，原来这个镯子是天帝之父在孩子出生时亲自戴上的，除了孩子的父亲和母亲，别人都不能接触，否则会变成咬人的毒蛇。确认了国王是孩子的父亲后，一家人幸福地团聚了。

文本细读

片段一：舞台序幕

舞台指挥　够了！（转向更衣室）女士，准备好了就请过来。

（女演员入场。）

女演员　来了，先生。我要做什么？

舞台指挥　观众极有眼力，我们要为他们上演著名的迦梨陀娑创作的新剧《沙恭达罗》。全体参演人员务必竭尽全力。

女演员　您的筹备很完美。不会出差错。

舞台指挥　（微笑）实话对您讲，女士，

聪明的观众要是不满意，

我就没法觉得技艺尽显；

技艺精通的人也需支持，

不相信自己的单打独干。

女演员　确实。那我们从哪儿开始？

舞台指挥　首先，你用歌喉取悦观众的耳朵。

女演员　我应该歌颂哪个季节？

舞台指挥　噢，那就歌颂方才到来的怡人夏季罢，

因为这个时节

正午时游泳缓解灼热，

清风里充盈森林花香。

树荫下安眠惬意甜蜜，

黄昏时分是那么迷人。

女演员　（歌唱）美丽的合欢花，

布满了花粉，

姑娘们温柔地采撷，

装饰她们的秀发。

这美丽的花儿，

被热切的蜜蜂亲吻。

舞台指挥　唱得好！剧院里的人都被你的歌声迷住，如画像一般坐着

不动。

我们要上演什么戏剧来留住他们的好感呢？

女演员　噢，您刚才说要演一出叫作《沙恭达罗》的新剧。

舞台指挥　多谢提醒。我刚才真是忘记了。

您迷人的歌声让我走了神，

就好像野鹿引诱了我们剧中的主人公。

（二人离场。）①

片段一解析：

印度剧本开篇常常先有一个祝福词，然后是"舞台序幕"，序幕完了正剧开始。《沙恭达罗》的舞台序幕很有特色，深得歌德赞赏。歌德（Johann Wolfgang von Goethe）在 1791 年写诗赞美《沙恭达罗》，他说："倘若要用一言说尽——春华秋实，大地天国，心醉神迷，惬意满足，那我就说：沙恭达罗！"据说《浮士德》舞台序幕的设置就是有意模仿《沙恭达罗》。《沙恭达罗》有一个祝福词，《浮士德》也有一个献词；《沙恭达罗》舞台序幕是舞台指挥和一个女演员之间的插科打诨，而《浮士德》的舞台序幕是经理、剧作家、小丑三人就"如何吸引更多观众来看戏"产生的对话。序幕都是在向观众致意及介绍剧情。

片段二：第四幕　沙恭达罗的离别

赛惹拉伐　我们来了，可敬的教父！

冈浮　赛惹拉伐！来带领你的小妹妹罢……

赛惹拉伐　请你跟我走罢，沙恭达罗！（众人都向前走几步）

冈浮　一切树木花草的神灵听呀：这个女郎终是忍着自己的口渴，先来替你们浇水；偶然折了一枝花在手上，便深深地感谢春天的恩惠；她今天离开这里，到他丈夫的宫里去了！一路上请松树柏树替她遮蔽阳光，请微微的荷风吹凉她娇嫩的面孔！诸位神灵保护沙恭达罗一路平安！

（树林里发出一种声音。）

赛惹拉伐　教父，你听见么？有点像黄莺的歌声，有点像树林的叹声，大概是不忍心看见沙恭达罗离别呢。

哥答美　（对沙恭达罗）孩儿呀！向这班爱你的神灵行个敬礼罢……

（沙恭达罗向树林鞠躬。）

---

① 迦梨陀婆. 沙恭达罗·云使［M］. 王维克，译. 成都：四川人民出版社，2021：12-14.

柏梁伐陀　沙恭达罗！你就这样去么？

沙恭达罗　柏梁伐陀！虽则我的丈夫等着我，在这离别的时候，我的脚竟生着根一般，不能向前移动……

柏梁伐陀　这里的一切，哪一个不感着痛苦呢！我们的鹿呆着不动了，嘴里的草也忘记嚼了……孔雀垂着两翼，也不跳舞了……树叶萧萧地落下来，这就是树的眼泪了！

沙恭达罗　（对冈浮）父亲呀！我要向这株茉莉花告别呢。

冈浮　我知道你很爱惜她的，你对她说罢。

沙恭达罗　（吻茉莉花）"林中之光"呀！现在我要离开你了……请你把拥抱檬果树的手臂，来拥抱我一下罢！我们再见的时候，不知道要在哪一年呢！（对冈浮）父亲呀！请你就当她是女儿一般看待罢。

冈浮　放心点罢，我的孩儿！现在可以上路了。

沙恭达罗　（对二女友）我也要请你们照顾她呢，亲爱的姊妹们！

亚拉稣耶　那末谁陪伴我们呢？谁能够代替你呢？

（二女友哭泣起来了）

冈浮　（对亚拉稣耶和柏梁伐陀）你们应当把眼泪收起来了，应当鼓励沙恭达罗的勇气呢！

（大家又向前走。）

沙恭达罗　父亲呀！你看见那只草地上的小鹿么？她的肚子大了，走不快了……她生下小鹿的时候，请你派个人来告诉我！

冈浮　我不会忘记的。

沙恭达罗　（忽然停止下来）谁在我的衣边擦过去了？（转身一看）

冈浮　这是你宠爱的小山羊，你的干儿子。他的嘴唇刺破了的时候，终是你替他搽油；他曾经在你的掌心上吃细米粟；他现在舍不得你离开这里！

沙恭达罗　（对小山羊）可怜的小东西，为什么你要挽留一个不得不离开这里的人呢？你生下来就没有妈妈，是我抚养你的……今天早晨，你才知道这种难过的事情，然而我的父亲一定特别爱护你，你且回家去，再会罢！（她垂泪）

冈浮　（对沙恭达罗）孩儿呀！揩干你的眼睛，抬起头来看看你前途的幸福罢……聪明的人，必须斩除生命路上一切荆棘呢①。

---

① 迦梨陀婆. 沙恭达罗·云使 [M]. 王维克，译. 成都：四川人民出版社，2021：98 - 101.

片段二解析：

第四幕被认为是《沙恭达罗》最优美的章节，重点描写了沙恭达罗与养父、女友、草木鸟兽离别时难分难舍的场面，淡化了仙人诅咒的危险。女友们为她涂抹了香膏，养父为她送上祝福，沙恭达罗处于矛盾心理之中，一方面期待与国王见面，一方面又对净修林满含不舍。没有艰涩的语言，词汇质朴、色调清新，整个画面有浓厚的抒情色彩，充满诗情画意。沙恭达罗告别净修林的场景，不仅表现了她与大自然的亲密关系，也凸显了她纯粹、天然、质朴、温柔的性格美。迦梨陀娑把大自然人格化、情感化，把人的外表自然化、简朴化，把人的内心虔诚化、纯净化。沙恭达罗离开时，林中的花草树木、小山羊、孔雀、藤蔓等都悲伤不已。通过表现宁静质朴的自然与纯洁真诚的人们和谐共生的场景，表达"梵我如一"的审美理想。阅读《沙恭达罗》，或许我们可以进一步思考，在这个时代，我们该以什么态度来对待自然中的每一个生命体，应该保持怎样的心性，需要建立怎样的人与自然的关系？

片段三：第七幕　父子相认

（孩子牵着小狮子和两个保姆上。）

孩子　狮子，张开你的嘴！我要数一数你的牙齿呢。

甲妇　放着他罢！这些小动物就是我们的小朋友，勿要苦恼他！

国王　（旁白）真有些奇怪！这个孩子好像是我的孩子，我的身体不知不觉被他吸引去了……但是我从来没有过孩子呀！

甲妇　你再不放手，母狮子要来咬你了！

孩子　我怕什么？

国王　勇敢极了！现在是一星火，将来是满天光！

乙妇　你放了他，我就给你别的东西玩耍……孩子（伸出手掌）先给了我！

国王　（看见手掌心里轮状的纹路）上帝呀！这是国王的记号呀！我看得清楚，一个发光的太阳，我看得清楚……

甲妇　（对乙妇）你不要对他说空话，还是回家去把那只泥孔雀拿来给他罢！

孩子　那末我还是和狮子玩耍，等你拿来再说……（乙妇退）

……

乙妇　（对孩子）看这只美丽的鸟儿……

孩子　狮子也不要了，鸟儿也不要了，我要妈妈，妈妈在哪里？

甲妇　那末就回去……

乙妇　我们在这里再玩一会儿罢，沙恭达罗才睡着的。

国王　（发抖，旁白）她也叫沙恭达罗！不过，这是女人常叫的名字……但是，我仍旧希望着！

孩子　（对乙妇）那末给我美丽的孔雀！

乙妇　天呀！沙伐达马那的手镯没有了，这是他的辟邪宝物，万万不能够遗失的……

国王　那树叶子旁边不是手镯么？……想必是他和小狮子相打的时候落下去的。（他走近手镯）

甲妇　呀！不要近他！……哦！你竟把他拾起来了！（两妇惊奇失色）

国王　我不懂你们为什么这样大惊小怪……

甲妇　客人，这辟邪宝物是天上来的，是孩子生下来的时候，卡鹊巴亲自替他戴上的。卡鹊巴说："除去孩子自己，他的母亲和他的父亲，别人绝对不能接触他。"

国土　接触了有什么危险？

甲妇　手镯就要变为咬人的毒蛇。

国王　这种事曾经发生过么？

甲妇　不止一次了。

国王　那末我竟是这孩子的父亲么？我多么欢喜呀！

甲妇　（对乙妇）快来！我们去告诉沙恭达罗这桩惊天动地的消息……（两妇人下）①

片段三解析：

大抵是东方人比较偏爱大团圆的结局，《沙恭达罗》同样以父子相认、夫妻团聚的结局圆满落幕。尽管这一戏剧性结局缓解了读者紧张的情绪，但是却更衬托出沙恭达罗的悲剧。沙恭达罗本已被弃，好在国王虽然后宫佳丽三千，却一直没有子嗣，凭借孩子这样一个介入因素，沙恭达罗才得以有圆满结局。设想一下，如果沙恭达罗没有子嗣，即使二人感情再坚定，她真的不会成为第二个华苏马太？国王自己曾说，过去他很喜欢这个妃子，并且肯定了她的贤德，但是现在已经不想理她了。国王和从小就被遗弃的净修女之间缔结婚姻，这种婚姻还是靠着偶然巧遇和自由恋爱，这本就是不对等、不牢靠的关系。没有子嗣，难保沙恭达罗不会有和华苏

① 迦梨陀婆. 沙恭达罗·云使 [M]. 王维克，译. 成都：四川人民出版社，2021：175－181.

马太一样在深宫独唱怨歌的结局。尽管迦梨陀娑将分离原因归咎于民间常用的"仙人诅咒"这一外界戏剧因素，但是剥开这层外衣，我们应该认同，一个家族的社会地位、财产状况、种姓制度等社会现实，才是影响一段婚姻关系的重要因素。其次，"诅咒"这一戏剧因素，让沙恭达罗完全丧失了命运主动权，可见一个女性命运的脆弱性与可悲感。发出诅咒的仙人被视为社会中道貌岸然又冷酷无情的、阻碍美好爱情的邪恶力量的代表。尽管被写下了命定的悲剧，但是沙恭达罗仍然展现出了无所畏惧、敢于反抗的女性精神，竭力维护自己的人格尊严，这的确令人赞赏。如果圆满的结局只是一种美好的理想，那读者也只好借助文学作品来寻求一种心灵满足与精神慰藉。

相关辩题

1. 正方：国王豆扇陀对待爱情是专一的。

   反方：国王喜新厌旧，拈花惹草，玩弄女性。
2. 正方：沙恭达罗的性格是温顺柔弱的。

   反方：沙恭达罗的性格中充满坚强与反抗。

分角色朗诵

国王豆扇陀：天呐！这就是沙恭达罗么？这就是冈浮的女儿么？这位隐士胆敢让这样一位仙女来做给花木浇水这样的苦事么？真是糊涂极了！这样美丽的皮肉就穿了这样粗劣的修女外套么？上天下地的神灵呀，这好比一把钢刀斩一朵莲花，太残忍了！哦，你看她那件束身的外套，我想他是有罪的，因为他阻止一个美丽身体的发育，他又压碎两个天地间最鲜艳的果子……但是监狱终于打破了……玫瑰花终于开放了……你真美丽呀，沙恭达罗，你的野蛮外套也因为你而美化了，你好比透出水面的莲花，满塘浮萍都美化了。

沙恭达罗：可怕呀！他把我失身于他这回事儿全然忘记了！我的希望从天上落到地下，跌得粉碎了！心肠已经变了，爱情已经死了，再对他讲什么呢？但是，对他讲几句罢，也许我心里的痛苦可以减轻一点呢。我的丈夫……哦，错了，你否认我有权利用这样的称呼。大王，你是圣主的后裔，怎会做下这种欺骗的事情！你不记得吗？不久以前，在我父亲隐居的树林里，一棵檬果树下面，你的手放在我的心上，我们各自发了神圣的誓言，我们重重地接吻。你不记得了吗？在玫瑰花的圈门下面，你手掌心里放着从荷叶中取得的露珠……罢了，我终是一个懊悔莫及的弃妇了，我那样信任你，谁知道你嘴上是蜜一般甜，而心里是铁一般硬呢！

亚拉稣耶（沙恭达罗的女伴）：客人呐，你问我为何舍身求道的冈浮会有沙恭达罗这样一个女儿,你且听我给你说来。有个贤德的国王名叫毗舍密多罗,一天他正在潜心修道,众神唯恐他道成之后与他们作对,所以派了一个叫梅拉介的女神来扰乱他的心。那时正是春天,女神又是绝世般的容颜,毗舍密多罗的心就这样被扰乱了。这位国王,他才是沙恭达罗的父亲,可惜沙恭达罗刚出生就被遗弃了,我们主人收养了她,因此大家都把冈浮当作她的父亲。

摩达维耶(国王的宠臣):唉!我真是要死了!做国王的伴侣真不开心!从早到晚,只听见:"一只鹿来了!一只野猪逃去了!"这样的大声怪叫把我闹昏了!正是赤日当空,还是要不断地追逐;疲劳时,树荫下坐一会儿;口渴时,浊水喝一瓢;肚饿时,火烤野兽肉一大块;吃饱就上马!我有多少夜睡不着了;那些战马,那些猎象,把我的耳鼓也震破了!东方发白的时候,正有点睡得舒服,偏是那吹号的声音:"哑嗒嗒!哑嗒嗒!"把我从梦中叫了起来!唉!这种生活哪一天才了结呢?自从国王发现了这地方一个名叫沙恭达罗的女修士,他便出入那隐士的屋里,大有乐而忘返的神气。他那后宫美人可不少,为什么看上这样的野蛮女子?到底俗话说得好:"吃够甜蜜枣,想喝酸梅汤。"

比较出真知

国内的《沙恭达罗》比较文学研究大致有影响研究、平行研究、阐释学和译介学研究四大方面的成果。

影响研究方面:我国很多著名作家都不同程度地受到过印度文学的影响,如鲁迅、郭沫若、徐志摩、郑振铎、冰心等。中印文学关系的实证性影响研究成果丰硕,如王宗的《印度古代文学在中国的传播和变异》一文研究印度史诗和佛教文学对中国的影响,以及传播过程中产生的变异和变异原因;郁龙余的《印度文学在中国的传播与影响》一文探讨了汉译佛典中的佛教文学、印度文学对我国汉族文学的影响,以及印度文学对我国少数民族文学的影响。只不过两篇文章几乎都没有涉及《沙恭达罗》的传播与影响。刘建的《梵语古典文学的主要成就及其在世界上的影响》一文是对印度梵语古典文学在寓言、故事、诗歌、戏剧诸多领域取得的主要成就的评估,文章还对《五卷书》西传至欧洲的情况做了介绍,此外还介绍了迦梨陀娑的几部作品,其中对《沙恭达罗》的介绍尚未突破季羡林译本序的内容。东方文学研究专家王向远教授的著作《佛心梵影——中国作家与印度文化》站在比较文学"涉外文学"的立场上,梳理了十一位中国作家(康有为、梁启超、章太炎、苏曼殊、许地山、郑振铎、季羡林、金克木等)与印度的因缘,评述了作家的人生、思想、创作与印度文化的关系,填补了中印文学影响研究的空白。

平行研究方面:主要是把《沙恭达罗》与中外戏剧名作从各个角度进行平行比

较。如《沙恭达罗》与《西厢记》《牡丹亭》《琵琶记》《张协状元》《长生殿》《美狄亚》《罗密欧与朱丽叶》《暴风雨》等经典戏剧都形成了比较研究的案例，研究者大致是从剧作家、主题思想、人物形象、创作方法、叙事体例、语体特色、戏剧结构、演出程式等方面展开。

阐释学方向：如姜景奎的《梵剧〈沙恭达罗〉的显在叙事》一文用叙事学的研究方法分析《沙恭达罗》的叙事艺术，认为长时空独白叙事、插曲叙事、幕后语叙事等是《沙恭达罗》的特色，它的剧名和幕名叙事也很罕见。葛英的《〈沙恭达罗〉诗剧美学特征》一文借用东西诗学理论对《沙恭达罗》的语言进行分析，认为剧本具有"诗情画意"的个性美、"以情动人"的情味美、"情景交融"的意境美、"悲喜结合"的精神美。

译介学方面：王向远教授对剧作的译介做了详尽的研究和评价，包括重要的翻译家、译本流传情况和种类、译本比较等。黄镞从《沙恭达罗》的卢前译本出发，首次研究了不太被国内关注的其他《沙恭达罗》转译本。黄轶认真梳理了其他从英语、法语版转译的《沙恭达罗》汉译本的译介情况。郁龙余在《梵典与华章》一书中详细阐述了《沙恭达罗》的中译及在中国舞台两次演出的详细信息与根据该剧改编的连环画的相关内容①。

创意写作

《沙恭达罗》全剧语言优美，风景描绘动人，诗意盎然。请仿写一段不少于300字的段落，赞一赞学校优美动人的景致。

> 《沙恭达罗》第四幕第二景："已经天亮了！东方的太阳红得可怕，西方的月亮要落山了……这太阳和月亮追逐不息，我们极短的人生真是渺小呀！……那灿烂如莲花一般的太阳，好比光荣的青春；那孤独惨淡的月亮，好比失恋的少女。看这自然的妙景，就叫人想入非非……而且枣树叶子上的露点亮晶晶和珍珠一样；绿孔雀虽是振翼将飞，却还是睡眼蒙眬；胆小的麋鹿在草地上操练她们的小脚……这里的一切，都有活泼泼的生气呢。"②

（施成群　撰写）

---

① 刘建树. 印度梵剧《沙恭达罗》英汉译本变异研究 [D]. 西安：陕西师范大学，2013.

② 迦梨陀娑. 沙恭达罗·云使 [M]. 王维克，译. 成都：四川人民出版社，2021：86.

第三节　《一千零一夜》

创作背景

　　《一千零一夜》，又叫《天方夜谭》，是一部阿拉伯民间故事集，实际上是由阿拉伯及其邻国人民集体创作而成。《一千零一夜》的形成过程经历了漫长的 8 个世纪。8 世纪中叶到 9 世纪中叶是阿拉伯帝国的鼎盛时期，阿拉伯的民间故事一方面受到其征服国家文化的影响，另一方面又吸收了希腊和印度的古代文化。到 12 世纪，埃及人首先使用了《一千零一夜》的书名，后来经过多次修补整理，直到 15 世纪末至 16 世纪初才基本定型。

　　《一千零一夜》的故事源自三个部分：第一部分是古代波斯故事集《一千个传说》，为作品的核心部分，该部分故事集来源于印度，用梵文书写，后来译成古波斯文，又译成阿拉伯文，流传过程中融入了许多阿拉伯文化。第二部分是以巴格达（今伊拉克地区）为中心的阿拔斯王朝时期流传的故事。第三部分是埃及麦马立克王朝时期流传的故事。另外还有一些故事源自古希腊、古罗马、希伯来等地。可以说，《一千零一夜》的成书过程，不仅是阿拉伯地区的人们对不同地区、不同民族的神话、传说和故事的收集、提炼与加工过程，还是吸收、融会和再创作的过程。这些故事背景十分广泛，涉及亚、非、欧，甚至美洲，但都根植于阿拉伯土壤，具有鲜明的阿拉伯文化特色和伊斯兰教色彩。

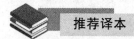

推荐译本

　　推荐纳训先生翻译的《一千零一夜》（六卷本，凡二百余万字）。

　　纳训先生 1911 年出生在云南通海县纳家营的一个普通农民家庭，是著名穆斯林政治家赛典赤·瞻思丁（1211—1279）的后裔。受家庭熏陶，纳训先生自幼勤奋好学，其学习成绩名列前茅。后因成绩优异，1933 年被云南昆明明德中学保送到埃及艾资哈尔大学继续深造。纳训先生深造期间除攻读必修课程外，还选定文学为其主攻目标，并立志翻译《一千零一夜》全书。同时，他还将鲁迅的小说《风筝》、朱自清的散文《背影》、曹禺的剧本《雷雨》、人物传记《孙中山的生平》等一些古今名著译成阿拉伯文。

　　为了从阿拉伯原文中译出《一千零一夜》这部巨著，纳训先生倾注了四十多年的心血，对于难翻译的句子，总是反复推敲，使得译文既保留了原作的风貌，又考虑了中文的表达习惯。1957 年，人民文学出版社出版了纳训先生译成的《一千零一夜》三卷集。1960 年至 1976 年，纳训先生虽受到不公正待遇，仍笔耕不辍着手翻译这部巨著的未译部分并对《一千零一夜》的全部译稿字斟句酌地进行第三次校订。1984 年纳训先生根据原书的次序另行编排，共编为六卷，约二百万字，由人民文学出版社陆续出版。纳训先生《一千零一夜》六卷本的印刷出版，对学术沟通、文化交流做出了重大贡献，给中国读者提供了丰厚的精神食粮。

情节概述

我国著名作家叶圣陶曾说："《一千零一夜》仿佛一座宝山，你走了进去，总会发现你所喜欢的宝贝。虽然故事是一个长故事，但是我们若截头去尾，单单取中间包蕴着最小的一个故事来看，也觉得完整美妙，足以满意，这譬如一池澄净的水，酌取一勺，一样会尝到甘美的清味。"①《一千零一夜》全书包括大小仅三百个故事，其书名来自主线故事《国王山鲁亚尔及其兄弟的故事》：相传古代印度和中国之间有一个海岛，岛上有一个萨桑国。国王山鲁亚尔因为发现王后行为不端就杀了她，从此国王存心报复，即每日娶一个女子，第二天便杀掉再娶。如此持续了三年，全国一片恐慌。后来宰相的女儿山鲁佐德为拯救无辜女子，自愿嫁给国王。她请国王允许将其妹敦娅佐德召进宫，以便再见一面，做最后的话别。其妹按照事先约定，请求姐姐讲个故事来消遣一夜。于是山鲁佐德在征得国王同意后便讲起了故事。每到天亮，那引人入胜的故事恰好讲到最精彩的地方，留下悬念。国王为把故事听完，只好暂且不杀山鲁佐德，让她讲完后面的故事再说。就这样，故事套故事、故事接故事，山鲁佐德讲了"一千零一夜"。在此期间，山鲁佐德还偷偷为国王生了三个儿子。当故事讲完，国王仍要杀她的时候，她让仆人领出了那三个孩子，最终国王被其感化，弃恶从善，决定和山鲁佐德白头偕老。

《国王山鲁亚尔及其兄弟的故事》主线故事的穿针引线，将许多不同时代、不同内容、互不相关的大小故事巧妙连接在一起，构成一个有机整体。从横向看，大故事套小故事，小故事又延伸出次小故事，层层包蕴，既有神话传说、爱情传奇，还有寓言童话、宫廷奇闻、名人逸事等，情节曲折离奇，扣人心弦。从纵向看，故事间前后相连，其时间自开天辟地到成书之际，地点涵盖阳世阴间、宇宙太空、山南海北，主人公更是上自仙魔精灵、帝王将相、才子佳人，下至商人、僧侣、渔翁等，环环相扣，连为一体。前一故事的结尾是后一故事的开端，构成首尾相连的故事链。如《渔翁的故事》主要讲了渔翁救魔鬼的故事，但这个渔翁又讲了"国王和医师的故事"，而这个故事中的国王和大臣又分别讲了一个小故事。接着魔鬼为

---

① 转引自纳训译《一千零一夜》的前言。

报答渔翁，就带渔翁去"一个水清见底的湖泊"打鱼，引出了"四色鱼的故事"，而在探索四色鱼奥秘的同时，又引出了"着魔王子的故事"。这些故事各自成篇，却又存在着巧妙的联系，达到和谐统一。

杰出的无产阶级作家高尔基曾说过："在民间文学的宏伟巨著中，《一千零一夜》是最壮丽的一座纪念碑。这些故事极其完美地表现了劳动人民的意愿——陶醉于'美妙诱人的虚构'，流畅自如的语句，表现了东方民族——阿拉伯人、波斯人、印度人——美丽幻想所具有的力量。"① 在《一千零一夜》中，普通劳动者形象占据了十分重要的地位，木匠、渔翁、仆人、理发匠等成为众多故事的主角，歌颂了他们的聪明才智、丰富的想象力和创造力。如《阿里巴巴和四十大盗的故事》塑造了一位机智、勇敢的女仆马尔基娜的形象。强盗们为杜绝后患打算杀掉知道藏宝秘密的阿里巴巴，于是派了一名机警的匪徒伪装成外地商人前去探路。这名匪徒找到阿里巴巴的住宅后，用白粉笔在大门上画了一个记号，便急忙赶回山洞，报告消息去了。女仆马尔基娜因事外出，无意间看见门上那个白色记号，便料到是敌人作为识别的标记，意在谋害主人。于是她也用粉笔在所有邻居的大门上画了个同样的记号，以致强盗们无功而返。第二次亦是如此。第三次，匪首亲自出马，装扮成卖油商人，让37个匪徒全副武装藏在瓦瓮中，借故在阿里巴巴院落中暂住一夜。女仆马尔基娜无意中发现瓦瓮中装的不是菜油，就不动声色地给每个瓦瓮中浇进一瓢沸油，使藏在瓦瓮中的匪徒逃脱不了，个个被烫死。匪首得知后怀着满腔愤怒和绝望的心情逃之夭夭了。最后一次，匪首乔装打扮，装模作样做起生意来了，通过接近阿里巴巴的侄子获得去阿里巴巴住宅做客的机会，并试图在吃饭时用短剑结束阿里巴巴的性命。不料女仆马尔基娜立刻认出了匪首，并在歌舞表演的瞬间，用锐利的匕首对准匪首的心窝猛刺进去，结束了他的性命。女仆马尔基娜的智慧机灵使阿里巴巴一家转危为安，其身上表现出了非凡的机智和勇敢，给读者留下了极其深刻的印象。

另外，《一千零一夜》中的大小故事宣扬了惩恶扬善的思想观念和以善为本的世界观。作为一部阿拉伯著名的民间故事集，它的产生和形成过程与伊斯兰教教义密切相关。伊斯兰教视《古兰经》为其最高经典，因此《古兰经》在《一千零一夜》核心思想中多有体现。善有善报、恶有恶报的思想在故事集中较为常见，如《商人阿尤布及其子女的故事》。故事中富商阿尤布家财万贯，死后将财产都留给了他的子女，儿子加尼姆心怀善良救出了被埋在坟墓中的女子，并对其好心照料。后来得知这位名叫姑蒂的女子就是被王后设计陷害的王妃。由于加尼姆的善良，不仅

---

① 转引自纳训译《一千零一夜》的前言。

姑蒂成了他的妻子，他的妹妹也嫁给了国王，一家人过上了幸福的生活，好人有好报，而坏人则受到了应有的惩处。可以说，善有善报、恶有恶报的思想体现了人民群众的愿望，而《一千零一夜》将这一民间愿望与伊斯兰教教义有机结合在一起，极大地表现了中古时期阿拉伯人的世界观和思想观念。

影文对照

电影资料：《阿拉丁》（真人版）是迪士尼出品的爱情奇幻冒险片，由盖·里奇执导，威尔·史密斯、莫纳·马苏德、娜奥米·斯科特主演。该电影根据《一千零一夜》中的神话故事《阿拉丁和神灯的故事》改编，在致敬1992年经典动画片《阿拉丁》的基础上融入嘻哈元素，于2019在北美地区、中国内地同步上映。时隔20多年，《阿拉丁》（真人版）在完美复刻经典动画片的同时，也拍出了新意。片中经典的爱情场景在技术加持下更显唯美动人，如男女主人公乘飞毯遨游的画面，唤醒观众幸福的童年回忆。威尔·史密斯更是将当年最潮的嘻哈元素融入电影音乐，既有炫酷的饶舌表演，还有别样的全程歌舞，演活了"蓝胖子"，绝佳的演技受到影迷盛赞。此处节选两个经典原著片段与电影进行对照。

片段一：阿拉丁的出身

相传古时候，在中国的都城中，有一个以缝纫为职业的手艺人，名叫穆斯塔发。他处境不好，是个穷人，膝下只有一个独生子，名叫阿拉丁。

阿拉丁生性乖张，从小不爱学好，是个小淘气鬼。

阿拉丁年满十岁时，他父亲一心一意要教他学缝纫，以便将来继承他的工作，以此谋生度日。这是因为穆斯塔发向来生计窘迫，没有多余的钱供儿子上学读书，也不可能让他去做生意，或者去当学徒工，学一身本领。归根结底，他只能把儿子留在铺中，由自己教他缝纫。

但是阿拉丁贪玩成性，总是跑出去找本地区那些贫穷、调皮的孩子们游玩鬼混，没有一天能安心地待在铺中。他抓紧一切机会，只要父亲一离开铺子，例如因应付债主等事出去时，他就立刻跑去找调皮捣蛋的那些小伙伴，一起去逛公园、玩游戏。这种情况，对阿拉丁来说，已是家常便饭，习以为常，劝导鞭打对他都不管用。因为他既不听父母的话，不愿继承父亲的职业，也不肯学经营买卖的本领，所以他的前途实在不堪设想。

裁缝穆斯塔发眼看儿子这种不争气的行为，大失所望，悲愤交集，终于忧郁成疾，不久便一命呜呼了。阿拉丁没有因为父亲之死改变他懒惰邪癖的性格，依然如故，继续过浪荡生活。母亲看到自己的老伴已死，儿子又不成器，深感前途茫茫，半点希望也没有，所以迫不得已，索性把裁缝铺和里面的什物，全都卖掉，然后以纺线为业，借此谋生糊口，并养活不务正业的淘气儿子。这时候，阿拉丁觉得父亲死了，自己不再受到严格的约束和管教，所以就更加放荡不羁，越发懒散堕落，除了吃饭，其他时候总是不在家里。而他那可怜不幸的母亲，仅靠一双手纺线，养活儿子，一直到他年满十五岁①。

片段一解析：

阿拉丁作为故事的男主人公，其出身为故事后续的情节发展奠定了基础。原文文本与电影台词相比，首先是阿拉丁的国籍问题。原文将男主人公放在中国都城，但在风俗习惯、交往礼仪、君臣关系等方面存在着对中国文化的误读，因而影片中又将男主人公转变到虚构的阿拉伯国家，使得故事在充满异域风情的古代阿拉伯国家展开。其次是阿拉丁的身世问题。原文将阿拉丁描绘成穷裁缝的儿子，因阿拉丁不学无术，致其父亲忧郁成疾，悲愤而死，后靠其母亲纺线为生，但阿拉丁仍懒散堕落。后续情节围绕阿拉丁的母亲操心儿子的婚姻大事展开，符合传统意义上的母子情怀。而影片将阿拉丁描绘成善良的街头混混，同自己忠实的猴子阿布居住在繁华的街市，靠偷盗维持生计，并不时将偷盗换来的物品接济穷人。后续的情节围绕阿拉丁对公主的一见钟情展开，较符合现代人的审美。

片段二：寻找神灯

这时候，那裂开的地方逐渐显露出一块长方形的云石，石上有一个铜环。魔法师面对云石，马上取泥沙占卜一番，然后转向阿拉丁，说道："我的孩子，我要吩咐你的事，如果你全做到，那么，你肯定会一下子变成比一般帝王还富有的人物呢，就是因为这个缘故，我才动手打你呀。因为在这个地方的地底下，埋藏着一个宝库，里面的宝物是用你的名义贮存起来的，要不要开启它，这是事先有规定的，必须由你来决定。刚才我为开启宝库，已经祈祷过了。我的孩子，现在你要好生注意，听我告诉你，那块石板下面就是宝藏的所在。你过来，握着石板当中的那个铜环，把石板揭起来，因为除你之外，世间的任何人都弄不动它。你揭开石板，就得走进去，因为这个特殊、奇异的宝藏，原是为你而保存下来的。不过里面的情形，你必须听我解释，照我所说的去做，切不可疏忽大意。这一切，我的孩子，都是为你自身的利益和幸福着想的。宝藏中的宝物很多，质量很好，帝王们所聚敛的财富都比不上。再就是你还要记住：这个宝藏既是你的，同样也是我的。"

……

这个非洲魔法师，不辞远道奔波跋涉，从老远的摩洛哥来到中国，他唯一的目的就是要盗窃神灯，所以坚持要阿拉丁立刻把神灯递给他。由于阿拉丁先把灯装在胸前的衣袋里，后来又装进不少珠宝果实，把衣袋装得胀鼓鼓的，已经插不进手指去掏灯。其实阿拉丁是善良的，没有什么坏念头，一心只想走出地道口，就把神灯交给他伯父。可是魔法师不了解这个意思，而是固执地非把神灯弄到手不可。当他再三向阿拉丁索取无果时，便怒不可遏地咒骂吵嚷起来。魔法师眼看自己的希望和目的不能达成，他心一横，索性念起咒语，把乳香往火中一撒，恶狠狠地施出报复的绝招。由于咒语的魔力，他身边的那块石板动荡起来，慢慢滑到地道口上，恢复了原来的模样，成为地道口的盖子。阿拉丁就这样被埋在藏宝藏的地道中。

……

幸亏天无绝人之路。原来在阿拉丁还未遇险被困的时候，老天爷已给他安排好一条转危为安的出路。当非洲魔法师吩咐阿拉丁进宝藏的地道口时，曾把一个戒指当礼物送给他戴在食指上，作为护身符，还对他说："你进去不论遇到什么艰难险阻，这个戒指能使你避免一切祸害，同时还能增加你的胆量和勇气。这样，你就会变危为安了。"这一切原是老天爷在冥冥中借魔法师的手和嘴来保护阿拉丁的生命，是为他摆脱危害而做的巧妙安排①。

片段二解析：

对于寻找神灯的片段，电影对原著文本进行了修改。一是宝藏入口。原文中阿拉丁手握石板当中的铜环，边呼喊自己和父母的名字，边把石板揭开，最终得以进入宝藏洞穴。电影对其进行了删减，阿拉丁只需沿洞穴直接进入即可，少了洞穴的神秘感。

二是魔法师索取神灯的场景。原文中阿拉丁遵照魔法师的命令，在取得神灯后将其装进胸前的衣袋里。返回时阿拉丁由于缺少经验阅历，又在衣袋里装进不少珠宝果实，甚至用围巾包住缠在腰间，魔法师索要神灯时，阿拉丁无法及时拿出，致使魔法师的希望落空，怨念横生，施展魔法，把阿拉丁埋在地道里，让其慢慢死

---

① 一千零一夜［M］. 纳训，译. 北京：人民文学出版社，2020：143－149.

去。这些场景将阿拉丁的纯朴与魔法师的阴暗形成鲜明对比，突显魔法师的目的。影片中对此进行了改编，阿拉丁取得神灯后，山洞瞬间岩浆涌动，在魔毯帮助下，阿拉丁和猴子爬至洞口，此时阿拉丁把神灯交给魔法师后被踩落洞穴，猴子阿布借机窜至魔法师身上窃取神灯后跌落洞穴，后二者被魔毯救起。这里展现的更多是阿拉丁的顾虑和魔法师的得而复失，彰显魔法师的最终目的，与原文中的目的相一致，只是情节进行了较大改动。

三是阿拉丁身陷洞穴自救的场景。原文中提到阿拉丁在进入宝藏地道口前，收到魔法师送的一个戒指当护身符，后在戒指的帮助下，转危为安，逃离地道，回到地面。这些更多展现的是阿拉丁的勇气和智慧。影片中阿拉丁在地洞中得到了飞毯，嫁接了《飞毯的故事》，神灯介绍操作指南时，套用了《阿里巴巴和四十大盗的故事》，稍后阿拉丁让猴子擦拭神灯，自己说出想重见天日的想法，神灯将其带回地面，这里更多展现的是阿拉丁的投机取巧和些许滑头。

相关辩题

1. 正方：底层人士阿拉丁想娶公主是敢想敢干，不是白日做梦。

   反方：底层人士阿拉丁想娶公主是痴心妄想。

2. 正方：《一千零一夜》是一部童话作品。

   反方：《一千零一夜》不是一部童话作品。

分角色朗诵

阿里巴巴：我原本与妻子过着贫苦生活，靠卖柴维持生计。有一天，在砍柴路上，我无意间发现一伙拦路强盗的宝库，暗中记下了"开门吧，芝麻芝麻"和"关门吧，芝麻芝麻"的咒语。等强盗散去后，我弄了几袋金币捆在柴火里返回家中。哥哥高西睦听说后，双眼被贪婪和嫉妒所蒙蔽，招来杀身之祸。强盗们为除后患，密谋要杀害我。我的仆人马尔基娜先后三次机智地破坏了强盗们的罪恶计划，使两名匪徒死在自己同伴的刀下，另外三十七名匪徒被她用滚油烧死，最后她又机警地发现匪首的险恶阴谋，勇敢地利用献舞的机会，用匕首刺死匪首。消灭强盗后，我们一家过着安居乐业的生活。后来，我把山中宝库的秘密及其进出方法告诉了儿子和孙子们，让他们代代相传，继续享受宝库中的财富。

辛伯达：我出生在富商之家，从小受到发财致富、投机冒险的教育。青年时代我把父亲留下的无数财产挥霍一空，为了摆脱困境，我开始远航。虽然第一次归来时赚的钱比父亲的遗产还要多，可以让我过上无忧无虑的生活，但我并不满足，又先后六次出海，如饥似渴地探求新生活、新知识。我头脑灵活，经验丰富，意志顽强，无论在什么情况下都不忘大捞一把钱财，哪怕航行中九死一生。其中四次翻船落水，三次流落荒岛，先后遭受了风暴、巨鹰、巨蟒、巨人、妖怪的袭击，多蒙真主保佑，每一次我都能逢凶化吉，平安回来，并带回大量财富，帮助每一位需要帮助的人。晚年我过上了富比王侯的优越生活，和家人共叙天伦之乐，和亲友一起吃喝、谈笑、嬉戏，享受舒服、愉快的田园生活。我有一句格言送给大家：“去吧，勇往直前，宇宙间到处有你栖身之地！”

神灯：召唤我的伟人啊！命令我的恶人啊！我恪守誓言，效忠于三个愿望。让你瞧瞧我的真本事，阿里巴巴败四十大盗获宝贝，山鲁佐德讲一千故事终得归，不过主人你最走运，因为你手中的魔法已臻化境，熊熊力量随你使，种种重武任你用，拳打脚踢，潇洒至极，但擦灯壁，仅此而已。然后我会说：先生，敢问尊姓大名？随便啦，你有什么愿望要许？你点单，我来记。你从没有我这样的朋友。人生是餐馆，我是你领班，无论你想要何物，快悄悄与我说起。你从没有我这样的朋友，我们骄傲，能够服务你，你是老大，是国王，号令天下。你许愿，我实现，何不再来点果仁蜜饼？这边选几件，那边全试遍，我现在兴致勃勃要帮你，兄弟。你从没有我这样的朋友。这是重头戏，当心了！这是重头戏，你的朋友是否能死亡旋转？你的朋友可否耍无影套环？你的朋友是否能从小帽里扯出一块小魔毯？你的朋友能否如我这般？我是灯中精灵，只要有机会，说学逗唱随便来一套。别瞪着大眼，傻傻坐着像个笨蛋，你所有白日祈祷我来一次兑完。字句为证，如假包换。你的任何事，精灵来代办。我帮你的热情快要爆表，你有什么愿望，我真的想知道，你无疑有个超长的清单列表，你只需像这样擦擦灯就好。许一个两个三个愿，我尽力帮你全实现。另外，你不能许愿要更多愿望，三个足够了，还有我不能让人坠入爱河，或者让人死而复生。

戴藜兰：我是一个骗子，我的欺骗手腕能使狐狸上当，为妖魔鬼怪所效法。女儿对我说“如今两个技不如我的诡谲骗子却被任命为近卫军的左、右队长，领取官家俸禄，生活丰衣足食”，我们母女却既没地位，又没人抬举，这让我颜面何存？是时候大显身手，耍一耍花招，玩一玩手段了。随后我带着一串又大又重的念珠，拿着红黄破布做成的旗帜，穿过大街小巷，先后诱骗了警官太太、商人、染匠、驴夫、剃头匠和乡下人，并通过拐带的商人儿子欺骗珠宝商人。我这样做的目的不是为了掠夺、霸占别人的财物，而是因为那两个技不如我的骗子靠拐骗成名，继而高官厚禄，所以想继他俩后成为一个名利双收的人。后来我们母女得到国王的赏识，被派去管理皇家旅舍，管理四十个仆役、四十条看家狗、四十个信鸽，过起了有权有势的如意生活。

艾比·绥尔：我是一个理发匠，别人因为我穷苦都不找我剃头了；而我的邻居是一名染匠，一直干着招摇撞骗的勾当，恶名远扬。由于生意萧条，在染匠的游说下，我们决定离开这座城市，另找出路。在旅途中，在下榻的旅店，我勤勤恳恳为别人理发，任劳任怨地赚钱养染匠，而他却坐享其成，在我生病昏迷的时候，拿着我的钱逃之夭夭。染匠见如今这座城市的穿着不是白色就是蓝色，求见国王，说出能洗染的各种颜色，并在国王的帮助下，筹建染房，一度成为城中名人。我病情好转后，再次遇到染匠时得到的不是咒骂就是陷害。我在船长的帮助下大难不死，并打捞到了国王的宝石戒指，觐见国王时揭穿了染匠的阴谋。染匠因作奸犯科而被就地正法。随后我推脱了国王的挽留，带着国王的赏赐回到故乡，过起了舒适、愉快的幸福生活。

 **比较出真知**

《一千零一夜》与薄伽丘《十日谈》的楔子及整体架构①

《一千零一夜》是古代阿拉伯一部脍炙人口的文学作品，薄伽丘（Giovanni Boccaccio）的《十日谈》是欧洲文艺复兴时期意大利文学作品中的一朵奇葩。这两部作品分别作为东西方两个国家的文学名著，并且二者诞生的时间相距几百年，但这两部作品在楔子和整体架构上却存在着惊人的相似之处。

首先是《一千零一夜》和薄伽丘《十日谈》的楔子，两部书的起因大同小异。《一千零一夜》的起因是国王山鲁亚尔性情残暴，因王后行为不端将其杀害，随后便讨厌女性，每日娶一女子，第二天便将其杀害。宰相的女儿山鲁佐德聪明机智，为拯救无辜少女挺身而出，自愿嫁给国王。她每夜给国王讲故事，日复一日，讲述了一千零一夜，终于使其醒悟。山鲁佐德讲述的二百多个不同时代、内容各异的故事汇集起来，构成了《一千零一夜》。薄伽丘《十日谈》的故事发生在公元1348年，欧洲爆发了史无前例的可怕瘟疫，意大利佛罗伦萨更是尸横遍野。在这次浩劫中，有十个青年侥幸活了下来，他们逃到郊外山上的别墅里，相约每人每天轮流讲一个有趣的故事。他们住了10天共讲了100个故事。这些用以消遣、解闷的系列故事就是《十日谈》。

其次是《一千零一夜》和薄伽丘《十日谈》的整体架构。这两部书都采用了大故事套用小故事的框架结构，整部书是一个整体，而其中的各个小故事各自独立成篇。薄伽丘《十日谈》的故事联系主要在于每天的十个故事主题相同，如第二天

① 刘清玲.《一千零一夜》与《十日谈》结构之比较［J］. 江西社会科学，2003（12）：111 - 112. 周顺贤.《一千零一夜》与《十日谈》之比较［J］. 阿拉伯世界，1985（4）：120 - 121.

的故事主题都是"开始饱经忧患，后来逢凶化吉，结果喜出望外"。而《一千零一夜》采用的是"连环包孕式的写作手法"，横向看，大故事衍生小故事，小故事又衍生出更小的故事，层层包孕；纵向看，这些故事之间前后相连，环环相扣，情节相互衔接，形成一个整体。

《一千零一夜》和薄伽丘《十日谈》的整体架构也基于特定的目的。《一千零一夜》的整体架构不但引起听众或读者的兴趣，还通过山鲁佐德讲故事的形式顺理成章地把所有故事纳入了整部书之中，又反过来通过跌宕起伏、波澜横生的故事展现山鲁佐德的聪明才智和广博知识，这对主干故事的层层展开、对矛盾冲突的发展和解决起到了铺垫和烘托作用。同时，山鲁佐德讲故事是为了拯救成千上万的女子的性命，只有环环相扣，组织紧凑，情节峰回路转、跌宕起伏的故事才能转移国王的注意力，让他沉迷其中而忘记杀人之事。《一千零一夜》包罗万象、各国各地不同特点的民间故事、传说要在一部书里有机结合起来，这种令人眼花缭乱的架构形式以及它带来的紧凑效果最合适《一千零一夜》的结构设定。一个故事看似结束了，其实后面还有更精彩的发展。

薄伽丘《十日谈》的整体架构不仅把100篇内容不相关的短篇小说有机地连接成了一个整体，还宣扬了人文主义精神。借助瘟疫横行、社会混乱的故事背景，讲述了一系列当时神权统治下的中世纪思想，以及"教会的黑暗腐朽，教士的虚伪"，以此弘扬自然的人性，讴歌崇高的爱情。同时，十个人讲故事是为了逃避大瘟疫的恐怖现实，让大家的心情从紧张、窒息中解脱出来，那么，轻松、自然、舒缓、有序的叙述方式最合适《十日谈》的结构设定。另外，作者也可以借各种人物之口，讲出被当时社会道德视为大逆不道的故事内容，来表达他本人的思想和感情。

《一千零一夜》对阿拉伯文学以及西方欧美文化的发展起了积极的作用。埃及著名文学家也从该作品的故事中汲取素材，创作小说、剧本。但丁、薄伽丘、莎士比亚、托尔斯泰等人都或多或少地受到该部作品的影响。薄伽丘的《十日谈》在采用《一千零一夜》框架式结构的同时，还嵌套了一个更大的框架"附表层结构"。这个"附表层结构"使作者本人时隐时现，将创作现实与作品情境嫁接起来，有时与其他人物形象一起说古道今，有时则干脆直接站出来发表自己的宣言。这种框架结构加附表层结构看似漫不经心，实际上则是举重若轻、匠心独运，利于张弛有序地表达喜剧性内容，创造宽松、从容的表意环境，也易于标记创作动机。这是薄伽丘在借鉴《一千零一夜》框架结构的同时，又融合西方文学经典，经过改造、加工，创造性发展的结果。

创意写作

　　《一千零一夜》是一部卷帙浩繁、优美动人的阿拉伯民间故事集，故事集囊括了神话传说、寓言故事、童话故事、航海冒险故事等。世界著名文学家伏尔泰、薄伽丘、歌德等人都多次阅读《一千零一夜》并从中获益匪浅，同时这部巨著还激发了东西方无数作家、画家和音乐家的灵感。请依据《一千零一夜》中你所熟知的某篇作品，将其改编为中国版的童话故事，字数1000字左右。

（李红营　撰写）

第三章　近现代文学

第一节　泰戈尔《吉檀迦利》

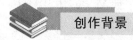
创作背景

　　《吉檀迦利》是泰戈尔（1861—1941）中期创作的一部宗教抒情诗集。1902 年到 1907 年，生死离别的人生悲剧悄然拉开帷幕，泰戈尔的妻子、二女儿、父亲和小儿子四位至亲相继离开人世，其他三个子女各有归处，仅剩泰戈尔一人，这接踵而来的悲哀，泰戈尔都以超乎常人的坚强忍受住了，这让他更深切地体悟到生与死的滋味，将自己的无能为力寄托给唯一而永恒的神。再加上 1905 年英国殖民政府颁布分裂孟加拉的法律，激起了印度全国人民的民族反抗情绪，爆发了席卷全国的自治运动。随着自治运动愈演愈烈，向武装斗争急剧转变，泰戈尔的自治理想破灭了，于是，他远离斗争，背负着精神的苦闷和孤独的忧伤，开始了不知疲倦的写作。家庭和民族的痛苦并没有击倒孤独的泰戈尔，反而使他的创作越发具有了崇高而纯洁的艺术气质。

　　《吉檀迦利》是泰戈尔在 50 岁生日时（1911）从他的孟加拉文版的《吉檀迦利》（1910）、《奉献集》（1901）、《渡河集》（1906）等诗集里面，以及从 1908 年起散见于印度各报刊上的诗歌中亲自选译成英语的诗集，共收录 103 首诗。虽然这些诗歌是作者选择不同诗集的诗组成的，但并非是无意识的凑合，而是把这 103 首诗有机地组成一个新的整体。1912 年，泰戈尔随儿子、儿媳前往英国。在伦敦，时任伦敦国家美术学院院长的罗森斯坦被《吉檀迦利》中的诗所吸引，他不仅把该诗集推荐给英国的文学评论家安德鲁·布拉德，还寄给爱尔兰著名诗人叶芝，他们都对诗作中清新、深邃、宁静的东方色彩赞不绝口。《吉檀迦利》于 1912 年在英国伦敦出版，引起英国读书界的巨大反响。1913 年，泰戈尔又赴美访问，发表了多次演讲，并于 1913 年获得诺贝尔文学奖，获奖评语是："由于他那至为敏锐、清新与优美的诗；这诗出之以高超的技巧，并由他自己用英文表达出来，使他那充满诗意的思想业已成为西方文学的一部分。"泰戈尔凭借《吉檀迦利》成为第一个获得诺贝尔文学奖的亚洲作家。

推荐译本

推荐冰心翻译的《吉檀迦利》版本。

冰心（1900—1999），原名谢婉莹，福建长乐人，我国著名诗人、作家、翻译家、散文家。笔名取自"一片冰心在玉壶"。冰心作为翻译家，除了具有深厚的文字功底外，还对双重文化下的心理进行巧妙翻译、融合转换，因而她翻译时特别强调《吉檀迦利》是民族的、人民的、爱国的诗。

冰心的父亲曾任民国政府海军训练营营长，在烟台居住的 8 年时间里她度过了幸福而多彩的童年生活，从小接受良好的学校教育，接触中国古典文学，由此打下了良好的文学功底。冰心在青年时期受五四运动和新文化运动影响，在珍视中国优秀文学经典的基础上吸收西方文学精髓，融汇中西，使其翻译的作品充满了对真善美的赞美和对爱国主义的歌颂。她陶醉于泰戈尔的诗歌，特别是泰戈尔对儿童的爱，使冰心转向以儿童为题材、以儿童为读者的创作历程。在翻译这些优秀诗歌的过程中也浸入了自己的主观因素，特别是翻译《吉檀迦利》，由于冰心和泰戈尔都经历过各自国家的反帝爱国运动，受到西方思潮影响，冰心能够在作品中发现与其产生共鸣的文化内涵与思想理念。下面将冰心翻译泰戈尔诗歌的特点归纳如下：

一是创造性翻译。冰心在翻译时明显超出了意译和直译的界限，采用一些方言、俗语等来融洽白话文。如将第 1 首中的词语 "vessel" 翻译为 "杯儿"；将第 66 首中的诗句 "I have roamed from country to country keeping her in the core of my heart, and around her have risen and fallen the growth and decay of my life" 翻译为 "我把她深藏在心里，到处漫游，我生命的荣枯围绕着她起落"[①]。

二是超越文化的界限。冰心通过简洁的汉语表达超越了泰戈尔高度形象化的文字、宗教式的象征和隐喻，实现了这种印度式形象的转换。如将第 2 首中的话语 "a glad bird" 翻译为 "欢快的鸟"；将第 61 首中的诗句 "There is a rumour that it has dwelling where, in the fairy village among shadows of the forest dimly lit with glow worms, there hang two timid buds of enchantment" 翻译为 "有谣传说它住在林荫中，萤火朦胧照着的仙村里，那里挂着两颗甜柔迷人的花蕊"[②]。

三是创作式翻译。冰心的翻译迎合了汉语诗歌的表达习惯，如优雅的选词、句式上的均衡、个性化的汉语使用风格和有意对汉语文化的运用。如将第 12 首中的

---

① 泰戈尔. 飞鸟与夏花 泰戈尔作品集：英汉对照［M］. 郑振铎，冰心，译. 北京：中国宇航出版社，2015：200.

② 泰戈尔. 飞鸟与夏花 泰戈尔作品集：英汉对照［M］. 郑振铎，冰心，译. 北京：中国宇航出版社，2015：197.

话语"the chariot of the first gleam of light"翻译为"天刚破晓";将第47首中的诗句"My closed eyes that would open their lids only to the light of his smile when he stands before me like a dream emerging from darkness of sleep"翻译为"我的合着的眼,只在他微笑的光中才开睫,当他像从黑洞的睡眠里浮现的梦一般地站立在我面前"①。

四是翻译的风格特征。翻译中冰心维持着汉语的凝练和简洁,追求词语间在情感、音韵、语义等方面的和谐,成功展现了汉语的最大柔韧性和微妙的语意技巧。如将第1首中的话语"melodies eternally new"翻译为"永新的音乐";将第34首中的话语"let only that little be left of my will"翻译为"一诚不灭";将第48首中的话语"I gave myself up for lost in the depth of a glad humiliation——in the shadow of a dim delight"翻译为"我甘心没落在乐受的耻辱的深处——在模糊的快乐阴影之中"②。可见,冰心的翻译在把握原作精神和意义的同时,最大程度上尊崇了汉语文化和汉语文学的传统。

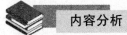

内容分析

"吉檀迦利"就是"献诗"的意思,《吉檀迦利》中绝大部分诗作是献给神的。值得注意的是,这里的"神"并不是凌驾于万物之上的"一神",而是与万物、宇宙化为一体的"泛神"。它源自印度传统的"梵我合一"思想,"梵"就是诗中的"神",它虽没有具体的化身却又无处不在、无时不在,象征着诗人追求的理想和真理,呈现出诗与宗教的和谐。

诗集所表现的正是诗人通过对爱的向往来追求"梵我合一"。《吉檀迦利》的结构非常巧妙,大体遵循了"写作缘起—颂神—追求神时的渴念—与神会面的欢乐—与神失之交臂的痛苦—在此相会的狂欢并超越死亡"这样一条内在逻辑,在对崇高精神境界的执着追求和对理想社会的热烈向往的同时,在朴素清新中蕴含深沉的哲思。具体来看,前7首为序曲,说明作歌缘由,内容描述了神与人的亲密关系,表现了诗人对"人神结合"境界的向往和追求。第8首到第35首为第一乐章,主题是对神的思念和渴慕。第36首到第56首为第二乐章,主题是与神的会见。第57首到第85首为第三乐章,主题是欢乐颂,歌颂神给世界带来的欢乐和光明。第86首到第100首是第四乐章,主题是死亡颂,描述诗人渴望通过死亡获得永生,真正达到人与神合一的境界。最后3首是尾声,概括诗集的内容和意义。

---

①　泰戈尔.飞鸟与夏花 泰戈尔作品集:英汉对照 [M].郑振铎,冰心,译.北京:中国宇航出版社,2015:188.

②　泰戈尔.飞鸟与夏花 泰戈尔作品集:英汉对照 [M].郑振铎,冰心,译.北京:中国宇航出版社,2015:188.

可以看出，《吉檀迦利》是一部宗教抒情诗集，但全诗并没有提到"神"这个字眼，而是用最简单的"你"来称呼，这亲切的口吻就好像多年的老友或爱人一般。由于字里行间流露出的温柔，《吉檀迦利》中的很多诗被人们误以为是爱情诗，实际上诗人是把心中的"神"当作爱人来讴歌的。

【文本细读】①

片段一：第48首中的诗句

The morning sea of silence broke into ripples of bird songs; and the flowers were all merry by the roadside; and the wealth of gold was scattered through the lift of the clouds while we busily went on our way and paid no heed.

译文：清晨的静海，漾起鸟语的微波；路旁的繁花，争妍斗艳；在我们匆忙赶路无心理睬的时候，云隙中散射出灿烂的金光②。

片段一解析：

原文解析：该片段回顾了诗人与革命志士分道扬镳的场景。虽有鸟语花香、一幅幅美丽的自然画卷，但诗人与革命志士忙于赶路，无暇欣赏美景。原文"the flowers were all merry by the roadside"中使用了系表结构，描绘了一幅路旁花开的静态画面，但诗人却通过形容词"merry（愉快的、高兴的）"将花拟人化，呈现出周围欣欣向荣的场景，来反衬诗人与革命志士的崇高目标。

译文解析：译文中的"争妍""斗艳"将原文的系表结构转换成动宾结构，使静态事物有了动态的画面感，增强了路边环境的美感，旨在赞扬诗人和革命志士勇往直前的追求精神。冰心在理解泰戈尔使用反衬和拟人技巧的基础上，将这种效果加以强化，强调了他们为追求崇高的革命目标无心欣赏美景。另外，冰心译文中的"争妍斗艳"更符合中文双音节词的使用习惯，增加了文章的文学色彩。

片段二：第80首中的诗句

I am like a remnant of a cloud of autumn uselessly roaming in the sky, O my sun ever – glorious! Thy touch has not yet melted my vapour, making me

---

① 此部分内容参考殷瑜. 从"三美"论角度看《吉檀迦利》冰心译本［J］. 名作欣赏，2013（35）：155－157.

② 泰戈尔. 飞鸟与夏花 泰戈尔作品集：英汉对照［M］. 郑振铎，冰心，译. 北京：中国宇航出版社，2015：188.

one with thy light, and thus I count months and years separated from thee.

If this be thy wish and if this be thy play, then take this fleeting emptiness of mine, paint it with colours, gild it with gold, float it on the wanton wind and spread it in varied wonders.

译文：我像一片秋天的残云，无主地在空中飘荡，啊，我的永远光耀的太阳！你的摸触还没有蒸化了我的水汽，使我与你的光明合一，因此我计算着和你分离的悠长的年月。

假如这是你的愿望，假如这是你的游戏，就请把我这流逝的空虚染上颜色，镀上金辉，让它在狂风中漂浮，舒卷成种种的奇观①。

片段二解析：

原文解析：第一段中，诗人先通过借代手法将心理状态描绘成一幅图像，用漂泊无依和残余的云来象征垂暮与心灵的枯萎，表现出对人生、未来的迷惘和无助。再通过太阳来描绘心中的信仰，用光亮、永恒的太阳来象征用爱温暖世间的泛神，表现出诗人的坚定信念，期待精神上的"神人合一"。第二段中，诗人运用拟人手法将"泛神"无比威严庄重的形象众生化，懂娱乐，有愿望。通过这种方式，诗人在精神上与泛神进行平等的沟通，以便达到理想中的境界。从"emptiness"到"colours""gold""wonders"，是诗人从最初对现实的迷茫，渴望得到救赎，到最终实现自我价值的过程。祈使句的使用既直观展现了诗文，也表达了诗人对泛神的敬畏、顺从，并渴望提升自己。

译文解析：第一段中，冰心将"uselessly"翻译为"无主地"，既谐音"无助"，表现出诗人对泛神的追求，吻合原作内涵；又通过"无助"的字面意义描绘出一幅漂泊不定的画面。第二段中，冰心使用"颜色""金辉"和"奇观"来延续原诗的意美，又使用"请"字沿袭祈使句式，形象描绘了诗人对泛神的敬畏谦卑之心，契合原文整体旨意的同时，升华了思想情感。

片段三：第 100 首中的诗句

I dive down into the depth of the ocean of forms, hoping to gain the perfect pearl of the formless.

---

①　泰戈尔．飞鸟与夏花 泰戈尔作品集：英汉对照［M］．郑振铎，冰心，译．北京：中国宇航出版社，2015：207.

译文：我跳进形象海洋的深处，希望能得到那无形象的完美的珍珠①。

片段三解析：

原文解析：头韵是英文诗歌中最常见的音韵之一。后半句最后一词"formless"在前半句最后一词"forms"的基础上添加了否定词缀"–less"，二者形成头韵，既增加了诗歌的节奏感和语言表现力，又增加了诗歌的音韵美。

译文解析：冰心译文中使用"处"和"珠"来对应原文中的头韵，照应原文的音律美。这里"处"和"珠"的韵母都是"u"，即韵腹，形成一种回环的音韵美。

片段四：第 99 首中的诗句

These my lamps are blown out at every little puff of wind, and trying to light them I forget all else again and again.

译文：我的几盏灯都被一阵阵的微风吹灭了，为把它们重新点起，我屡屡地把其他的事情都忘却了。

片段四解析：

原文解析：诗人使用拟声词"puff"来模拟气流产生的声音，特别是"every little puff of wind"的形象描绘，再现了阵阵微风吹进屋内的场景，具有一定的音律美和画面感。再加上句末"again and again"词组的使用，更是抑扬顿挫，给人一种韵律感。

译文解析：冰心译文中使用汉语叠词来再现原文的音律美和画面感，"阵阵"一词的使用不仅突出了词义，还增强了描绘效果。同时又用叠音词"屡屡"来对应原文的"again and again"词组，不仅具有语言的艺术表现力，而且节奏鲜明，富有音律美。

片段五：第 37 首

I thought that my voyage had come to its end at the last limit of my power, —that the path before me was closed, that provisions were exhausted and the time come to take shelter in a silent obscurity.

But I find that thy will knows no end in me. And when old words die out on

① 泰戈尔. 飞鸟与夏花 泰戈尔作品集：英汉对照 [M]. 郑振铎，冰心，译. 北京：中国宇航出版社，2015：217.

the tongue, new melodies break forth from the heart; and where the old tracks are lost, new country is revealed with its wonders.

译文：我以为我的精力已竭，旅程已终——前路已绝，储粮已尽，退隐在静默鸿蒙中的时间已经到来。

但是我发现你的意志在我的身上不知有终点。旧的言语刚在舌尖上死去，新的音乐又从心上迸来；旧辙方迷，新的田野又在面前奇妙地展开①。

片段五解析：

原文解析：在英语文章中常使用无生命的事物作为主语，第一段中出现的宾语从句中接连使用"my voyage/the path/provisions/the time"作为主语，形式工整、层次分明，既加重了语气，又通过排比手法呈现出诗歌的形美。第二段中使用了对偶手法，特别是"old"与"new"、"die out"与"break forth"相反词义的使用，"tongue"与"heart"相对词义的使用，使得该段诗歌前后对称，增强了语言效果。

译文解析：冰心译文中继续沿用原诗中的排比和对偶手法。使用"精力已竭，旅程已终——前路已绝，储粮已尽"的句式对应原诗，这种排比手法符合汉语的词语搭配，前后整齐，既强化了原诗主语的整体感，又富有韵律感。第二段中，在对偶基础上使用"旧"与"新"、"语言"与"音乐"、"死去"与"迸发"、"舌尖"与"心上"，相应位置上的词性一致，形成对仗，使得诗歌音律和谐，增强了节奏感。

片段六：第36首

This is my prayer to thee, my lord—strike, strike at the root of penury in my heart.

Give me the strength lightly to bear my joys and sorrows.

Give me the strength to make my love fruitful in service.

Give me the strength never to disown the poor or bend my knees before insolent might.

Give me the strength to raise my mind high above daily trifles.

And give me the strength to surrender my strength to thy will with love.

译文：这是我对你的祈求，我的主——请你铲除，铲除我心里贫乏的根源。

---

① 泰戈尔. 飞鸟与夏花 泰戈尔作品集：英汉对照 [M]. 郑振铎，冰心，译. 北京：中国宇航出版社，2015：182.

赐给我力量，使我能轻闲地承受欢乐与忧伤。

赐给我力量，使我的爱在服务中得到果实。

赐给我力量，使我永远不抛弃穷人，也永不向淫威屈膝。

赐给我力量，使我的心灵超越于日常琐事之上。

再赐给我力量，使我满怀爱意地叫我的力量服从你意志的指挥①。

片段六解析：

原文解析：该诗明确点明这是对"泛神"的祈求，特别是第一段之后皆以"Give me the strength"作为开头，形式工整、形成排比，使得诗歌的节奏感不断增强，又通过祈使句式加强语气，来表现诗人真诚的态度和强烈的情感。

译文解析：冰心译文中继续沿用原诗中的排比手法，在第一段后使用"赐给我力量，使我……"来对应原诗，增强语势，加深了诗歌情感。

 相关辩题

1. 正方：《吉檀迦利》中的许多诗句是描写爱情的。

   反方：《吉檀迦利》中没有描写爱情的诗句。

2. 正方：《吉檀迦利》中的"神"与西方文学中的"上帝"是一样的。

   反方：《吉檀迦利》中的"神"与西方文学中的"上帝"是不一样的。

分角色朗诵

我：我是一个旅客，我说不出我的目的地在哪，我只知道我好像在寻找一个人，但那个人是谁，我不知道，我应该去哪里找他，我也不知道。我走遍了很多地方，现在我衣破粮绝，筋疲力尽，但我还是不想停下。我曾经在路上差点儿就受了别人金钱和爱欲的诱惑。我有时候觉得，停下来会很好，但每次一停下，内心就有一个声音在驱使我重新出发。有一次我在村路上乞讨，从一个华贵的车辇中走出一位尊贵的国王，我想他会施舍我一些财宝，然后我就可以苦尽甘来。可是他下车问了我一个很奇怪的问题："你有什么给我呢？"我想我一个乞丐，难道有什么拿得出手的东西可以给这个尊贵的国王吗？可是我当时真是糊涂啊，我从口袋里掏出了一粒玉米给他。可是你能想象吗？当晚我把我乞讨来的东西倒在地上的时候，里面居然有一粒金子！我猜想，他难道会变戏法吗？又或者，他可能是个神，是个有悲悯心的神。

---

① 泰戈尔.飞鸟与夏花 泰戈尔作品集：英汉对照［M］.郑振铎，冰心，译.北京：中国宇航出版社，2015：181.

神：你们总问我，我究竟是谁？我不同于耶稣，我也不同于佛祖，我不是一个超然物外的神，我不是那高堂庙宇之上供你们崇拜的偶像。我显现于万物，寓居于万物，我超越一切的现实具体之物，但是又隐藏在每一个具体的事物、每一个具体的行动之中。树上跳舞的金光是我，天空中驶过的流云是我，眉间吹过的清风是我，我是日月星辰，我是山川草木。你们问在哪里可以找到我，我可能在杂草丛生的乡间小路上，也可能在疏影横斜的水井边，甚至，当你睡觉的时候，我可能就站在你的身旁笑眯眯地望着你。有一次，我化作一个高贵的国王，向一个找了我很久的乞丐显示了形象，可是他没有认出我，我把他给我的一粒玉米变作金子放进了他行乞的口袋，以此嘉奖他长久以来的追寻和高尚的品格。任何人，只要他摒弃虚伪、保持纯洁，努力在行为上表现我，我便长久地和他在一起。

比较出真知

泰戈尔对郭沫若的影响①

泰戈尔诗歌对郭沫若的影响并不能简单归纳为"是"或"非"，这在郭沫若的《太戈尔来华的我见》和《创造十年》中多有阐述。但可以肯定的是，郭沫若对泰戈尔的诗歌确实感悟颇深，从中可以探析泰戈尔对郭沫若的影响。

一是诗歌的内容，表现心灵的真实感受。泰戈尔认为，艺术家通过自己感情的创造再创造自己的扩展力，也就是这个世界是艺术家独创的，带有他个人的独特印记。泰戈尔一再强调把真情实感写出来，就能感染人、打动人。为此，泰戈尔尝试将内心感受幻化为外部图景，将情绪转化为语言，以便把短暂事物形成永恒记忆，把心灵感触变为人类的真情实感。虽然诗歌描写的都是生活中常见的景物，但这种质朴的描写总有新异的发现，想象与联想的巧妙安排，总能唤起人们的美感，幽微哲理的阐述令读者通向人类的心灵。使得这些诗歌的内容变得灵动而深刻，娓娓动听。

郭沫若从泰戈尔诗歌中读出了作品所反映出来的真情实感以及"清新而恬淡的风味"，认为"诗是诗人情感的真实表现"，重视诗人通过自己真实情感的表现来传达人类的痛苦和欢乐。"五四"以前写的，收在《女神》中的《鹭鸶》《新月与白云》和《晨兴》，"五四"以后写的，收在《星空》中的《天上的街市》《静夜》和《夕暮》等作品，都有反映真情实感和"清新而恬淡的风味"。可见，郭沫若对

---

① 周红．泰戈尔对郭沫若诗论及创作的影响［C］//郭沫若研究（第十二辑），1998：238－253．陈永志．论泰戈尔对郭沫若诗歌创作的影响［C］//郭沫若研究（第八辑），1990：84－98．

泰戈尔诗歌的深入了解，正是建立在对印度思想、文化广泛涉猎的基础之上，从而在泰戈尔诗歌艺术中概括、提炼出来的某些理论主张。

二是诗的形式，重视"内在律"。"内在律"是指"情绪的自然消涨"，即诗的节奏、本质。与之相对应的是"外在律"，是指平上去入，高下抑扬，宫商徵羽。《吉檀迦利》孟加拉文版本的书写是带有格律的，但在翻译成英文时却舍弃格律，采用散文形式。泰戈尔对此很满意，认为这是"用另一种不同的语言创作出来的原著"。《吉檀迦利》英文散文诗版本使泰戈尔获得了诺贝尔文学奖，拥有了不同国度的读者。郭沫若便是读者之一，他对诗歌《吉檀迦利》英文诗版本内容的热衷，使他对诗歌本质和技巧的认识进一步加深。郭沫若曾为此称赞泰戈尔散文诗的内在律——"这种韵律异常微妙，不曾达到诗的堂奥的人简直不会懂"，可见其感悟之深。郭沫若以前写的都是旧体诗，经过泰戈尔散文诗的启迪，他的诗体解放了。从此找到了思想上的指南，他立即仿作泰戈尔式的散文诗，为后续写作"自由体"奠定了基础。

随着"内在律"理论的深化和明确，"诗歌的节奏感"逐渐成为郭沫若创作的艺术追求。郭沫若曾在《雪朝》《立在地球边上放号》中多有体现，前者两头宏朗，中间沉细的节奏，后者始终雄强的节奏，忠实于自己"情绪的自然消涨"；在《女神》与《星空》中也十分注意节奏，注重节奏的变化与和谐。不管郭沫若的诗歌是"泰戈尔式"，抑或不是"泰戈尔式"，这些诗歌所表现出的雄浑与恬淡都在不同程度上带有"内在律"的特点。此时"重视节奏"已然成为郭沫若诗歌的一大特色，我们不敢说这一特色全都承袭泰戈尔，但至少融合了泰戈尔的创作经验。除此之外，郭沫若诗歌还受到泰戈尔泛神论思想的影响，致使诗歌中对人和自然的描述存有泰戈尔的痕迹。如《夜步十里松原》中透出的某些忧郁，《晚步》中表现出对平和的陶醉，《晨兴》仿作泰戈尔散文诗《辛夷集·小引》，这些痕迹都跟泰戈尔的思想感情有着或多或少的联系。

创意写作

挑选《吉檀迦利》诗集中的一首，详尽描述、增加场景或丰富感受，将诗歌扩展成一篇 300 字左右的哲理散文。

（李红营　撰写）

第二节　夏目漱石《我是猫》

创作背景

　　《我是猫》是一篇创作于特殊条件下的特殊结构的长篇小说，"极度郁愤"是小说形成的条件，也是作家创作的动力。

　　《我是猫》创作于 1904 年至 1906 年 9 月，当时的日本在甲午中日战争和日俄战争中取得胜利，皇权和明治政权的互相妥协与利用，确立了日本封建主义和资本主义的双重统治。明治维新过后，"金钱至上"成为人们竞相追逐的理念，拜金主义日益盛行，而知识分子则面临严峻的失业与贫困问题。夏目漱石（1867—1916）曾在作品中说道："当知道开化的无价值，就是厌世观的开始。"再发展的话就是"真正的厌世文学"。"厌世""苦恼""郁愤"是夏目漱石常用的词汇，他还多次言道："不描写烦恼称不上是文学。""在现在不得神经衰弱的人，大多数是有钱的鲁钝之徒和没有教养的无良心之徒。"需要注意的是，这里的"神经衰弱"不是癫狂的疯言疯语，而是在精神重压之下做出的倾诉，这境界不逊于哲学家。这在他于1906 年写给高滨虚子的信里得到佐证："我创作《我是猫》等作品，就是在'倾诉'自己的郁闷和愤懑。"

　　夏目漱石看到资本家严重剥削工人阶级，人们价值观发生巨大变化后，这些激烈的社会矛盾让他厌世和悲观。《我是猫》正是针对明治"文明开化"后金钱统治一切的资本主义社会，讲述其"利害""正邪""善恶""不安""空虚"等。夏目漱石用猫眼看人生与社会，对日本明治时期的精神文明充满嘲讽和评判，其辛辣和深刻性引起世人的感叹和关注。同时，夏目漱石和其他人一样，无法指出社会矛盾的根源所在，留下的除了郁闷就是愤懑。后来夏目漱石以个人主义为基础，提出"则天去私"（遵循天理，去除私心）的宗教观和社会观，如作品《我是猫》中铃木藤十郎的"狂"、甘木医生的"死"和八木独仙的"信"，都试图在精神信仰方面寻找摆脱社会矛盾的方法。

　　总之，作品《我是猫》折射出了日本明治时期的精神文明状况，反映了 20 世纪初日本社会视金钱为中心、拜金主义日益盛行、道德标准却不断下降的社会现实。理想与现实的巨大落差使得夏目漱石充满愤恨和苦闷，于是夏目漱石为发泄多年郁愤而诉诸笔端，长篇小说《我是猫》得以面世。

推荐译本

　　《我是猫》的中译本主要有三种：尤炳圻和胡雪合译本、于雷译本、刘振瀛译本。

尤炳圻，即由其，现代作家、翻译家，毕业于国立北平师范大学（今北京师范大学）国文系、清华大学外文系，后留学日本东京帝国大学研究院，归国后先后在北京大学等知名高校任职。尤炳圻在 1942 年就开始翻译夏目漱石的《我是猫》，并连载于 1942 年到 1943 年的天津《庸报》上，但此时没有成册出版发行。胡雪早年留学日本，归国后从事文学、翻译等工作。1958 年尤炳圻与胡雪合作翻译的《夏目漱石选集》（第一卷）收录了《我是猫》译文，出版时署名胡雪、由其，20 世纪 90 年代再版时才更正为"尤炳圻、胡雪"，刘振瀛老师为这本书作序，由人民文学出版社出版。至此，国内首个高质量的《我是猫》全译本出现在了读者面前。该译本虽然在最大程度上做到了"信、达"，传达出了原文的风格和神韵，但在翻译细节上略显粗糙。如作品中的首句"吾輩は猫である。名前はまだ無い"，二人将其直译为"我是猫，名字还没有"。虽然在文字的准确和忠实原文意旨方面很准确，但没有体现出原文中猫的那种自负诙谐的状态。

于雷，1950 年毕业于东北师范大学国文系，先后在东北人民出版社、辽宁人民出版社担任编辑等职务。由于翻译功底扎实，于雷通过常年翻译日本文学作品总结出一套独有的翻译方法，形成《日本文学翻译例话》一书，其中涉及的日本作家包括夏目漱石、谷崎润一郎、德富芦花等。于雷在翻译作品《我是猫》时非常注意语言的修饰，节奏简单明快，是译本中影响最大的一版。该译本于 1993 年由译林出版社出版，翻译时为保证节奏的流畅特意使用了很多文言词汇，以致给读者带来理解上的难度。仍以《我是猫》的首句为例，于雷将其翻译为"咱家是猫，名字嘛……还没有"。虽然用"咱家"一词表现出了猫的玩世不恭和诙谐，但在中间额外添加省略号来加强"猫"的那种自负的特点，后文也频繁使用此类文言词。

刘振瀛早年东渡日本留学，主修日本古典文学，归国后先后在北京师范大学、北京大学任教。刘振瀛不仅是一名研究者，还是一名翻译家，他认为翻译不能一味追求"信、达、雅"这些标准，而应该研究作品所属国家的原有文学样式。如翻译作品《我是猫》，译者就应该了解日本俳句的特点，才能在翻译时最大限度地体现出文学语言。刘振瀛还提到"根据我个人讲授文学的机会，同学们阅读原作，会引起无穷的兴味，而阅读译文，尽管译文并无语义上的错误，但却感受不到原作所具有的美学感染力量"，于是刘振瀛开始着手翻译《我是猫》，该译本于 1994 年由译林出版社出版，成为学术范围影响最大的中译本。仍以《我是猫》的首句为例，刘振瀛老师将其翻译为"我是只猫儿。要说名字嘛，至今还没有"。使用了专用量词"只"和儿化音来强化猫的自负和诙谐。

可以说，这三个中译本各有千秋，一时无法评判出孰优孰劣。但值得注意的是，这三个中译本都融合了译者独特的考虑角度、翻译风格，以及当时的社会文化。

情节概述

　　小说开头以"猫眼看人"，这只遭人遗弃的猫被中学教师苦沙弥捡回家来喂养，开启了这只猫在苦沙弥家关于生活琐事的所见所闻。主人苦沙弥是一名中学英语教师，与妻儿过着清贫生活，但绝不趋炎附势，对社会弊端虽愤愤不平却又无可奈何。理学士寒月、美学家迷亭、哲学家东风等人经常聚集在苦沙弥家里高谈阔论，有时针砭时弊，品评社会，有时发发牢骚，胡编乱侃，有时吟诗作赋，探讨爱情。特别是金田夫妇为女儿筹划的"钞票"与"学问"结合的婚姻，他们欲找苦沙弥了解寒月的情况，以便择寒月为婿，不曾想却遭到苦沙弥、迷亭等人的嘲弄，于是怀恨在心，伺机报复苦沙弥。这些事情都通过猫的眼睛进行观察，揣度人心，观人所不能观，言人所不能言。

　　同时，除了上面的这些人物形象外，作品中还有其他几只猫的形象。主人公"我"聪颖、博学，善于思考，富有正义感和同情心，可谓"猫中之豪杰"，形象栩栩如生。二弦琴师傅家的花猫花枝招展，一副高高在上的大小姐形象，由于其主人的宠爱，她走路、说话自带一种超凡脱俗的气质。车夫家的大黑傲慢、狂妄，到处显摆自己捉老鼠的光荣史，更喜欢别人奉承自己，却对他不满意的人或事处处咒骂。这种以猫为"观察者"，洞察人类的衣食问题，以及与其他猫的交流沟通构成了小说的主要内容，最后以猫偷喝啤酒掉入水缸淹死而结尾。

　　另外，在叙事结构上，"《我是猫》既无情节，也无结构，像海参一样无头无尾"，但实际上整篇小说的叙事结构存在一个潜在的逻辑发展机制。《我是猫》的中心点在于猫对出场人物的种种言说、姿态及其心理变化不时加以点评。在语言风格上，以讽刺著称。作者以猫的视角发表见解和议论，把"猫性"和"人性"巧妙地糅合在一起，而猫的议论时而诙谐、有趣，时而夸张、细腻，既有猫腔猫调，又有真知灼见，获得了一种奇特的艺术效果。比如，文中有关金田夫妇相貌的描写，说金田不仅"鼻梁很低"，而且"整个面庞也很扁平"；其妻子的鼻子"大得出奇，好像是硬把别人的鼻子抢来安置在自己的面孔正中似的"，这些夸张手法的运用突出了金田夫妇的丑陋嘴脸，具有强烈的讽刺效果。

文本细读

片段一：猫眼中的知识分子谈话

　　依次听了这三人的经验之谈，真是哭笑不得。这些人类为了消磨时间，硬要使这张嘴不停地运动。有些事情并非可笑且无聊至极，他们却偏偏要狂笑取乐。你说，除此之外他们有何能耐？我家主人脾气古怪且极任性，这是早已知晓的，只因他平日寡言少语，尚有不甚了解之处。因不甚了解即存些恐惧之感。今天听了这番话，突然加了几分蔑视。听寒月、迷亭他们俩说说不就足够了吗。他为何不能保持沉默，为何非要不甘示弱，嚼口弄舌，去自讨没趣。也许教科书上这么教的吧。

主人及寒月、迷亭，他们都属于太平盛世的高等游民。似是丝瓜随风摇摆，超然自居。实际上他们依然未脱俗气，满腹这好胜之心于平日谈笑之中亦常有显露。说白了，这些人与自己所谩骂的世俗凡骨实乃一丘之貉。让我等猫辈看着都觉得可怜。不过至少言谈举止他们还不同一般狂妄无知一类，且聊有可爱可取之处①。

片段一解析：

该部分旨在讽刺日本资本主义社会中的知识分子。作品借助猫的视角，观察诸如寒月、迷亭、东风等知识分子们终日聚在一起无所事事，相互吹嘘。他们面对明治社会的种种弊端无力改变现状，唯一能做的就是讲些逸闻趣事，偶尔针砭时弊，发发牢骚。他们表面上看似很忙，实则是用一些无意义的事来消磨时光，弥补内心世界的空虚罢了。

片段二：苦沙弥与铃木藤十郎谈论实业家的"三不"理论

"不至于吧？这教师多斯文。又轻松，又有时间，看点自己想学的东西，不是蛮好的嘛？实业家倒也不坏，可像我们这个级别的不行。要当实业家，就得上到顶头，在底下干的，终是太辛苦。总要说些无聊的奉承话，还得点头哈腰陪人家喝酒之类的，实在没意思。"

"我在大学就最讨厌实业家。为了赚钱他们什么都干得出来。以前不就是叫'商贩子'嘛。"主人当着人家实业家的面，随口乱说，毫不顾及。

"商贩子？不至于都是吧。的确，实业家里有些地方是没品位。好歹你也得跟那金钱同生共死，准备豁出性命，否则无路可走。不过，金钱这玩意儿还真不一般，我刚从一个实业家那儿听的，说：要赚钱就得讲个'三不'：即不讲德行，不讲情义，还不知廉耻。你看，这个'三不'不是挺有趣的吗？"

----

① 夏目漱石. 我是猫 [M]. 阎小妹，译. 北京：人民文学出版社，2019：58-59.

"谁说的？居然这么愚蠢。"

"人家一点儿都不笨，还相当有头脑呢。在实业界也小有名气喽，你不知道？就住在前面那条街上。"

"是金田？原来是那个家伙。"

"这么大的气啊。为什么？不过是个玩笑嘛。是打个比喻，不这么干，钱就留不住。瞧你这么认真，真不好办。"①

片段二解析：

作品中的金田夫妇、铃木藤十郎等人都是典型的拜金主义者。资本家金田夫妇在遭到苦沙弥、迷亭等人的嘲弄后，用金钱收买邻居捉弄苦沙弥，依靠权势让家仆、学生骚扰苦沙弥，又派铃木藤十郎当说客纠缠苦沙弥，令苦沙弥心烦意乱、筋疲力尽。此片段中苦沙弥与铃木藤十郎所谈论的"三不"理论，正是明治时期西方拜金主义对民众思想的侵蚀，使得资产阶级能够轻易战胜苦沙弥这种清贫的小人物。作者通过猫的口吻，猛烈抨击了金钱至上的社会观念，以及人们对钱、权的向往，这些都在一定程度上表现出作者对拜金主义的厌恶和鄙视。

片段三：寒月与迷亭有关女性的讨论

"这怎么行！要比较当今20世纪与明治初期女子品行如何，这可是一个重要的参考资料。哪里能随便就不讲了！接着，一个贩子问我爹：'老爷，剩下这女孩子怎么样，便宜卖了，拿去吧。'他边说，边擦着汗把扁担放下。我瞅了一眼，前后筐里各一个，都是女孩子，两岁左右。我爹说，便宜的话就买了。又问，就这两个吗？'咳，凑巧今天都卖出去了，就剩这俩了。你挑吧。'说着两手就像拿个南瓜，把孩子举到我爹鼻子底下。爹砰砰敲了两下孩子脑袋，说：'听声儿还不错。'之后，两人便开始讨价还价。最后我爹说，买了，不过要把货再确认一下。贩子说：'前面这个我一直眼盯着，没问题，至于后面的，我这眼没往后长，弄不好也许有点毛病。你要的话，我也不敢打保票，但可以给你便宜点。'这前后一问一答至今我都记忆犹新。从那时起，我这小小的年纪心里就明白：女人可是决不能小看的。如今明治三十八年，我们没再见到有人挑担子卖女孩这种野蛮的事儿，也无须担心担子后面的是否保险。所以我敢说，多亏这西方文明，让我们日本女子的品行大有进步。怎么样？寒月，你看呢？"

寒月故意大声清了一下喉咙，这才压低嗓门答道："最近，女子上学放学，

① 夏目漱石. 我是猫［M］. 阎小妹，译. 北京：人民文学出版社，2019：123.

或开音乐演奏会或参加游园会，以及搞慈善活动，她们都会自我标榜，自我推荐，说些'看上我了？''怎么，不喜欢吗？'等等。这样一来就不需要搞那种低级的委托贩卖，或像卖剩菜一样到街上吆喝了。人的独立性提高了，自然会变成这样。这也是文明发展趋势，对此可喜之现象，我等晚辈窃以为应予庆贺。有些长辈杞人忧天，总爱说三道四，其实大可不必。没有那种野蛮人再让买主敲着脑瓜挑货了，社会岂不更安全吗？当今世界复杂多变，谁还费那工夫来回挑拣呢？都这么烦琐，女人到了五六十岁也找不到婆家，嫁不出去啰。"

寒月不愧是20世纪的年轻人，一番高谈阔论紧跟时代潮流。说完，他对着迷亭先生的脸，噗噗几口"敷岛"香烟喷吐过去。自然这点烟雾吹不倒迷亭先生，他说：

"实如老弟所言，当今的女学生，大家闺秀，的确令人敬佩。她们有了自尊心，浑身上下连皮带肉，连一身骨头都充满了自信，可谓彻头彻尾。她们没有任何地方亚于男子。就说我住的附近吧，那些女校学生真了不起啊。她们练操时倒挂在单杠上，衣服袖子都是直筒式的。在二楼窗户上，每当我看到她们做体操就联想到古代的希腊妇女。"①

片段三解析：

文中涉及对日本女性的谈论，这是西方新思想、新道德进入日本后所发生的变化，但这些变化并不能体现西方女性的那种"个性""自由""解放"等先进思想，而是日本女性用西方"现代精神"的皮毛标榜自己是"现代人"，如走出家门，参加各类社交活动。实质上日本女性的地位并没有发生变化，由原来被当街叫卖变为自己售卖自己，仅仅是换了形式罢了。作者对此进行了严厉的批判，通过寒月之口讽刺了这类所谓的"现代女性"，日本社会掀起的妇女解放运动并未学来西方女性"自立自强"的品质，只是试图贴上"现代人"的标签来证明其社会地位的提升。

相关辩题

1. 正方：金钱是万能的。
   反方：金钱不是万能的。
2. 正方：人性是自私的。
   反方：人性不是自私的。

---

① 夏目漱石. 我是猫［M］. 阎小妹，译. 北京：人民文学出版社，2019：190－191.

 **分角色朗诵**

猫：我是个猫，至今无名无姓。

我糊里糊涂连自己哪里生的也搞不清。只记得是一片阴暗潮湿之地，我喵喵地不停哭叫，就在那里我第一次见到人，即是被称为人类的一种动物。后来，知道那人是书生，又听说那些书生凶恶残忍列属人类之最，且时常会把我们猫儿逮了煮着吃。不过当时初降人世，我一无所知，故而未曾有什么恐惧之感。

我被那书生放在手掌上，又腾一下被举起来，好险啊，上下忽忽悠悠。直待我重新缓过气来，才将他的面孔仔细打量了一番，也算初次对人有了认识。当时那种奇妙的感觉，我至今依然记忆犹新。按理说，是张脸，上面都应长满毛的，可他，竟光溜溜的活像烧水壶。后来，猫儿我也见得多了，终是没见过有这般模样，残缺不全呐。再说，他那脸庞中间还凸起来一块，上边有两个窟窿，那两窟窿里总爱呼呼地冒出些烟雾，呛得我好难受。最近，算弄明白了，原来那是他们人在抽烟。

在书生的手掌上坐着，我还挺舒服。可没过多时，突然一阵天旋地转，弄不清是那书生搞什么动作，还是我自己在转。只觉两眼发昏，心中发恶，想是这下命也难保啦。谁料就在那一刻，咚的一声响，我被摔在地上，摔得两眼直冒金星。

此后发生的一切，全都记不得了①。

迷亭：多年以来，本人一直就鼻子问题从美学角度上进行研究，今天要给二位披露若干，敬请期待。鼻子的起源问题相当复杂，虽多方调查，目前尚无定论。首先，假定鼻子是具有实际功能的器官，那么两个鼻孔便足矣，它不须在中间如此蛮横地硬要凸起一块。然而现在，为何它会呈现出如此形状呢？

苦沙弥刚说我鼻子扁扁的，并没有凸起来。我说呀，反正没有塌陷下去，我只是怕引起误解，将它与两个并列的窟窿形状混同起来，所以特别提醒大家，注意一下。依鄙人之见，鼻子之所以发达，是因我们人要擤鼻涕。这个细小的动作久而久之，便使鼻子逐渐凸起，呈现出今天这样的状况。

众所周知，擤鼻涕时，要捏住鼻尖，这一捏，鼻子即受到刺激，根据进化论的基本原则，受到刺激的部分会急剧发达。所以这块儿的皮肤肌肉自然变得坚硬起来，最后形成骨头。

寒月又问我肌肉不可能变成骨头，是啊，从理论上你的抗议是对的。但实际上，这块骨头是存在的，你得承认。骨头形成以后，其实鼻涕也擤不出来。可人必须得擦出来鼻涕。在擤的作用下，骨头左右两边不断被削减，且逐渐变细，并高高

---

① 夏目漱石. 我是猫 [M]. 阎小妹，译. 北京：人民文学出版社，2019：1-2.

隆起来。其作用之大，令人震惊。如滴水穿石，宾头颅发光一般。俗话还说，久闻其香而不知其味。同理，人的鼻梁又高又硬，是被慢慢捏成这样的①。

 比较出真知

《我是猫》与老舍《猫城记》②

《我是猫》和《猫城记》都选取了"猫"这一独特的创作视角，并对社会时弊进行鞭挞批判，引起人们对人间百态的思考和反省。

《猫城记》描写的是主人公"我"在飞船失事后掉落在"猫国"的历险经历。通过"我"的观察，目睹了猫人的糊涂、愚昧、懒惰、敷衍，他们依靠一种麻痹头脑的"迷叶"维持生计，以致在"矮人"的入侵下，"猫国"迎来被灭的惨淡下场，这是借对猫人的描写，批判、讽刺了当时黑暗的中国社会。《我是猫》和《猫城记》都是围绕"猫"展开故事情节，但前者是通过"猫眼"观察人类，是以平视的角度进行观察，而后者则以人类"我"观察猫国，用俯视的角度进行观察，这使两部作品在创作背景、视角选择、讽刺效果等方面既有相同点也有不同点。

在创作背景方面，两部作品具有相似之处。夏目漱石和老舍都有西学的经历，都经历了由封建社会向近代社会转变的动荡时期。夏目漱石创作《我是猫》时，日本依靠甲午战争和日俄战争掠夺邻国财富，发展资本主义经济。在这种背景下，资本家积累的财富越来越多，而底层人民的生活却日益穷困潦倒，社会矛盾重重。夏目漱石西学归来，面对此情此景甚是苦闷、愤懑，《我是猫》应运而生。老舍创作《猫城记》时，中国面临内忧外患之局面，内有蒋介石背叛革命，军阀混战，外有日寇发动"九一八"事变，长驱直入，中华民族岌岌可危。在这种背景下，老舍归国后对中国社会的麻木、敷衍而愤怒、失望，希望借助手中之笔揭露黑暗现实，以作品《猫城记》来警醒国人，激发民众的爱国热情。可以说，两位作家都具有强烈的忧患意识和社会责任感。

在视角选择方面，两部作品都用"猫"这个形象来表现主题。夏目漱石曾在家饲养过一只野猫，老舍也是一名不折不扣的爱猫者，这些都是真实存在的。《我是猫》中有大量关于猫习性的描写，偷吃年糕、打哈欠、转眼珠子等都体现着作者对猫的细致观察。《猫城记》中既有对人性化的"猫"进行描写，也有对"猫性"的阐述，如"猫人不穿衣服。腰很长，很细，手脚都很短。手指脚趾也都很短"。这

---

① 夏目漱石．我是猫［M］．阎小妹，译．北京：人民文学出版社，2019：104-105.

② 王成，金中．猫与讽刺——《猫城记》与《我是猫》之比较［J］．山东大学学报（哲学社会科学版），1993（2）：39.

些都是基于作者对"猫性"的再创作。

在讽刺效果方面，夏目漱石和老舍都达到了炉火纯青的地步。《我是猫》通过猫的聪颖、博学，善于思索，富有正义感和同情心等特点来塑造猫，以猫的冷眼旁观来谴责知识分子的高谈阔论，既憎恨金田夫妇的专横霸道，却又同情知识分子的郁闷和挣扎。最后以猫的醉酒淹死来映射讽刺明治社会的各种弊端。《猫城记》通过对猫人的混乱生活和狡猾思维来讽刺人性最为丑陋的一面和剖析当时国民的劣根性。"哀其不幸，怒其不争"，作者在批判政府腐败无能的同时，亦是在唤起国人的觉醒，激发民众的爱国热情。可见，两位作家对于讽刺技巧的使用都得心应手，比喻、夸张、反语等手法的使用，映射讽刺和直接谴责的巧妙结合，显示了作者丰富的想象力和强烈的讽刺艺术。

创意写作

选择一种你喜欢的动物，以动物的视角去观察人类，或是以拟人的手法描写动物，如文中的猫偷吃年糕被黏住牙齿的一系列心理活动和滑稽动作，字数不少于 500 字。

（李红营　撰写）

第三节　阿格农《婚礼华盖》

创作背景

现代犹太作家阿格农（1888—1970），原名撒母耳·约瑟·恰兹克斯。他出生于波兰的加利西亚，该地区 19 世纪末还隶属于奥匈帝国，是典型的东欧犹太人聚集区。在父母影响下，阿格农自幼喜爱文学，据说他 5 岁便能写诗。"阿格农"在希伯来语中有漂泊的意思。在 1948 年以色列决议成立国家前，犹太民族已经流亡了两千多年，希伯来语也被各地方言或意第绪语取代，口头使用几近消亡。能把散居各地的犹太人联系起来的，莫过于《圣经》《塔木德》等宗教文学的经典。20 世纪二三十年代，正值犹太复国主义运动兴盛之时，青年时代的阿格农也积极投身其中。

1922 年，阿格农在侨居德国期间，用希伯来语创作了他的第一部长篇小说《婚礼华盖》。小说描述了一个虔诚的犹太教哈西德派信徒，为了三个女儿体面嫁人而走遍城乡筹集嫁资和寻找女婿的故事。主人公瑞布·余德尔被誉为"犹太民族的堂吉诃德"，《婚礼华盖》亦被视为"现代希伯来文学的巅峰之作"。1966 年，阿格农因此获得诺贝尔文学奖，瑞典文学院的评委称赞他善于"从犹太民族的生命汲取主题"。阿格农不仅是首个使用希伯来语且获得官方认可的作家，他在民间也拥有大量支持者。当时，人们为了不打扰他，特地在其住所附近树立牌子，上面写道："肃静，阿格农在写作。"

"犹太民族的生命"指向了这个命运多舛的民族所拥有的特质，有历史学家曾描述他们是"忠于一个理想、一种生活方式、一部圣书"的共同体。在自诩"上帝选民"的犹太人中，阿格农来自《旧约》"十二支派"中最为特殊的"利未族"。历史上利未支派得名于亚伯拉罕的第四代、雅各之子利未，出埃及时的领袖摩西和大祭司亚伦，都是他的后代。犹太人摆脱埃及法老辖制来到应许之地迦南时，利未族被神拣选，世代专任祭司之位，管理会幕或圣殿相关事务，地位尊贵。阿格农从小生长在虔诚的犹太教家庭，熟稔犹太圣书及法典，而当时的东欧犹太人居住地是相对封闭的社群，生活环境依然遵照本民族的传统习俗。这一切无疑为创作《婚礼华盖》打下了基础。

小说里瑞布·余德尔游历犹太城镇的所见所闻，是19世纪东欧犹太人生活的缩影。这种生活方式在近现代欧洲民族主义崛起、反犹主义盛行的浪潮中，特别是20世纪30年代希特勒的种族灭绝政策下才几近消失。为响应犹太复国运动，阿格农早在1907年便前往古代迦南，即现在的巴勒斯坦，希望建立自己的民族家园。1924年定居耶路撒冷后，他更专事希伯来语创作。《婚礼华盖》是阿格农对于过去的缅怀和追寻，集中而真实地反映了19世纪东欧犹太人的生活场景和精神风貌，堪称加利西亚犹太社区的文学档案。小说随着瑞布·余德尔的出行展开，主干故事中嵌套若干系列的小故事，涉及丰富的社会生活，视野开阔。人群从富商贫民、拉比农夫到骗子强盗，生活从衣食住行到宗教信仰，都有所描绘，构成了五光十色的犹太民俗风情。

在不熟悉东欧犹太传统的人眼中，认为将婚姻作为使命周游各地、筹集嫁资是不可思议的，然而，犹太人的婚姻观念一直具有浓厚的宗教色彩。上帝为亚当创造夏娃，设立人类第一对婚姻；后来又与亚伯拉罕缔结盟约，预言并祝福其子孙多如天上的星星；《旧约》历史中上帝为警告堕落、不忠心的犹太人，还把他们比喻为淫荡的妻子。婚姻是信仰在现实生活中的体现，信仰又是犹太民族生命的核心。以筹备嫁妆、举行婚礼为切入点，不但直观反映犹太人的生活画卷，也可一窥犹太民族的精神世界。《婚礼华盖》的结尾，作者用传奇色彩的神迹结局使余德尔一家转危为安，顺利嫁出女儿，可以说是上帝显灵，神帮助爱护了虔诚的信徒和子民。

《婚礼华盖》结合欧洲流浪汉小说的传统和希伯来文学的宗教性，现实、传奇和浪漫互相交织，具有一定的喜剧性。寻求婚姻之外的小故事，既有神秘奇闻，也有平凡小事，是书中人物用来沟通感情、发表议论的手段。它们展现了犹太民族的政治经济、文化习俗，也是小说主题的延伸，对情节的发展、人物的塑造与变化都起到重要作用。小说的叙事富有戏剧性，庄谐并重，穿插了宗教经典、先知话语及民间歌谣，既有希伯来文学特色，又有民间文学的风格。

 推荐译本

公元前 3000 年，古代犹太人征服迦南地，从腓尼基人那里继承了一套辅音及书写体系，发展到 6 世纪才开始有元音表音符号。希伯来语属于亚非语系的闪米特语族，亚非语系也称"闪含语系"，其名称来源于《旧约》大洪水故事中挪亚的两个儿子"闪"和"含"，传说"闪"的后代去往亚洲，而"含"的子孙走向了非洲。最早的希伯来语见于《圣经》。公元前 12 世纪到公元前 1 世纪时犹太人所讲的语言就是这种古希伯来语。公元 70 年第二圣殿被毁后，古希伯来语的日常使用慢慢被希腊语、拉丁语取代，到中世纪时便不再用于口头交流，只保存在了阅读、祈祷、诵经等和宗教相关的活动里。阿格农在使用现代希伯来语创作前，由德语和希伯来语发展而来的意第绪语才是他的第一语言。现代希伯来语是近两个世纪犹太民族主义和犹太复国运动的产物。比阿格农早生几十年的艾利泽·本 - 耶胡达被称为"现代希伯来语之父"，他率先只用希伯来语，并编纂大型词典，在教育界收效甚巨。等到耶胡达逝世那年，即 1922 年，英国承认希伯来语和英语、阿拉伯语成为巴勒斯坦的官方语言，现代希伯来语愈加蓬勃兴盛，曾经的死文字得以复活。

当代中国的希伯来语教育还存在很大的发展空间，目前阿格农《婚礼华盖》的中文译本只有 1995 年由徐新主编、漓江出版社翻译出版一种。小说分两卷，共三十章，因时间紧张，具体的翻译有兹一、王银萍等六位学者参与。虽是多人合作的译本，最后呈现的风格却能以一贯之，语言真挚朴实、细腻传神。如卷一第三章，途中马车夫努塔向瑞布·余德尔建议临时改变线路计划时说："如果巴尔提尔今天在田里干活，尽管他不是靠土地为生的，那么，那些靠土地为生的扬诺夫基村民就绝不会待在家里。所以，我们还是到渣布莱提茨去吧。因为那是个大村子。如果我们找不到鲁本，我们会找到西缅；如果找不到西缅，就会找到列维或犹大。"在一串有条不紊的推论中将努塔的憨厚忠心表达了出来。译本接着又写道："努塔用劲把帽子搂到脑门上，又往鼻孔里塞了点鼻烟，然后催马上路。'尽管我们要到别的地方去，'努塔对他的马说，'我也不会给你们增添太多的麻烦，一个半小时后我们就会到那儿吃中饭了。我发誓，这条路是最好的路了。'"① "搂""塞""催"几个

---

① 撒母尔·约瑟夫·阿格农. 婚礼华盖 [M]. 徐新，等，译. 广西：漓江出版社，1995：24.

动词一气呵成，显示了马车夫的干练利落。至于努塔最后和马的对话，则有一种劳动人民的幽默感，极具生活气息。译者在处理主干故事外的小故事时，明显使用了翻译原则中的归化概念，如"老鼠和公鸡的故事"。开头短短几句形容公鸡的状态时频繁使用四字成语"生活富足""样样不缺""心事重重""愁眉不展"等，更符合汉语的表达习惯，增强小说的可读性和趣味性。

情节概述

　　曾经有一个犹太教哈西德派信徒名叫瑞布·余德尔，住在一间阴暗潮湿的地下室，家徒四壁，唯一的财产是一只公鸡。他敬重上帝，超然世外，常常苦读《托拉》，废寝忘食地祈祷。三个女儿衣衫褴褛却温柔漂亮，常为青春即逝、没有夫婿而深感绝望。等最小的吉特勒也到了适婚年龄时，妻子弗鲁门特埋怨余德尔忘记了女儿们的婚嫁。阿普塔拉比告诉余德尔说要周游各村、筹划钱款，且嫁妆需要和新郎的父亲等同，直到天主预备的新郎出现再完成婚礼。余德尔听从拉比的谏言，因为敬畏上帝的人不会不肯出手相助，他便带着拉比的推荐信由车夫努塔驾着两匹马的马车启程了。

　　上卷描述余德尔、努塔两人离家后途经许多地方，如愿得到了一些善良人的招待及资助，其中夹杂着意想不到的奇遇。在平克维茨村的客店店主巴尔提尔家，听到了爷孙三代人的婚姻往事；佩德霍雷茨村的奶场工人尼希米家，余德尔赶出了他家姑娘身上的群鬼，受到村民的殷勤信赖；因村民厌倦之前成批拉比征收钱财，余德尔在麦丹村遭到冷遇；弗瑞契维希村住着余德尔一家的亲戚，却不给他和努塔好脸色；在乌希尼村和萨索夫村听闻圣徒和拉比的传说；去往贝尔克明的犹太会堂路上，两匹马居然也讲起了"老鼠和公鸡的故事"；在佩德凯明村，民众以犹太人特有的方式热情欢迎了余德尔，不论穷富都有所捐赠……各个阶层、行业的犹太人多少同情余德尔的处境。即使遭遇不公，余德尔也从未怀恨在心，而是坚持读《托拉》和讲述《托拉》。有趣的是余德尔还遇到有人冒名顶替自己，当真假余德尔碰面时，他仍然尊重和同情对方。筹款日渐增多后，余德尔为长途颠簸、远离诵经祈祷的虔诚生活悔恨不已，想安心在一个地方诵读《托拉》，侍奉上帝。努塔为此几次和余德尔争执，最后反被余德尔说服，还听从劝说去缓和与妻子的关系。到达罗哈廷后，余德尔终于下定决心，和努塔分道扬镳，自己在一家客栈专心研读《托拉》，甚至买了一只门柱圣卷，不停地盯着看。这引起客栈老板的好奇，在市场里和经纪人们谈论余德尔，做出了各种猜测，依然不得其解。后来老板的妻子意识到余德尔需要嫁女儿，便请来媒人做媒。不料媒人误以为他是布洛德城闻名全国的同名富商瑞布·余德尔·内桑森，这个富人总是明智地参与许多慈善事业。得到媒人消息的当地富翁瑞布·沃维，让自己的儿子谢夫特尔与余德尔的大女儿订立婚约，还许诺出一万二千金币的聘礼。谢夫特尔人品正直、帅气健壮，满腹经纶、熟谙《托拉》。这令余德尔满心欢喜，他不仅根据拉比的规定答应出同样数目的嫁金，还花了不少钱给未来的女婿购买手表和表链。余德尔对他人眼中的自己也生出过疑惑和混乱，但瑞布·余德尔·内桑森的名字在农村很普遍，他没有细究便沉浸在完成使命的喜悦中。很快钱财用尽，余德尔也决定回家。

下卷描写主人公归途的所见所闻及婚礼出乎意料地如愿举行。返程的余德尔没有钱坐马车，本来只能徒步回家，但不久便遇到努塔的哥哥雅各·参孙，得以坐上便车。听了参孙熟读《托拉》却只做马夫的故事，两人对《托拉》交换讨论，相谈甚欢。到了毕克夫村，余德尔下车拜访曾和他度过安息日的老人却扑了个空，又遇到了形形色色的人：烂醉如泥的车夫、扛旗唱歌的送丧队、痛打祈祷人的绅士、谦和又爱讲故事的裁缝、招呼他上马车的商人等等。余德尔不愿接受施舍，靠步行和请求搭便车往家的方向走去，任何的世态炎凉也阻拦不了他回家继续学习《托拉》和集会祈祷的心意。此时余德尔的妻儿没有他的音讯，努塔又不知道新郎已经找到，她们在家望穿秋水，流泪悲伤，直到先回家的雅各·参孙把遇上余德尔的消息传开才停住，而布洛德城竟开始流行余德尔故事的歌谣。回程漫漫，余德尔时而步行时而马车，也遇到了来时的好心人，如尼希米和巴尔提尔，他们依旧礼遇招待他。终于余德尔回到了家中，告诉妻儿已经寻得合适的婚配。弗鲁门特拉着女儿们高兴地跳起了舞，问及陪嫁竟然高达一万二千金币时又大吃一惊。余德尔淡淡地说是按照拉比的规定。这次他不再周游各地筹集嫁资，余德尔相信上帝会帮助自己嫁出女儿，便重新回到从前穷困又虔诚的诵经和祷告生活里去。弗鲁门特因拿不出嫁妆焦虑不已。不久普珥节到来，罗哈廷的新郎家给富有同名的瑞布·余德尔家送来一副金耳环和金手镯，这个富人余德尔没有儿女，想找出真正的新娘家，可是即便他见过了真正的新娘父亲、穷人余德尔也没能认出来。富人余德尔无奈给新郎家回礼，送去了一套精美印刷的《杜雷姆》和亲手信祝福对方。新郎家欢喜回信，还订下了日子准备婚礼。富人余德尔犯难了，自己家没有新娘，妻子建议将错就错，既然另一个余德尔不被认识，就等到婚礼那天他家自动出现。新郎家准备停当，浩浩荡荡从罗哈廷来到布洛德迎娶新娘，在城外等了快两天都不见人来，羞愤不已，只得拿着信找到了富人余德尔家，大声质疑对方。富人余德尔解释自己不过是以礼还礼，也确实没有女儿可以出嫁，他提议去诵经堂找找，果真就找到了新娘的父亲——同名的主人公瑞布·余德尔。为了招待新郎一家，弗鲁门特不得已命令女儿们将唯一的财产——公鸡捉来。她们用尽力气捕捉公鸡，可它东奔西逃，躲进一个山洞。女人们循迹而入，难以置信地发现洞中堆满了金银珠宝，这下陪嫁的钱也有了。瑞布·余德尔和瑞布·沃维两家最终喜结连理。

 **文本细读**

片段一：与车夫分道扬镳

　　努塔绝望地叫道："老天爷！这家伙的女儿坐在那儿开始衰老了，而他却还想继续研究《托拉》。《托拉》并不是生活中的寡妇，足够它派用场的。世上有各种诵经堂，每个诵经堂里都有各种学生。希望每个诵经堂都能有一盏硕大无比的金吊灯。我们镇子的诵经堂里，学习从未停止过一分钟，因为当一个学生在学习时，另一个学生则可以去睡觉，然后进行交换。但是，我怀疑，佩塞勒、布卢姆和吉特勒是否能不做噩梦地安然度过即使一小时。"

　　努塔看到瑞布·余德尔仍不动摇，便抓着自己的胡子叫道："弗鲁门特，我向你发誓，瑞布·余德尔连一分钱都带不回来给你，你女儿也戴不上婚纱，你将羞愧地捂上脸。"不过瑞布·余德尔可能会成为盲哑人。现在，由于他洞察事物的眼光开阔了，所以便发现，邪恶倾向的主要标志在特征上变得混乱了。一旦你发现了神圣的特征。你拿不定主意，再也不知如何区分好坏以及取舍什么。到头来，就疏漏了自己的责任。

　　努塔做了最后一次努力。他拿起鞭子甩了一下，然后盯着瑞布·余德尔的腿看。因为，每当努塔甩了鞭响以后，瑞布·余德尔就准备抬腿上路。可是，努塔看见瑞布·余德尔的腿一动不动，便知道自己的努力是徒劳的，对劝说他与自己回家一事立即感到绝望了。

　　努塔觉得与瑞布·余德尔难舍难分，特别是因为分手来得太突然。五个月来，他们厮守为命，吃、喝、睡在一起，旅程上共受磨难，可现在却要分道扬镳了。就在这时，"象牙"和"孔雀"嘶鸣起来。努塔向这两匹马报以喷喷之声，并隔窗说道："美人儿，我马上就来，我们将回布洛德去。不过回到布洛德并不是最重要的事，最重要的事是瑞布·余德尔不和我们回去了。我和你们一样感到吃惊，说服不了瑞布·余德尔，究竟怎么办？"①

片段一解析：

选文来自卷一第十七章"欢乐的泪水"，标题的忧喜参半也是解读小说的题眼，

---

　　① 撒母尔·约瑟夫·阿格农. 婚礼华盖 ［M］. 徐新，等，译. 广西：漓江出版社，1995：278.

物质贫穷、精神富裕的瑞布·余德尔将女儿们送往婚礼华盖的路程悲伤又幸福、理想又现实、敬虔又世俗、阴差阳错又在情理之中。虽然阿格农行文幽默，时有微讽，风尘仆仆的辛酸也显而易见。此时一行来到罗哈廷，余德尔接受一路的馈赠，深感愧对上帝，时时想回家潜修。他对自己说半路打退堂鼓并非眷恋家中的清静日子，而是没有读《托拉》——毕竟这是余德尔的生活方式，小说开篇就说"他会用吗哪①这一类故事来支撑他那智慧的躯体"，哪怕饥饿时也会用读经来压制。余德尔的敬虔不仅有几分堂吉诃德大战风车的好笑，有时还会令平常人摸不到头脑，和努塔的世俗常识形成鲜明对照。此处两人的差异和矛盾达到了高潮，任凭努塔从绝望、恨铁不成钢、反复试探到难舍难分，余德尔都铁了心意要留在途中的客栈研读《托拉》。犹太教的《托拉》一般指向《旧约》的首五卷：《创世纪》《出埃及记》《利未记》《民数记》和《申命记》，传说是摩西受上帝的默示所写，也被称为"摩西五经"。《托拉》讲述了开天辟地到亚伯拉罕家族出埃及的故事，体现犹太人精神生活的规则，即谦虚、博爱、敬畏上帝。这和眼下要把女儿嫁出去的任务没有直接关系，阿格农好像有意借努塔的表现来说出读者的心思：余德尔是疯了吗？之前正因为他只知道读经才把三个女儿拖到了成年都没有婆家，既然新郎都没有找到，他怎么能让努塔事先独自回家？努塔犹如热锅上的蚂蚁，余德尔表现得越无动于衷，小说的喜剧性反而越强，也越引人入胜。

片段二：传遍布洛德的歌谣

并不是所有关于这个主题的歌曲都是布洛德歌手的作品。有一些是人们把相关内容串在一起，那些自称布洛德的歌手借机自我夸耀一番。《从前有一位犹太人》就是这样一首歌：

从前有位犹太人，
名字叫做犹太先生，
没有家也没有粮，
这样穷——太羞愧。
他有女儿一大群，
谁也不知道有多少？
一个白得像百合，

---

①　吗哪：《圣经》词语，原意为"这是什么？"指以色列人出埃及后挨饿时上帝所赐的一种食物，状如芫荽子，色白，味如掺蜜的薄饼。后指精神食粮或意外所得急需之物。见《出埃及记》16章。

一个红得像玫瑰。

一个美得像蓝天，

夏日的日子美又好，

可他的女儿却遭轻视，

孤独外加遭抛弃。

少女的心啊柔又洁，

就是无人登临门。

其中原因不用问，

自然是因为缺嫁妆。

在天的主啊慈悲心，

不让少女憾终身。

且听这支民谣，

唱出奇迹又伟大。

为她找来了新郎官，

诚实可爱的棒少年，

允诺今后财路宽，

定会赚取更多的钱。

快来给我们一些钱，

权作听歌的赏钱；

时不待我我不待人，

我们很快要离开。

不过，当布洛德的人在哼唱瑞布·余德尔的歌谣时，他本人却在远离布洛德的地方①。

片段二解析：

选文来自卷二第四章，瑞布·余德尔还在回程的路上，先到家的努塔闲时无聊，常常讲起他们的旅途故事，受到大众的热烈欢迎。由于充满普珥节所需的欢乐，诗人们竟将其编成韵文，有关余德尔家嫁女儿的歌谣便传开了，曾经不起眼的歌手们甚至在此时也大受赞赏。普珥节来源于古代犹太人从波斯帝国种族灭绝的危险中幸存下来的故事，《旧约》的《以斯帖记》有详细记载。当时波斯帝国的亚哈

① 撒母尔·约瑟夫·阿格农. 婚礼华盖［M］. 徐新，等，译. 广西：漓江出版社，1995：350.

随鲁王听从大臣哈曼的提议，打算杀死所有的犹太人，是犹太人末底改和皇后以斯帖阻止了该灭绝政策，反将哈曼惩处。为了纪念这一胜利，普珥节应运而生，歌曲是庆祝节日的重要环节之一。阿格农将犹太人的传统习俗和小说叙事有机结合，并使用戏中戏的方式，在下卷主人公回程的线索上"节外生枝"，用歌谣又把本小说的主干故事讲述了一遍。戏中戏的特色是，当剧中有角色在舞台上表演另一套戏剧，其他角色则瞬间成为"观众"，《哈姆雷特》等戏剧便有这种叙事。《婚礼华盖》里的歌谣表演，同样因为忽然难以分辨谁在主干故事中、谁在故事的故事中，读者会像剧场的观众一样失去全知的特权。小说人物"替代"阿格农成为作者，形成对作品的反身自指，这个由大故事嵌套的小故事又具备了元小说性。再加上语言的简朴谐趣，阿格农不愧是讲故事的高手。

片段三：走进婚礼华盖

> 司仪完成仪式后，在场的人站着簇拥着新郎到婚礼华盖下，一些人惊讶于司仪应付问题的能力；另有些人则感到惋惜，他毕生献于歌咏，且他去世，不知墓碑是否能刻上哪怕是其中一首。总之，人们一起随新郎来到了华盖竖立的地方。
>
> 众人刚踏进门，乐长就开始唱歌："愿万能的主啊，赐福于新娘新郎。"按照"女子要围绕男子转"的说法，新娘要绕着新郎走三圈。这三圈要求有三种姿势，这一传统源于《塔木德》中圣贤的一句话："没有妻子的男人就没有善良，没有福运，没有快乐。"同时也源于另一句："他没有《托拉》，没有家，没有安宁。"最后男女双方要三次拥抱接吻。第一次象征众所周知的出生前四十天上帝宣布的某男同某女的结合；第二次象征这两颗心经历了多年的分离而相聚结合；第三次象征死后两颗心升天永结连理。
>
> 新娘和新郎双双站在华盖下，人们欢呼雀跃，兴奋不已[①]。

片段三解析：

作者以预备和走向婚礼华盖为切入点，反映了犹太人的宗教观念，并透视犹太民族的精神世界，此处皆大欢喜的结局体现了他对真诚、善良、虔诚的犹太人的肯定。若不是瑞布·里维勒带余德尔的女儿们找到了财宝，妻子弗鲁门特还不知该如何束手无策地焦虑着凑不出一万二千金币的陪嫁。而瑞布·里维勒作为从《诗篇》

---

① 撒母尔·约瑟夫·阿格农. 婚礼华盖［M］. 徐新，等，译. 广西：漓江出版社，1995：431.

中取来名字的鸡，也是瑞布·余德尔唯一的财产。最后通过它喜得意外之财，得以举办盛大而热闹的婚礼，可以看出阿格农对虔诚信徒的赞美，以及对犹太传统生活的真挚缅怀。

虽然前文弗鲁门特两次打断司仪的话，急切地希望这对新人早成大礼，将小说的谐趣贯穿到底，但婚礼的描写依然将小说推向了高潮。从年轻人问新郎对《托拉》的了解、司仪问话时瑞布·余德尔借用《塔木德》中的话、乐长唱的歌词、按照犹太教经典举行仪式等情节的描述，作者展开了一幅浓郁的犹太婚礼画面。举行婚礼时有各样的水果点心可以豪吃畅饮，提琴和铜钹与歌声增添欢乐的气氛、众人簇拥着新郎走向婚礼的华盖、有司仪主持举行仪式、按照传统进行女子围绕男子三圈、双方三次拥抱接吻的仪式，体现了犹太人对婚约的重视和特殊的宗教理解。婚约犹如犹太民族和上帝的盟约，正是所谓的天赐良缘。

相关辩题

1. 正方：小说结尾中找到藏有大量财宝的洞属于作者讽刺性叙事。

　反方：小说结尾中瑞布·余德尔能够获得大量财宝是因为他的虔诚。

2. 正方：瑞布·余德尔能够找到新郎是因为他的虔诚。

　反方：瑞布·余德尔通过自欺欺人的方式找到了新郎。

分角色朗诵

弗鲁门特：我为你生养了三个孩子，现在孩子们都长大了，却因为没钱而嫁不出去。可你这个父亲做了什么，你也该为你那可怜、无助的女儿们嫁出去而做点事了。我已经向圣洁的阿普塔拉比祈求了帮助，只要你穿着像样的衣服，再雇一辆带篷的马车，周游各村，筹划钱款，就能为女儿们找到合适的女婿，领到婚礼的华盖之下。如果你在途中遇到我的亲戚，你就大声地跟他们说我们的境遇，这样或许他们会施舍点钱款给你。如果你遇到了合适的新郎，你要告诉他们，新郎的父亲给新郎准备多少钱款，你就给女儿准备多少钱款。去吧，瑞布·余德尔，去完成把女儿们领到婚礼的华盖的使命吧！

瑞布·余德尔：弗鲁门特，我的妻子，我并没有冷漠地注视着女儿们的不幸，我也每天都在为能让她们走到婚礼的华盖而祈祷。我不是不愿意出行，只是出行会影响我学习《托拉》和祈祷文，但是我也愿意听从先哲的圣言，为了我的自由，为了女儿们的自由，周游各村，筹集钱款。我会完成为她们找到女婿的任务。

努塔：余德尔，你总是拖慢我们的行程，你还想把女儿们嫁出去吗？我们不是在筹款吗？你总是只想着阅读《托拉》，我们走了这么久的路，好不容易看到点希望，你却只想着自己，妄图留在某个地方阅读《托拉》。承认吧！余德尔，你就是一个冷漠又自私的人，现在你只有一个选择，就是带着筹到的善款和我回家。

佩赛勒（大女儿）：公鸡在啼叫，父亲应该起来祷告了。可是，没有人起来，阁楼漆黑一片，父亲出远门了，他什么时候回来？母亲在床上辗转反侧，轻声唤着：宝贝们，再睡一会儿，你们的父亲还没回家。安息日的欢乐已经结束，没有父亲在，我们不能唱出颂歌。荆棘发芽，父亲离家，我们能擦干眼泪吗？哀怨尚未婚嫁没有用，假若上帝赐我长寿，我的生命之火将会发出亮光，无论白天夜晚，我将献身于《托拉》。

比较出真知

1.《堂吉诃德》与《婚礼华盖》

《婚礼华盖》采用框架式故事结构、饶有谐趣的语言，使人联想到塞万提斯的《堂吉诃德》。人过中年的小乡绅堂吉诃德，因迷恋中世纪骑士文学而模仿其做派，通过许诺同村人桑丘做海岛总督而相伴上路。堂吉诃德期望建立功勋、锄强扶弱而四处漫游，出行的主线故事又通过其见闻穿插了很多的小故事。这种大故事套入若干小故事的叙事结构与《婚礼华盖》一致。

阿格农对瑞布·余德尔的刻画也近似堂吉诃德，堂吉诃德在塞万提斯的笔下是一个真理与正义的捍卫者，他崇高又滑稽，可笑又可怜。为了骑士理想可以忍受他人戏弄，甚至和风车、狮子作战，有几分疯癫；在评论世事时思路又特别清晰，时有妙谈，又有几分智慧，影响到了本来只为世俗而活的桑丘。余德尔有着犹太民族固有的真诚善良和难能可贵的虔敬。他为自己的信仰理想而活，家徒四壁将女儿们拖到了大龄尚未出嫁，又能听从阿普塔拉比的劝诫出门寻找女婿，一路和现实、贴地气的努塔磕磕绊绊。当余德尔决定停下来潜心研读《托拉》时，努塔一方面为他的疯癫而着急，一方面又听从了他的建议和妻子缓和关系。最终，阴差阳错，新郎家居然送上门来提亲。两部小说同样充满喜剧色彩。

但他们又是不一样的，余德尔不是堂吉诃德那样冒险行侠的义士，也没有堂吉诃德那种矛盾与悲剧的色彩。堂吉诃德最后醒悟过来，痛悔自己迷失于骑士小说、不务正业的"曾经"，他在离世前和旧日的理想有了彻底的了断，还告诫唯一的侄女不能嫁给读骑士小说的人。明明行侠仗义是心怀天下的表现，堂吉诃德却屡屡碰壁，甚至遭人嘲笑愚弄，塞万提斯在幽默嬉笑之下有着无尽悲凉现实的底色。而《婚礼华盖》中，阿格农虽然对余德尔虔敬贫穷、固执呆板的生活有所微讽，但余德尔凭借对上帝的信心，成功找到新郎、获得意外之财嫁出女儿的结局，使得小说并不像《堂吉诃德》一般有着深刻的悲剧内涵。尤其是盛大欢乐的婚礼场景，不仅冲淡了余德尔一家令人同情又好笑的过去，还展现出犹太人的生活传统，对余德尔的信仰理想可以说是一种褒奖。余德尔的坚定、乐观、顽强，不是依靠英雄般的大智大勇和超人的体魄，而是依靠坚定不移的真挚信念。他能克服诱惑不图虚荣、不慕金钱，甘于清贫与寂寞，尽到一个教徒的职责。同是戏剧性的遭遇，在余德尔身上，能够看出一个犹太人的精神品格，他不属于堂吉诃德般的悲剧人物，而是阿格农运用喜剧形式描绘的正面形象。

2.《婚礼华盖》与《一千零一夜》

《婚礼华盖》与《一千零一夜》不仅结构相似，故事有寓言意义，还都充满了浓厚的宗教色彩。

首先，两部作品采用的都是框架式结构，即一条主线故事穿插若干副线故事的叙事手法。《婚礼华盖》中，余德尔和努塔的旅行引导主线故事，弗鲁门特及女儿们的生活引导副线故事，除此之外还有许多"故事中的故事"。《一千零一夜》用王后给国王讲故事避免被杀害这样的主线，穿插了若干条王后讲的小故事，在大故事中套小故事。

其次，两部作品的"小故事"也有相似之处，都是各自时代背景的缩写，都有以传说、动物为题材的寓言。如《婚礼华盖》卷一第四章屠夫与奶工的传说。屠夫与奶工都用自己所珍视的东西款待客人，结果"想喝牛奶的人吃到的是肉，想吃肉的人喝到的是牛奶"[①]。卷一第五章中，阿格农借"孔雀"与"象牙"之口讲述"老鼠与公鸡的故事"，是一个典型的动物寓言，"象牙"想告诫"孔雀"不要去插手不属于自己的闲事。《一千零一夜》中也有类似的故事，如渔翁和魔鬼、阿拉丁和神灯、航海家辛巴达等等。寓言是说理的理想形式，两部作品都用寓言传达人生哲理，读来令人兴趣十足，回味无穷。

最后，犹太人与阿拉伯人都是宗教情结浓厚的民族，两部作品穿插的故事很多和宗教有关。只不过前者是犹太教，后者是伊斯兰教，两者有一定的渊源关系，传说在《旧约》故事中，阿拉伯人来自亚伯拉罕和夏甲所生的以实玛利的后代。《婚礼华盖》卷一第五章中"两只眼的拉比和一只眼的布道士的故事"，阿格农借拉比之口教育心怀抱怨的布道士：上帝之所以为人类创造两只眼睛，是要人用一只眼看到上帝的伟大，另一只眼看到自己的卑贱。《一千零一夜》中，在嫉妒者和被嫉妒者的故事里，一位乐善好施、德高望重的人被嫉妒者推入枯井之后，井底的神仙赞扬他是一位虔诚的信徒，将他救出枯井，并授予他给公主治病的秘方，终于获得善

---

① 撒母尔·约瑟夫·阿格农. 婚礼华盖［M］. 徐新，等，译. 广西：漓江出版社，1995：51.

报。贯穿《一千零一夜》整部故事集的信念，就是对宗教传统的虔诚。

创意写作

《婚礼华盖》中，作者以主人公瑞布·余德尔为女儿外出筹集嫁资为主线，并穿插一系列的小故事，语言诙谐幽默。请运用故事套故事的手法写一则不少于1000字的小说。

（缪　霄　撰写）

第四节　川端康成《雪国》

创作背景

1934 年 5 月，川端康成（1899—1972）为了寻找一个能静下心来写作的好去处，来到了利根川上游的温泉，但对此地他并不特别满意。旅店老板推荐他去清水对面的越后汤泽温泉看看，当时清水隧道刚刚开通，游人不多，正是一个清静的地方，川端便欣然前往，下榻在高半旅馆。机缘巧合下，在高半旅馆他结识了一名叫松荣的艺伎。松荣家境贫寒，是家中长女，下面有六个弟弟妹妹，为了减轻家庭负担，11 岁时就离开老家去做艺伎。川端本人也是身世坎坷，自幼亲人相继离世，如同孤儿一样长大，见到如此身世堪怜的艺伎，不禁有一种"同是天涯沦落人，相逢何必曾相识"的感慨，于是就萌发了以松荣为模特写一部小说的想法。

这已经不是川端第一次写艺伎了，19 岁时他以伊豆之行为蓝本，写尽了少男少女无关乎肉欲的清新脱俗之爱，成就了《伊豆的舞女》。如今已经人到中年的川端要如何超越年轻时的自己呢？婚姻的禁锢、生活的倦怠、徒劳的奋斗、激情的退却……纷至沓来，一个中年男人与一个艺伎的露水情缘便呼之欲出了。除了观察松荣的性格气质，川端也与旅店老板聊起更多的艺伎以及她们赎身后的境遇等。为了写作，川端在 1934 年 12 月间再次造访汤泽温泉，1935 年 9 月又去了一次，不同时节，不同心境，带来了不同的感受。如此这般，"三上雪国"的设定就基本成型了。

艺伎是日本一种独特的表演职业，最早产生于 17 世纪的大阪和东京，历史悠久，在长期的演进发展中融入了日本的文化特质与审美观念，这种职业延续至今，并且已经成为其他国家和民族观照日本的一面镜子。艺伎从小就要接受严格的训练，精通舞蹈、音律、茶道和清谈等，她们穿的和服与一般和服不同，衣料考究，做工上乘，后脖领刻意向下倾斜，以展示优雅的颈部线条。这一点颇有特色。日本人着意于"后颈"，更在乎一种能带来无限遐想的诱惑之美。值得注意的是，京都高级艺伎与乡村艺伎是不同的，高级艺伎绝不等同于青楼女子，她们是高贵的代名词，赖以生存的是技艺而非身体。而底层的乡村艺伎，更像陪酒女郎，逢迎欢笑，助兴表演，甚至不得不出卖肉体，小说中的驹子就属于后者。所以，川端康成便以类似《红楼梦》中对妙玉"欲洁何曾洁，云空未必空。可怜金玉质，终陷淖泥中"的那样一种感慨，来表现一种日本式的忧愁与伤感。小说中花了大量的笔墨写驹子的"纯净"和苦练琴技，但男主岛村总是配以"徒劳"的感慨，这种感慨和惋惜便是我们中国人理解的"终陷淖泥的妙玉"，当体悟到这一点，作品才能真正打通。

综上，越后的汤泽温泉，底层的艺伎舞女，都是作品的现实来源。川端也与小说主人公岛村一样，曾经三次来到汤泽温泉旅行，虽然作家本人不等同于岛村，但岛村无疑是作家的"精神寄托者"。

《雪国》的写作过程极其特别，原打算只写一个 40 页的短篇，但作者却意犹未尽，继续分篇续写，并无严密的构思，也没有统一的架构，而是跟着作品的感觉走，前一篇带出后一篇。后来分别以《暮景之镜》《白色晨镜》《故事》《芭茅花》《火枕》《拍球歌》在刊物上分篇连载。最后才以单行本《雪国》出版。如此独特的写作历程，难怪情节上显得细若游丝了，各部分也都能独立存在。

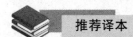 **推荐译本**

随着川端康成一举获得诺贝尔文学奖，《雪国》拥有了多种语言的译本。汉语译本中比较有代表性的是叶渭渠、唐月梅合译的本子和高慧勤译本。总体而言，叶、唐合译本追求尽量不改变原著，但日语的句法与汉语有很大差异，读起来难免生涩；高译本更接近汉语表达习惯，读起来更明白晓畅一些。

叶渭渠、唐月梅是翻译界的一对伉俪，他们都是华侨子弟，相识于越南堤岸华人城的知用中学。同窗时代就一起演话剧、互相推荐阅读书目，确定关系后又一同回到祖国的怀抱，双双考入北京大学日语专业。二人共同经历过很多艰难困苦的岁月，但不变的是对文学翻译事业的执着追求，我们今天看到的《雪国》《伊豆的舞女》《古都》等作品，就是这对学者夫妻在杂物间支起的小桌板上夜以继日轮流完成的。和所有夫妻一样，他们也要面对"上有老下有小"的家庭责任和负担，但两位先生抓取各种零碎时间，争分夺秒，甚至在出差的列车上译起了书稿。下面分析几段译文，感受一下不同翻译风格带来的不一样的阅读体验。

叶渭渠、唐月梅译本：由于什么东西都不十分惹他注目，他内心反而好像隐约地存在着一股巨大的感性激流。

高慧勤译本：正因为没有什么尚堪寓目的东西，不知怎的，茫然中反倒激起他感情的巨大波澜。

　　这是一句描绘岛村的句子，把他无所事事的纨绔子弟形象描写得淋漓尽致，又恰和日本的"虚无"相一致。从翻译语言来看，叶、唐译本更忠于原著的用词，更接近直译；高译本注重用更符合汉语表达的语词去传达原著的意蕴，善用一些四字词语，比如"尚堪寓目""巨大波澜"之类来增加文采。从读者理解的层面来看，叶、唐译本用"隐约"一词，我们感到岛村这个人真的很难琢磨，搞不清他到底在想些什么又在追求什么；高译本用"茫然"一词，倒是一语道破天机，其实岛村这家伙就是一个"大洋葱"，费劲地把他一层一层剥开，其实他什么也不想、什么也不追求，他的心根本就是空的，没有目标，没有原则。高译本和叶、唐译本不同的译法以整段极具"新感觉"的"暮景之镜"（文本细读板块有详细分析）为例更能说明问题，高译本差不多是解释了一遍，读后很清晰明了；叶、唐译本由于直接用原文直译，真正的"日本新感觉"让人缥缥缈缈，不明就里。

　　我们再看看其他的对照：

　　叶渭渠、唐月梅译本：玲珑而悬直的鼻梁虽嫌单薄些，在下方搭配着的小巧的闭上的柔唇却宛如美极了的水蛭环节，光滑而伸缩自如，在默默无言的时候也有一种动的感觉。

　　高慧勤译本：笔挺的小鼻子虽然单薄一些，但下面纤巧而抿紧的双唇，如同水蛭美丽的轮环，伸缩自如，柔滑细腻。

　　这是一句对驹子外貌的描写，把双唇比作水蛭，这对中国读者来说是一个比较新奇的比喻，伸缩自如和柔滑细腻是水蛭最显著的特征，而吸血是它得以生存的方式，一旦吸附住动物或人就难以摆脱。这个新奇的比喻似乎含有某种暗示，驹子的肉性之美深深吸引着岛村，但岛村又无法对驹子负责，他再三地拖延欺骗驹子，但又不可抑制地"三上雪国"。叶、唐译本不惜用略为拗口的长句来忠实原著，某些词也显得有些生涩，比如"悬直"；高译本则更在意中国读者热衷短句和四字词语的习惯，以达到更为明白晓畅的效果①。

 情节概述

　　《雪国》是川端康成的巅峰之作，小说的开头给人留下了极为深刻的印象。"穿过县境长长的隧道，便是雪国。夜空下，大地赫然一片莹白。火车在信号所前停了下来。"② 经过隧道长长的黑暗，刹那间由黑漆漆进入白茫茫，恰如从污浊的凡世进入白雪般纯洁的世外桃源，颇有点"时光列车"穿越时空的感觉。"雪国"

---

　　① 以上译文分析，部分参考魏冰. 浅谈《雪国》两译本的语言翻译差异性［J］. 文学教育，2021（13）：152 - 153.

　　② 川端康成. 雪国［M］. 高慧勤，译. 北京：人民文学出版社，2008：29.

在象征意义上就是脱离俗世的存在，俗世的人生总是在按部就班的节奏里运转，日复一日，寡然无味，不期而遇的露水情缘却转瞬即逝，显得微弱而美丽。

小说记述了东京男子岛村三上雪国的经历。一上雪国，是初夏，群山嫩绿，生机盎然，岛村第一次见到驹子，这时的驹子只有 19 岁，年轻而又纯真，对岛村一见倾心；二上雪国，是严冬，大雪纷飞，驹子对于岛村的感情日益浓烈，但岛村是有家室的人，终究只是徒劳；三上雪国，正值深秋，万物凋零，驹子和岛村都感到分别已是必然。

小说并不是按正常时间顺序来依次书写"三上雪国"，而是以岛村第二次去雪国开篇，插入了他初次到雪国同驹子相识的过程，以第三次看望驹子结束全文。故事为什么要从"中间"写起？"中间"是一个很妥帖的位置，因为它可以往前回溯，也可以向后延伸。开篇的片段像一个统摄全文的纲领，看似不经意，其实是颇有深意。二上雪国的火车上及车站里，四大主角全部登场，但身份都很模糊，相互的关系也扑朔迷离，"悬念"自此开始。岛村在第二次来雪国的火车上，凝视窗玻璃上映现的叶子姑娘，叶子精心照料身患重病的行男，细心嘱咐站长照顾自己的弟弟，温柔体贴到极致，足以证明她必然是未来的"贤妻良母"。驹子来接叶子和行男，还故意把自己包裹得很严实，披蓝色斗篷，蒙着头巾，不想被人认出来。"悬念"里还藏着"悬念"，驹子如此隐蔽，到底是为什么呢？

接下来就是插叙，插入岛村一上雪国与驹子初识的过程，这是一段回忆。回忆总是美好的，岛村和驹子的形象也终于在这一段回忆里渐渐清晰起来。岛村是一个有家室、坐食祖产的东京中年男子，独自一人到雪国旅行，邂逅 19 岁的驹子，当时的驹子并不是正式的艺伎，因为当日节庆，所有正式艺伎都去参加活动了，于是促成了岛村和驹子的意外情缘。驹子作为一个非正式的艺伎被招来接待岛村，她聊起自己的身世，岛村则聊起自己研究的舞蹈，相谈甚欢。当岛村提出请驹子帮他找一个真正的艺伎来，驹子听到这种要求，非常不高兴，类似醋意大发，故意找了一个特别糟糕且粗俗的艺伎给岛村。驹子的"小心思"很快奏效，相形见绌之下，岛村果然对找来的艺伎厌恶至极，想方设法摆脱了那粗鄙的艺伎。而驹子则"一切尽在把握中"地制造了"杉树林偶遇"，当天夜里却情不自禁地"醉后显真情"了。这次"酒后失态"对于塑造驹子形象有着非凡的意义，因为男女之爱如此炽烈地燃烧起来，本应该是喜悦的，但驹子的"醉后显真情"却极其痛苦和哀伤，"苦"在不能长久，"伤"在只是徒劳。二人初识的场景到此结束，没有发生什么惊心动魄的大事，也没有什么轰轰烈烈海誓山盟。

插叙一收笔，二上雪国顺势衔接。岛村一上雪国是 5 月 23 日，199 天后岛村二上雪国，此时的驹子成了一个正式的艺伎。乡村艺伎不过是陪酒女郎，完全是被迫的营生，绝不是什么光彩之事。岛村发现驹子竟有记日记和写读书笔记的习惯，"记日记"说明她情感细腻，在乎自我的感觉，"读书笔记"则只记标题、作者和书中人物，不写感想。"记录"是为了留住某些东西，但驹子留不住的东西实在太多了，比如这一夜欢好。翌日，岛村来到驹子家里，于是家中躺着的行男，身份就不得不清晰起来，原来他是驹子的师傅的儿子，刚 26 岁，自幼喜欢摆弄机器，长大后一边在钟表店做工一边上夜校，积劳成疾得了肠结核。而行男对于岛村仍然是个谜，很显然驹子并不愿意多谈行男。而一切终于还是在岛村请的盲人按摩女口中揭开了，驹子与行男是有婚约的，为了支付行男的医疗费用，驹子在这个夏天出道做艺伎挣钱。而岛村将前前后后各种细节链接起来，也就明白了驹子不爱行男，却非要履行责任，这是一个多么挂念恩情的人啊！

接着小说第二次又写驹子接待其他客人后的酒醉，为什么接连两次去写"酒醉"呢？醉酒使人中枢神经麻痹，最易"吐真言""显真情"，驹子说出 8 月因神经衰弱赋闲，拒绝另一男子求婚之事，很显然这两件事都是因为岛村，驹子动了真情，竟置自己的现实于不顾，痴痴等待岛村。199 天的等待，驹子犯了艺伎的大忌，那便是"动真情"，因为艺伎只能逢场作戏。在一夜欢好后的翌日，立马多了些许阳光，作者的叙述一下子变得轻快起来，驹子说跟行男订婚的事是别人瞎说的，师傅或者这样想过但从未这样说过，当艺伎也并没有为了谁，只是帮帮忙。对于这两件事情的否认，其实更体现了驹子的品质，作为一个底层女性，驹子是很难拥有自我的，她本来只能在陪客的醉意中迷失自我，在被安排的婚姻里放弃自我，但难能可贵的恰恰是她在这样的环境里不断地追寻自我，记日记、写读书笔记，尤其是弹得一手好三弦，都是她追寻自我的证据。为岛村弹三弦琴的片段，作者大费笔墨，从曲子《劝进帐》到《都鸟》，再到《新曲浦岛》《都都逸》。一个什么都没有的人，该有的就是自己，驹子的自我意识非常强烈，并不被别人而左右。在后面的一个比较大的冲突中也证明了这一点，那就是行男临死前想见驹子，叶子来找驹子去见他最后一面，但驹子在悲痛中坚决不见，这不是绝情，恰恰是由于驹子对岛村的多情，让她无言以对行男的真情。

至此，小说的情感链终于可以清理出来：叶子爱行男，行男爱驹子，驹子爱岛村，岛村爱叶子，其中"岛村爱叶子"写得非常隐晦，这种"爱"与其说是"爱情"，不如说是"理想"，平凡的婚姻岛村已经有了，风尘艺伎也唾手可得，但贤妻良母般的叶子是他永远可望而不可即的理想，所以叶子死于"雪中火灾"。于是乎，四位人物似乎都在"爱而不得，忘却不能"的困境中。从行文中可以感受到岛村对驹子的态度十分复杂，一方面她在驹子这里感受到了爱欲的冲动，另一方面又不能对此负责，于是便在叶子那里找到了"灵"的追求。岛村的百无聊赖和没有人生目标，其实是一种人到中年的困顿，既没有从头开始的勇气，也不想就此颓败下去。

《雪国》的主题是多层次的，所谓东京男子与五等艺伎的露水情缘应该处于最低层次，日本传统女性美处于最高层次，另有人生无常的感慨和中年的迷惘等等。小说整体结构上并没有严格的规划，每一章节如同海参一样随意伸展，每一章节都可以独立存在，因为川端并不着意于"发生了什么"，而是着意于"感觉到了什么"。无论情节发展到哪里，小说通篇弥漫着一种凄美，一种哀愁。

影文对照

电影资料：电影《雪国》，1957年上映，由丰田四郎执导拍摄，池部良、岸惠子、八千熏子等演员主演。用电影还原情节与形象是有绝对优势的，但《雪国》所有的情节推进和人物关系都是"道具"，真正的大戏是"感觉"，要用电影去还原"感觉"就显得十分吃力了。此处节选三个"感觉"的原著片段与电影进行对照。

片段一："暮景之镜"

镜子的衬底，是流动着的黄昏景色，就是说，镜面的映像同镜底的景物，恰似电影上的叠印一般，不断地变换。出场人物与背景之间毫无关联。人物是透明的幻影，背景则是朦胧逝去的日暮野景，两者融合在一起，构成一幅不似人间的象征世界。尤其是姑娘的脸庞上，叠现出寒山灯火的一刹那顷，真是美得无可形容，岛村的心灵都为之震颤。

远山的天空还残留一抹淡淡的晚霞。隔窗眺望，远处的风物依旧轮廓分明，只是色调已经消失殆尽。车过之处，原是一带平淡无趣的寒山，越发显得平淡无趣了。正因为没有什么尚堪寓目的东西，不知怎的，茫然中反倒激起他感情的巨大波澜。无疑是因为姑娘的面庞浮现在其中的缘故。映出她身姿的那番镜面，虽然挡住了窗外的景物，可是在她轮廓周围，接连不断地闪过黄昏的景色。所以，姑娘的面影好像透明一般。那果真是透明的么？其实是一种错觉，不停地从她脸背后疾视的垂暮景色，仿佛是从前面飞掠过去，快得令人无从辨认。

车厢里灯火昏暗，窗玻璃自然不及镜子明亮，因为没有反射的缘故。所以，岛村看着看着，便渐渐忘却玻璃之存在，竟以为姑娘是浮现在流动的暮景之中。

这时，在她脸庞的位置上，亮起一星灯火。镜里的映像亮得不足以盖过窗外这星灯火；窗外的灯火也暗得抹煞不了镜中的映像。灯火从她脸上闪烁而过，却没能将她的脸庞照亮。那是远远的一点寒光，在她小小的眸子周围若明若暗的闪亮。当姑娘的星眸同灯火重合叠印的一刹那顷，她的眼珠儿便像美丽撩人的萤火虫，飞舞在向晚的波浪之间①。

片段一解析：

"暮景之镜"的电影画面呈现仅仅只有半分钟，形象是还原了，"感觉"就难以呈现了。我们坐火车时，也常常透过窗玻璃看路上的风景，火车在移动，路上的风景便会"唰唰唰"地跑动起来，车窗玻璃同时是一个镜面，也会反射车内的景象，路上的风景是"实景"，车内的景象则是"虚像"，"实景"叠加"虚像"是一个非常独特的画面，这个画面只有肉眼才能准确捕捉。岛村正是通过这样一个"实＋虚"的窗玻璃镜像观察叶子，叶子的温柔体贴跃然纸上，此处完全不必用"漂亮""美丽"等字眼，女性最诱人的魅力莫过于"温柔体贴"。川端康成真是非常细腻，这种纤细幽微的感觉，日本文学最擅长书写。这次相遇选在列车上，列车是一个突破个人的交际圈层而发生偶然的地方，同时这段空灵缥缈的描写也将叶子姑娘推向了"虚无的极致"，推向了不能在现实中实现的理想，叶子明明着墨不多，但却占据了最关键的开头与结尾，并且这两处描写中差不多只有声音和幻象。对于岛村而言，叶子姑娘"只可远观不可亵玩"，而驹子则"只可欢会不能长久"，长久的是没有激情的平凡。太多解读都把目光集中于日本的女性美，而忽略了岛村作为中年人的情欲骚动和超越平凡的冲动。如果说《伊豆的舞女》是青春的萌动，那么《雪国》就是中年的骚动，《睡美人》则是晚年的悸动。

片段二："白色晨镜"

> 岛村朝她那边望了一眼，倏地缩起脖子。镜里闪烁的白光是雪色，雪色上反映出姑娘绯红的面颊。真有一种说不出的洁净，说不出的美。
>
> 也许是旭日将升的缘故，镜中的白雪寒光激射，渐渐染上绯红。姑娘映在雪色上的头发，也随之黑中带紫，鲜明透亮②。

片段二解析：

电影本来是表现色彩的高手，但面对这段文字，"高手"也无计可施了，30秒的电影画面也维持不住了，只能一笔带过。你照过放在窗边的镜子吗？窗外的远景和室内的近景都会反射在镜面上。川端康成用"虚＋实"的镜面观察叶子，又用"远＋近"的镜面观察驹子，白色的雪，通红的脸，紫色的头发光泽，这些色彩同

---

① 川端康成．雪国 [M]．高慧勤，译．北京：人民文学出版社，2008：31－32.
② 川端康成．雪国 [M]．高慧勤，译．北京：人民文学出版社，2008：52.

样只能用肉眼去捕捉。最妙的是将耀眼的雪比喻为燃烧的火焰，大家知道滑雪运动员必须戴墨镜，因为太阳照射下晶体的雪会反射光泽，川端将光泽进一步放大，放大为燃烧的火焰。头发上怎么会有紫色的光泽？这种形容令人感到很新奇，紫色在日本是高贵典雅的颜色，此处它由朝阳的金光和雪光造成。而驹子的头发可以说是小说中的重要意象，文中多次呈现她浓密的发丝，浓黑的颜色是青春和生命的象征，冰凉的温度是雪国的气温，乱发则是这段露水情缘的鉴证。

片段三："雪中火景里的银河"

啊，银河！岛村举头望去，猛然间仿佛自己飘然飞入银河中去。银河好像近在咫尺，明亮得似能将岛村轻轻托起。漫游中的诗人芭蕉，在波涛汹涌的大海上所看到的银河，难道也是如此之瑰丽，如此之辽阔么？光洁的银河，似乎要以她赤裸的身躯，把黑夜中的大地卷裹进去，低垂下来，几乎伸手可及。真是明艳已极，岛村甚至以为自己渺小的身影，会从地上倒映入银河。是那样澄明清澈，不仅里面的繁星一一可辨，就连天光云影间的斑斑银屑，也粒粒分明。但是，银河却深不见底，把人的视线也吸了进去①。

片段三解析：

这个片段的处理，电影中依旧是一闪而过，太难以捕捉了，天空里的银河不难拍摄，但银河给人独特的感觉就难以表现了。"银河"是有丰富文化内涵的独特意象，在各国文化中表征不同。在西方文化里，银河是奥林匹斯神山通向人间的"Milky Way"，洒满了天后赫拉晶莹的乳汁；在中国文化里，银河是王母娘娘用银簪子在天上一划，阻隔了牛郎和织女；在日本文化里，是"俳圣"松尾芭蕉看见的在大海上的银河。每一种文化表征，给人带来的都是无限的遐想与优美。小说结尾的结束语是"待岛村站稳了脚跟，抬头望去，银河好像哗啦一声向他的心坎上倾泻了下来"，那无限的遐想与优美湮灭了，只留下感伤与悲哀。"雪中火灾"本身就是一个"冰火两重天"的独特意象，是生与死停滞的中间地带，美好的人或事终归都要流走，怎奈俗世中的凡人只是忙着生、忙着抓住一切美好，银河在此处就代表着美好，代表着驹子和叶子追求的安宁和幸福，但她们谁也没有得到。

相关辩题

1. 正方：岛村是小说中烘托驹子与叶子形象的一个道具。

   反方：岛村是小说中非常重要的男主人公。

---

① 川端康成. 雪国 [M]. 高慧勤，译. 北京：人民文学出版社，2008：116.

2. 正方：《雪国》的景物描写是为塑造人物服务的。

反方：《雪国》的景物描写完全可以独立存在。

分角色朗诵

岛村：驹子，你是一个清清白白的姑娘，更适合跟我做聊天的朋友，只有朋友才能保持长久的交往。况且我是一个游客，无法在雪国久留。驹子啊，不必再挣扎了，一切都是徒劳，爱情是一场徒劳，人生也是一场徒劳！

驹子：岛村，我等了你 199 天，我一天一天数着，一天一天等着，终于把你盼来了，盼得我都神经衰弱了。我总想换一件新衣服来见你，但全部的衣服都穿过了，身上这件还是朋友的呢！（一转脸又换了副表情，莫名地伤心起来）你回东京去吧！你这个没良心的东西！你快走！明天就走，永远别回来了！

行男：驹子，我快要死了！你来见见我吧！我知道你做艺伎，全都是为了要给我偿付医疗费。母亲一直希望我们俩能走到一起，虽然她没有明说。难道你不愿意做我的未婚妻吗？我可是时时想念你的呀！

叶子：驹姐，你为什么不去见行男最后一面？他都是将死的人了，你都不能满足一下他的愿望吗？我天天照顾行男，无微不至，但他却从来看不见我，他的眼睛里只有你，你还要辜负他。

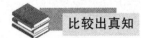

比较出真知

1. 《雪国》与莫言的《白狗秋千架》

在川端康成的《雪国》中有这样一段描写："也许是怕雪积起来，让浴池里溢出的热水，顺着临时完成的水沟，绕着旅馆的墙角流，可是在大门口那儿，竟汇成一片浅浅的泉水滩。一条健壮的黑毛秋田狗，站在踏脚石上添了半天泉水。供旅客用的滑雪用具，好像是刚从仓库里搬出来，靠墙晾了一排。温泉的蒸汽冲淡了那上面的霉味。雪块从杉树枝上落到公共澡堂的屋顶，一见热也立即融化变形。"① 正是这只"秋田狗"激发了莫言的创作灵感，成就了莫言的《白狗秋千架》。

《白狗秋千架》的开头是这样写的："高密东北乡原产白色温驯的大狗，绵延数代之后，很难再见一匹纯种。现在，那儿家家养的多是一些杂狗，偶有一只白色的，也总是在身体的某一部位生出杂毛，显出混血的痕迹来。但只要这杂毛的面积在整个狗体的面积里占的比例不大，又不是在特别显眼的部位，大家也就习惯地以'白狗'称之，并不去循名求实，过分地挑毛病。有一匹全身皆白、只黑了两只前爪的白狗，

---

① 川端康成. 雪国［M］. 高慧勤，译. 北京：人民文学出版社，2008：52.

垂头丧气地从故乡小河上那座颓败的石桥走过来时，我正在桥头下的石阶上捧着清清的河水洗脸。"没有川端康成那只"秋田狗"，也就没有莫言的"白狗"，白狗是贯穿全文的线索，所有的重要事件都有它的参与。小说情节大致是：主人公"我"是大学讲师，回乡探亲，也开启了自己的回忆及赎罪。十年前的"我"爱慕着暖，那时的暖青春漂亮，热爱文艺，蔡队长答应我们一定回来招我们去当文艺兵，暖对未来充满希冀，但也不过是一场空茫。而彻底改变了暖的是一场意外，"我"深夜叫暖去荡秋千，绳子断了，暖掉进荆棘里，刺瞎了一只眼。"我"则进城读书了，暖拒绝给我回信，并在艰难困境中嫁给了一个哑巴，一次次怀着希望生下健康的孩子，但孩子们也都是哑巴。暖变得粗鄙不堪，对生活几乎失望，恰恰是"我"的出现，让暖奋力抓住最后的救命稻草，想向我"借种"，以生下健康的孩子。

其中"白狗"如何贯穿呢？暖荡秋千时抱着白狗，"白狗秋千架"的小说标题就源自这个画面，本来是一幅青春美好的画面，但却彻底改变了暖的命运；"我"回乡时遇见了白狗；"我"去暖家里看望她，也是白狗先来迎接；暖在高粱地等"我"，也是白狗引路。《白狗秋千架》从总体架构、人物形象，再到表现技法都与《雪国》有很多相似之处。

2. 不同作家笔下的日本女性

《雪国》的整个核心实际是日本的女性之美，岛村不过是一个道具而已。下面我们对照徐志摩、郁达夫和川端笔下的日本女性，以求打通感受和领略不同的审美范式。

徐志摩以《沙扬娜拉》专门书写日本女性的情态美，原作总共是十八首，最为出名的是最后一首。

沙扬娜拉
——致日本女郎

最是那一低头的温柔，
像一朵水莲花不胜凉风的娇羞，
道一声珍重，道一声珍重，
那一声珍重里有蜜甜的忧愁——
沙扬娜拉！

这最后一首虽是精品，但只读一首还是太单薄，十八首交相辉映，徐志摩运用独特的日本风物，如"扶桑海""神户山墓园""保津川急湍"等来制造映衬，又用"杜鹃""桃蕊""碧波""夜蝶""花蜂"等美好的意象创造比喻，整体诵读才能完整呈现出多层次、多角度的日本女性美。尤其令人玩味的是，十八首诗每首都以"沙扬娜拉"煞尾，不知道的还以为这是某个日本美人的名字呢！其实它是日语中"再见"的音译，带着离别的忧伤，音译词可以刻意去创造出一种联想的美感，比如徐志摩把佛罗伦萨翻译为"翡冷翠"，又如朱自清把法国一地名翻译为"枫丹白露"。我们完全不用在意它的本意，光是这些优雅的汉字就自带美丽的光环。

在郁达夫早期的小说中，日本女性占有重要地位，她们是反映男主人公心理感受和精神气质的重要对象，同时也以男性的审美眼光仔细研究了日本女性的"白皮肤"。例如，他在《雪夜》中写道："日本女人大抵总长得肥硕完美，绝没有临风弱柳、瘦似黄花的病貌。更兼岛上火山矿泉独多，水分富含异质，因而关东西靠山一带的女人，皮色滑腻通明，细白得像似磁体，至于东北内地雪国里的娇娘，就是在日本也有雪美人的名称，她们的肥白柔美，更可以不必说了。"①

郁达夫这样的分析不禁让人联想到川端笔下的"雪美人"代表——驹子和叶子，驹子和叶子在性情和气质上看似截然相反，一个代表肉性的美，另一个代表灵性的美，一个热烈，另一个柔顺，从情感关系来说，她们还是对立的情敌。但恰如堂吉诃德与桑丘潘沙、浮士德与靡菲斯特一样，驹子和叶子的结合才是《雪国》真正的主角，那就是灵肉结合的日本女性美。这种美中带着日本的"虚无"，这一点是中国读者最难把握的，因为在人生感悟方面，日本人尤其感慨"人生无常，万事皆空"，驹子和叶子的命运遭际特别能表现这八个字，驹子恋慕岛村但终究一场空，叶子照顾行男也无力回天。西方人感悟最深的是"有"，中国人感悟最深的是"无和有的辩证"，日本人体会最深的却是"完全彻底的无"。

 创意写作

1. 新感觉派强调将客观事物植入感性的世界，捕捉细腻幽微的感觉心理。模仿川端康成新感觉派的文风，着意于"感觉到了什么，而不是发生了什么"，写一段不少于300字的内容。

2. 模仿川端康成以四季风物辉映人物内心、呼应情节发展的写法，创作一篇小小说。

3. 不用从头到尾的顺叙，也不用倒叙，试着把故事拦腰截断，从中间向两端自由伸展地叙述一个故事，看看能创造出怎样神奇的效果。

（马 维 撰写）

---

① 郁达夫. 郁达夫文集. 第四卷. 散文 [M]. 广州：花城出版社，1982.

第四章　当代文学

第一节　索因卡《诠释者》

创作背景

中国当代作家阎连科说："索因卡的头发和我的头发都是白的，但他的向上长，我的向下长，所以他的小说写得比我好。他一生充满戏剧性和让人尊敬的故事，中国作家大多是没有故事的人。"这个头发和胡子一样白的索因卡究竟有什么令人尊敬的故事呢？

沃莱·索因卡（Wole Soyinka，1934—　）是尼日利亚戏剧家、作家，荣膺1986年诺贝尔文学奖。索因卡主要以戏剧创作成名，其实他的小说作品很少，主要以《诠释者》和《阿凯，我的童年时光》为代表。《诠释者》是索因卡的第一部长篇，发表于1965年，在学习西方现代派技巧和继承非洲传统文化方面都做得非常好，是一本典型的进步知识分子小说。当然，索因卡并不是一位憋在书斋里的学者、作家，而是一位社会活动家，一生都在为自由与和平而战斗。其文学作品也多关注政治和社会。索因卡是当代非洲顽强的人道主义斗士，为了维护民主和自由，前后9次被捕，甚至被判过死刑。他曾明确表示，在尼日利亚，文学就是政治。

索因卡本人及尼日利亚这个国家都具有非常明显的双重文化特点，因此《诠释者》也非常明显地带有双重文化特质。首先是小说的历史背景设定在内战前夕，1966年索科托苏丹在卡杜纳这个城市被刺，触发了尼日利亚内战，内战从1967年持续到1970年。尼日利亚是一个多种族、多宗教的复杂国家，它地处西非东南部，是非洲古国，2000多年前就有比较发达的文化；公元10世纪，约鲁巴族在尼日尔河下游建立了伊费、奥约和贝宁等王国；1914年沦为英国殖民地；1960年，尼日利亚独立，是英联邦成员国；1963年成立尼日利亚联邦共和国。独立后多次发生军事政变，长期由军人执政。人口为非洲之最，世界上排第七位，2014年超越南非成为非洲最大经济体。受殖民文化影响，官方语言是英语，近一半人口信仰基督教，另一半信仰伊斯兰教，只有少数人坚守本土宗教。这组数据说明尼日利亚的欧化程度已经非常高了，而历史积弊又非常重。所以《诠释者》的人物特质和情节场景都有很多欧化因子和非洲本土的混杂搭配元素。

其次是五位留学归国的知识分子的人物设定，这明显带着索因卡本人及其生活圈的特点。索因卡的父母都是基督教圣公会教徒，他 20 岁时赴英国利兹大学学习，毕业后在英国从事教学和戏剧创作，26 岁回到祖国创办剧团，创作反映非洲文化的现代戏剧。索因卡本人就是归国知识分子，归国后的雄心勃勃以及失望与迷惘都是《诠释者》这部小说的主要基调。

索因卡的戏剧实践非常丰富，创作了近 30 个剧本。用戏剧的手法来创作小说在《诠释者》中发挥得淋漓尽致，小说的场景感强烈，人物对话鲜活丰富。索因卡也积极学习西方现代派写作技法，使用意识流、黑色幽默把梦境、回忆、潜意识和现实拼贴得天衣无缝。

 推荐译本

索因卡 1986 年获得诺贝尔文学奖，外国文学出版社紧锣密鼓，在 1987 年就出版了由沈静、石羽山两位先生翻译的《痴心与浊水》（即《诠释者》）的中译本）。三十年之后，2015 年北京燕山出版社最终还是选择了这个译本，认为此译本"翻译准确，语言简洁，行文流畅"，可惜直到出版也未能联系到沈静、石羽山两位先生，实在遗憾。

前后两次出版，除了对个别字词做了规范处理外，最大的变化是书名。英文书名是 *The Interpreters*，也就是解释者、诠释者的意思，沈静、石羽山两位先生抛弃直译，而将其意译为"痴心与浊水"。索因卡通过五位归国知识分子的境遇展示尼日利亚在 1966 年内战前的社会弊端，诠释国内种种腐败现象的症结所在，这是取名为"诠释者"的原因。五位归国知识分子抱着一颗"为国为民干一番大事业"的痴心，遇到了权势、金钱的邪恶、肮脏的"浊水"，他们困顿迷惘，如同小说中拉宋温对着鱼缸的训话："我们人类也有点像你们，住在一个永远逃不出的牢笼里。四面都是路，看得清清楚楚，却没有出口，逃不出去"①，此为"痴心与浊水"之意。

北京燕山出版社出版的索因卡作品系列总共三本，一本是可与乔伊斯、福克纳作品媲美的小说《诠释者》，一本是自传兼回忆录《阿凯，我的童年时光》，另一本是戏剧集《狮子与宝石》。其中，戏剧集收录了索因卡大部分的代表剧作，包括1958 年他在伦敦大学戏剧节上演的处女作《沼泽地的居民》，格调轻松诙谐的喜剧《狮子与宝石》，还有被称为"非洲《仲夏夜之梦》"的《森林之舞》，类似"非洲

---

① 索因卡.诠释者［M］.沈静，石羽山，译.北京：北京燕山出版社，2015：19.

版《伪君子》"的《裘罗教士的磨难》，另有反映尼日利亚社会现实的《强种》《路》《疯子和专家》《死亡与国王的侍从》。

三本作品在正文之前都配有图片，有索因卡在各个成长阶段的照片，还有他参加各类社会活动或政治活动的照片，特别能为阅读提供一些形象化参考的是索因卡剧作的剧照。索因卡最重要的文学身份是戏剧家，创作了大量的喜剧、悲剧和荒诞剧，整个学习生涯和工作实践也主要集中于戏剧，戏剧是立体的艺术而不是平面的，但目前网络上很难找到现场演出的视频或图片，所以作品前言部分的剧照就显得非常重要，能为我们理解索因卡的戏剧作品提供很好的参考。

情节概述

全书并没有一以贯之的线性情节，而是分为十八个叙事单元，也没有任何的章节标题，像一出看似漫不经心实则用心良苦的大戏，让每个演员按时地登场、退场、再登场，而每个人物各有风格的语言、细微的感受、间断的回忆、一系列的行为动作散见于各个叙事单元中，连缀成了一个个完整的形象。读者在阅读过程中，犹如在拼接一个个极细碎的拼图块，一点一点地收集组合，还得陪着小心和仔细，弄不好就会搞乱了，或者到最后，你也还是没拼好，不过不要紧，这就是杂乱无章的转型期社会，这就是让我们万般无奈而又为之眷恋的人生图景。

传统小说常常以一个主人公为核心展开叙事，《诠释者》则有五个主人公，这种设置本身就是对传统小说的一种挑战，因为线性展开故事已经不可能了。五大主人公都是留学归国的知识分子，对于一个落后的国家而言，首先开眼看世界的就是这批知识分子，他们身上带着西方的先进文化因子。索因卡为了能全景式地展现内战前的尼日利亚社会状况，特别设计让五位知识分子分属不同的领域，艾格博是外交部职员，萨戈是新闻记者，塞孔尼是工程师，科拉是画家，本德尔是大学教师，其中以本德尔为线，串联起其他人物。除了五大主角外，还有很多配角，报社董事长、名妓喜媚、同性恋者乔·戈尔德、法塞伊夫妇、白化病人妖瑟叶、女友德亨娃等等，每个人物的登场、退场都是精心安排的，每个人物的人生境遇、每个场景、每件作品也都有特殊的寓意。

艾格博是联结传统社会和现代社会的一个特殊人物，他在传统社会的身份是部落酋长的外孙、艾格博族公主的儿子、未来的酋长继承人，在现代社会的身份是外交部职员。艾格博在两种社会身份中的游移徘徊显然是对尼日利亚现状的最好概括，是坚守过去还是抛弃过往的选择其实没那么轻松，因为历史积弊太多，想迈步向前但历史又牵绊着，想保留传统但它和现代又是完全冲突的。艾格博先后有三任女友，按照时间排列也是一个社会发展的隐喻，从一开始基于生殖功能需要的肥胖舞女，到后来基于审美愉悦的漂亮名妓，再到象征知识理性的大学生。

如果说艾格博承载的是社会的宏大命题，那么塞孔尼承载的就是"悲剧性小人物"的象征。塞孔尼作为一个优秀的工程师，一腔热血地干起了水电站项目，这是利国利民的伟大事业，但董事长为了一己私利，深谙注销工程比完成工程还能赚钱，于是活生生地毁了水电站，也毁了塞孔尼"实业救国"的雄心壮志，最后孔塞尼更是以疯癫和惨死收场。塞孔尼花了一个多月时间完成的雕塑作品《摔角者》，虽然原型出自一场发生在马约米俱乐部的斗殴，但模特却是大学教师本德尔，而紧张得近乎痛苦的样子实际上是塞孔尼表面温顺、内心坚韧的性格外化。

如果说塞孔尼的人生是一出彻彻底底的悲剧，那么萨戈就是完完全全的喜剧。萨戈是《独立见解报》的新闻记者，这个报刊名取得很反讽，因为萨戈有很多独立见解，但就是发表不了。萨戈的喜剧总是和"排泄粪便"联结在一起，他的个人体质、工作环境、采访的新闻事件、研究的理论、受到的不公正待遇等等，全是臭气熏天、大粪满地。

悲剧和喜剧都上演了，接下来画家科拉的全部隐喻就集中在他的油画《众神像》里。《众神像》对于整部小说有总结归纳的作用，差不多全书的主配角都被科拉当作模特画在了这幅奇大无比的油画里。这既是对所有人物角色的一个大汇总，也是对作品主题的一个大概括。这种汇总和概括是令人眼花缭乱的，因为作品本身是多层次的。对于"众神像"的追踪揭秘有点像美国作家丹·布朗的《达·芬奇密码》，尽管在下文（"文本细读"部分片段三）的分析中我们找到了部分答案，但作家那里或者根本就没有设定什么标准答案，而仅仅是提供了一种开放性的结构给读者，这有点像考官出了一道开放性试题一样，希望读者能够多角度阐释。

此外，作品的双重文化性也非常明显。小说中描述那些演奏约鲁巴音乐的小乐队也慢慢地变得像大饭店的欧式乐队那样了，而颇具象征性的小茅舍前的宗教仪式显然也是基督教的。小偷"挪亚"和预言家"拉撒路"的名字来源于《圣经》，但其行为表现又有非洲巫术的性质。科拉画的《众神像》是上帝创世的图景，但画中囊括的又是尼日利亚神话传说中主要的神。

 **文本细读**

片段一：艾博格的意识流

刚才那个不相识的人打破了时间的外壳。越过时间的界限使他想起了往事，艾博格看见两个侏儒坐在一位酋长脚下。他前面聚着一群人，听他训话。他那死神般的笑声使那群人心里充满了恐惧。姨妈把艾格博推到这人跟前，不顾他的威严，挨在他的耳边喊道："我把您的外孙带来啦。"艾格博还记得，这个壮实的老头子顿时改变了态度。他那吓人的笑声变成了真正喜悦的笑声。突然有一股力量使老头子跪到地上。艾格博又一次接触到外公那震慑人的男性力量。他的双手摸遍了艾格博的脸颊和头颅，特别是摸他的头。他感到老头儿的手指伸到了他的头发里面，按住他的头骨。这种抚摸似乎透过了他的颅顶，摸到了他脑子的皱褶。老头子又捏了捏他的肌肉，摸了摸他的胸膛，于是他听到了外公旋风般的满意的笑声。这是他们最后一次见面。这时，他眼前出现了一些幻觉。在幻觉中，酋长离开了那群听他说话的人。他虽然自己也能走得很稳，而且步子迈得比那两个永远伺候他的侏儒还大。但是艾格博感到，是两个侏儒在领着酋长走。酋长把双手轻轻地按在他们的头顶上辨认方向。艾格博细细地重温这些往事……①

片段一解析：

小说的开头是一个朋友聚会的叙事单元，五大主人公艾格博、萨戈、塞孔尼、科拉和本德尔纷纷亮相登场，这是索因卡打破传统小说的线性模式的一次尝试，读者必须在小说开头就迅速适应这种非传统的写作模式，否则会有如坠五里云雾之感。选文是外交部职员兼酋长外孙艾格博的意识流，在这个朋友聚会的叙事单元里，艾格博偶然看见地上冒着一团团白色泡沫的水洼，触景生情，如同《追忆似水年华》的主人公马塞尔啜了一口蘸了茶水的小玛德莱娜点心渣一样带出了一段回忆。艾格博的回忆是他与朋友一起坐船回家乡的情景，"家乡"就是他通往传统社会的"时光隧道"，被酒精麻痹的神经使他处于半睡半醒之间，热带湿热河面的家乡情景中出现了一个身躯半裸、腆着油光光肚皮的粗矮的船家。船家的形象使艾格博联想到紧随外公左右并服侍外公的两个仆人，于是记忆的闸门打开，艾格博想起14 岁时最后一次见到外公的情景，外公特别威严，有一种震慑人的男性力量。索因卡经常在戏剧和小说中，用酋长形象来代表根深蒂固的非洲传统文化，但这种威震四方、三妻四妾的部落文化符号，注定只能仪式般地缅怀一下了。

片段二：萨戈的排泄理论

"……这些日子我在研究各种主义，从顺势治疗主义到存在主义。假如说我是专谈个人私事，那是因为在叙述我个人历史的时候，我泄露了自己在哲学研究上的秘密，仅此而已。因为排泄是一种大典，前人没有这种

---

① 索因卡. 诠释者［M］. 沈静，石羽山，译. 北京：北京燕山出版社，2015：8.

理论让我师承，我只能感激全人类给我的启示。这是我不知其起因的一种景象，而我只知道它是自然界不变的法则。假如说我专谈个人私事，那是因为，在人类的生存中，排泄必须列为最内在的哲学。排泄是生理机能上的、精神上的、创造性的，或者具有典礼气派的活动，排泄是真正以自我为中心的纯哲学。至于定义，女士们先生们，这样说就够了：排泄不是一种抗议运动，但它确实提出了抗议；它不是革命，但它确实是造反。排泄——我们可不可以这样说——是难以预测的事情。排泄是创造力中最后一个未在地图上标明的矿藏。在它的自相矛盾中蕴藏着创造的核心——排泄就等于生育。我不是弥赛亚救世主，但我不禁觉得我是生来充当这个角色的。我由于先天失调，初次大便时是很痛苦的，但是大便一拉出来，就有种飘飘欲仙的解脱感。我天生有一个爱使性子的肚子：我生气了，肚子就痛；我饿了，它就闹翻了天；我挨骂，它也有所反应；我倒霉的时候，它就越发不可收拾了。它总是焦虑不安，紧张得不得了。一到我考试的时候，它又来劲了。我谈恋爱的时候，它也总是发动突然袭击……"①

片段二解析：

萨戈是报社记者，他的脑袋里充斥着排泄理论，排泄本来是比较难以启齿的事情，但是萨戈一本正经地研究起了"排泄"，其实是因为他经常拉肚子，于是十分关注排泄，特别是他天天面对不清洁的厕所，因为他工作的报社在运河边，城市的下水道管理不到位，导致运河上漂着大粪，臭气熏天。报社里有三种厕所：男厕所、女厕所和中性厕所，中性厕所是专供董事会使用的卫生的男女通用厕所。等级问题和城市管理问题在这里暴露无遗。这种黑色幽默的效果让人联想起拉伯雷《巨人传》中的高康大，他背诵大段关于擦屁股的诗歌，用三段论法证明擦屁股的必要性，他用这种方法嘲弄文学的高雅与逻辑学的严谨。高康大还得出一个结论：天堂之所以美好，其实是天使们可以用小天鹅擦屁股。据说当时上层的法国贵族的确是奢侈到用天鹅的绒毛擦屁股。这种幽默的讽刺的确很精妙，也让人想起弗洛伊德人格发展理论当中的肛门期。排便管理是我们在婴幼儿期所要面对的第一项自我控制，而一个国家一个城市却连这最基本的管理都做不好，这让归国知识分子们非常绝望，绝望到用一种毫无意义的方式消极抵抗。萨戈近乎喜剧式地与腐朽世界的对抗，是一种更深层次的讽刺。

---

① 索因卡.诠释者［M］.沈静，石羽山，译.北京：北京燕山出版社，2015：84.

片段三：科拉画的《众神像》

　　画面是上帝创世时的洪水泛滥和灼热的茫茫雾海。这儿画着上帝派到尘世的第一个使者、大地上的覆盆果、一种家禽和一把谷穗，都在寻找自己的地盘，只要轻轻一刨就会出现一个能够住人的小岛。这儿画着第一个叛教者，他用石头去砸毫无防范的神祇的脊背，把他砸成碎片，又虔诚地把碎片拾起，重新拼好。因为人们一定已经学会，一面从背后刺杀人，一面看着地位比他低下的人，不让他们看见自己的所作所为。这儿画着神圣气息环绕的龟背。这儿画着为听从上帝的召唤而预备好的锁链，以及指向苍穹传送预言的阳物形状的东西。这儿画着爱慕纯洁的人，这个洁白无瑕的人，用他伟大的爱拥抱瘸子、哑巴、侏儒和癫痫患者——为什么不痛惜他们呢，因为他们毕竟是造物主酒后失误的作品，但是反过来说，痛惜他们又有什么用呢？偏爱和禁欲的永恒苦行又有什么用呢？这儿画着一个嗜血者，他在战争中所向无敌，对爱和屠杀都贪得无厌；这个嗜血者又是个开拓者、探险者以及卫护熔炉和创造力的人，一个与酒葫芦为伴的人，他的放荡带着血腥味，从而也使自己遭殃。他肆意虐杀，直到悲惨的叫喊声冲散他的酒气，他才罢手；他耷拉着下巴颏儿，一副愚蠢相。这儿画着一个似吊非吊在绞刑架上的人，他乘坐一只鸵鸟升天，指挥蛇舌似的闪电和白炽石头般的雷公；倾盆暴雨和闪电在玩着儿童的捉迷藏游戏，它们把住宅的树木都拔了起来。这儿画着一个阴阳人，他把自己一分为二投了河。这儿画着大雾的消散、洪荒时代的隐退、神祇的永恒战争、一百零一只眼睛的传说、幻象出现前后的景象。这儿画着永恒战争的第一轮，里面有个带着长镰刀头的机遇之神，永远在嘲笑计划的虚假性、嘲笑在一团混乱中的秩序。这儿画着灾害乘闷热的午潮带着脓菌去寻找受害的对象；灾害是最贪婪的代表。这儿画着一个人正在照料大地上刚恢复元气后产生的果实，他处在四面既通风又闷热、又下雨的环境中，这里有更换季节的标志……①

片段三解析：

科拉是一位画家，他花了 15 个月的时间画了一幅名为《众神像》的油画，画的是上帝创世时的情景。画中神的形象都以现实中的人作为模特，比如他把约鲁巴神话中的火神兼匠神奥贡与艾格博重合在一起画出了嗜血者，据说奥贡喝得烂醉如泥时丧失了辨认人的能力，成了一个大屠杀中嗜血如命的野兽。他还把第一个叛教

---

① 索因卡. 诠释者 [M]. 沈静，石羽山，译. 北京：北京燕山出版社，2015：276.

者与小偷挪亚融合在一起，把同性恋者乔戈尔德画成印度诸神中的阴阳人，又把机遇之神与萨戈幻化为一体，还有爱慕纯洁的人、开拓者、探险者、卫护熔炉和创造力的人。这是让古老的神话传说融入当代的现实，让相背离的东西共同呈现在一个画面上，以揭示历史是循环的、野蛮和文明共存、破坏和创造并列、人就是自己的神等复杂主题。这是对非洲未来的一种展望，我们不妨用纳丁·戈迪默对索因卡的评价来理解这种展望，"非洲心灵中被殖民主义者的宗教和哲学掩盖的东西既不必在非洲不可逆转地要介入的现代世界中被抛弃，也不必最终返回部落主义，而是可以与现代艺术结合的（成为其一部分），一如现代意识吸纳各种思想体系及其化身"。这幅《众神像》意象驳杂，令人眼花缭乱，既有约鲁巴神话的宗教元素，又暗含西方基督教的文化因子，甚至还有印度和中国的元素。但就索因卡本人而言，他出生在尼日利亚西部一个弥漫着浓郁约鲁巴宗教氛围的小城，父母都是虔诚的基督徒，非洲当地的部落文化和西方文化构成了索因卡的世界。而非洲也是如此，既有传统的精华与糟粕并存的过去，也有被殖民时被西方影响的过去，如何正视过去、发展未来是非洲乃至世界的命题。如何发展？拥有文化的包容性，"各美其美，美人之美，美美与共"是一条捷径。也有可能是一种完全绝望的表达，现在是历史的重复，没有什么实质性的变革，信仰实际上是一种伪装，战争、暴力、邪恶并不会因社会发展而消失。

相关辩题

1. 正方：索因卡的戏剧创作优于小说创作。

   反方：索因卡的小说创作优于戏剧创作。

2. 正方：获得诺贝尔文学奖的东方作家都有欧化倾向。

   反方：诺贝尔文学奖唯一的评奖标准就是艺术性。

　　塞孔尼（工程师和雕塑家）：朋……朋友们都叫我"老……老教长"，这只……只是因为跟我的名……名字谐音罢了，大家可……可千万别……别有其他误会。作为一个归国工……工程师，我希望自……自己能有……有所作为，可他们成天让我签……签发保证书、签……签发信件和自……自……自行车津贴这……这……这……类事。我最近开……开始负责一个大项目，是发……发电站，只要发电站一开动，那满街的霓虹灯会给姑娘们披上一身彩虹，等发电站一完工我就动手计划一个供水系统，那我们的城市就会焕然一新，人们的那些陈旧的习惯也会一去不复返。但我的美梦还是破灭了，董事长说注销工程比完成工程还能赚钱，他管这座发电站叫假货，这怎么能叫假……假货呢？他们还没有做……做运转实验呢，只……只……只要试一……一……一次就行。我真的被他们气疯了，我只能埋头雕刻我的作品，我把我的第一件作品命名为《摔角者》，它的原型出自一场由艾格博引起的、发生在马约米俱乐部的斗殴，所以摔角者的肌肉都非常紧张。

萨戈（报社记者）：我有一根酒神经，酒可是个好东西。顺便介绍一下，我是《独立见解报》的记者，不过我在报纸上真的很难发表什么独立见解。我肠胃不好，常常闹肚子，天天跑厕所，最可气的是我们报社竟然有三种厕所，朋友们你们知道男厕所和女厕所，但肯定没听说过中性厕所吧？中性厕所是董事会成员专用的干净的厕所，我们普通员工的厕所简直是臭气熏天，我们的办公室也是臭气熏天，谁让我们倒霉，住在运河边上呢？所以我对排泄非常有研究，我从排泄这件事情上参悟出了很多人生哲理，我有一整套"排泄哲学"，我还出了本专著呢！我给它取名为《启蒙集》。除了死尸，粪便就是我们亲爱的祖国最具代表性的气味了！

艾格博（外交部职员）：我爸是传播福音的约翰逊神父，我妈是艾格博族公主，他们都是被水淹死的，这简直成了我挥之不去的阴影，我脑海中总有"溺水者的眼神"。我外公是一位酋长，我永远忘不了自己 14 岁与他最后一次见面的情景，他身上有那种无比威严的男性力量，他希望我能继承酋长的位置，我始终困惑迷惘，到底是去继承酋长位置好呢，还是继续我现在这种外交部小职员的庸庸碌碌的生活好？酋长可以有一屋子的妻子，但我找了三个夜总会，才找到喜媚，她是一个连小孩都知道的名妓，我觉得她就是个"蜂后"，是一朵带刺的玫瑰，所有的男人都为她而疯狂，所有的妻子都祈祷自己的丈夫不能被喜媚勾了魂去。

科拉（画家）：我在美术学院讲美术课，通过我的朋友本德尔，我爱上了莫妮卡，她是一个有夫之妇，她丈夫阿尤在大学实习医院工作，莫妮卡自由而独立，厌恶上流社会的清规戒律。我最得意的事是创作了一幅奇大无比的油画叫《众神像》，我以身边的普通人为模特画出了众神，这幅画的意义足够后世猜想三百年。

本德尔（大学教师）：我是大学教师，我认识我们这个圈子里的很多朋友，其实我在小说里的作用是穿针引线、串联起各个人物。

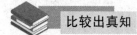 **比较出真知**

1. 索因卡《森林之舞》与莎士比亚《仲夏夜之梦》[1]

索因卡为了庆祝尼日利亚独立，专门创作了《森林之舞》，但这部剧作并没有

---

[1] 高文慧.《森林之舞》中的对立关系及象征意义［J］. 山东社会科学，2019（12）：178.

国家独立的欢欣鼓舞，反而非常的沉重，可见索因卡忧国忧民，对祖国爱得深沉。《仲夏夜之梦》是莎士比亚为托马斯爵士的盛大婚礼做的助兴之作，充满浪漫的爱情，结局是有情人终成眷属的大团圆。两部剧作除了都将背景设置在青葱翠绿的森林，有非现实的森林之王、精灵、魔法之外，其实在主题和情节设计上并没有什么共同点。

《森林之舞》打造了一个光怪陆离的魔幻世界，这里有奥贡大神、太阳神、河神、火山神和黑暗神，还有宝石精、大象精和棕榈树精。非洲本来就有丰富的神话、音乐和巫术的一些传统，在这个光怪陆离的魔幻世界正好可以得到最大的发挥。剧作的主旨集中在一些人物的前世今生上，比如300年前屈死的武士、妻子和胎死腹中的孩子想请现在的活人受理自己的案子，但活人却因为烦忧要赶走他们；又如过去是卡里布王朝的王后，现在投胎转世为名妓罗拉；过去是宫廷史学家阿德奈比，现在投胎转世为议会演说家；过去是宫廷诗人戴姆凯，现在投胎转世为雕刻匠。但他们的前世今生不过是绝望的轮回和继续，过去解决不了的问题今天也解决不了，过去犯过的错误今天也继续犯，因为贪婪与邪恶并没有消失。即使已经有人意识到必须彻底变革，不应该再醉心于辉煌的过去，但是变革举步维艰，历史负担太重，如何卸掉历史的沉重包袱尚未解决，那么明天也只能是灰暗的。索因卡的《森林之舞》为何能赢得世界声誉？其实就是这个深邃的主题，这个主题首先是给刚刚独立的尼日利亚一剂猛药，那就是很多历史问题解决不了的话，未来只能是过去的延续。这也给了全世界一剂猛药，就中国而言也非常适用，如果我们继续醉心于辉煌的历史和过去，如果持续存在的历史积弊始终不能解决，如果改革的伤痛不能痊愈，那么我们就没有未来。索因卡真是"先天下之忧而忧"，一个有良知、有远见的作家，不会粉饰太平，不会虚唱赞歌，他会冷静下来看清过去、现在和未来。

2. 索因卡《裘罗教士的磨难》与莫里哀《伪君子》①

1960年，尼日利亚宣布独立，成为英联邦成员国，索因卡结束了在英国求学和工作的生涯，回到祖国的怀抱。他为伊巴丹大学剧团创作了《裘罗教士的磨难》（以下简称《裘罗》），这是一出讽刺喜剧，篇幅很短，演出时间半小时左右，是索因卡戏剧中上演率最高的一出。此剧有非常强的现实意义，20世纪初尼日利亚西部的约鲁巴族地区兴起阿拉杜拉宗教运动，宣扬祈祷可以消除百病，其信徒达几十万人。索因卡要讽刺的就是在拉各斯海滩上行骗的传教士。莫里哀的《伪君子》同样是为了鞭挞宗教的伪善性而量身定制的讽刺喜剧。下面就两部剧作的人物形象做一下简单对比。

---

① 高文慧. 索因卡与欧洲喜剧传统 [J]. 北方工业大学学报，2019（3）：57.

达尔杜弗与裘罗宝唔。裘罗宝唔是海滩上的传教士，戏剧一开场他就以习以为常的傲慢姿态向信众宣扬自己的先知身份，并要抢占地盘，赶走老师父，可谓开门见山。《伪君子》中，达尔杜弗的出场方式却是欲扬先抑，他出现在奥尔恭一家的议论、争吵中，但就是本人没露面，后面一出场就暴露了伪善。两个传教士都是表面上道貌岸然，实际上充满了世俗欲望。达尔杜弗看到女仆桃丽娜穿着低胸的衣服，就道貌岸然地递给她一条手帕盖住胸脯，说这样的情形败坏人心，引起有罪的思想。裘罗则是看见海滩上沐浴归来的姑娘，马上跪在地上祷告上帝。裘罗明明天天在房子里睡觉，却说自己像苦行僧一样天天在海滩上睡觉。

奥尔恭与丘姆。《伪君子》里的奥尔恭作为一家之主，头脑最不清醒，盲目相信达尔杜弗，还要把自己的女儿嫁给他，甚至要把儿子的财产继承权都给他。《裘罗》中，丘姆是裘罗的助手和弟子，也是不顾一切地盲从裘罗。

艾尔弥尔和阿茉佩。《伪君子》中的艾尔弥尔是男主人奥尔恭年轻漂亮的续妻，她通过"桌下藏人"使丈夫认清了达尔杜弗色胆包天的丑相。《裘罗》中的阿茉佩是丘姆的妻子，是她让丘姆终于认清了裘罗的真面目。

除了三组人物一一对应以外，我们发现两部剧作都严格遵循三一律，地点场景单一，故事线索都仅仅围绕着伪善展开，时间没有超过24小时。三组人物也都属于扁平性人物，性格特点鲜明。

创意写作

1. 模仿《诠释者》的第一个叙事单元，让五个以上的重要主角登场亮相，用最短的篇幅展示出人物最突出的性格特色。

2. 虚构和描述出一件艺术作品，绘画、雕塑或乐曲均可，赋予它复杂多解的蕴意，或以毕加索或达利的某幅经典画作为参照，解释画作的内涵和意义。

（马　维　撰写）

第二节　马哈福兹《宫间街》

创作背景

纳吉布·马哈福兹（Naguib Mahfouz，1911—2006）出生于埃及首都开罗最古老街区的一个中产阶级家庭，这个传统的穆斯林家庭有五个男孩、两个女孩，马哈福兹是其中最小的一个。父亲是公务员，母亲是传统的家庭主妇，但文化知识丰富。马哈福兹自幼受父母影响，经常出入博物馆、金字塔，接受古埃及文化的熏陶。1930 年进入开罗大学哲学系学习，后来长期供职于政府部门，原因是轻松的公职便于他的文学创作。1988 年他获得诺贝尔文学奖，这在埃及乃至整个阿拉伯世界引起了极大的轰动。

翻开埃及历史，那个拥有金字塔、狮身人面像、帝王谷和阿布辛贝勒石窟寺的已经是古埃及了。随着公元 7 世纪中期阿拉伯人的入侵，埃及逐渐伊斯兰化，今天埃及的全称是"阿拉伯埃及共和国"。而 1919 年时的埃及已经实际沦为英国殖民地，人民在帝国主义和封建主义的双重压迫下过着悲惨的生活。

马哈福兹的整个创作深深植根于埃及的历史和现实，可以分为三个阶段。早期主要是历史小说，这一时期，马哈福兹将目光投向古埃及悠久的历史和辉煌的文化传统，写出了"埃及三部曲"——《命运的嘲弄》《拉杜比丝》《底比斯之战》。中期主要是现实主义小说，这一时期，马哈福兹领悟到"历史已经不能让我说出我想说的话了"，于是他的目光转向社会现实生活，成就最高的是"开罗三部曲"——《宫间街》《思宫街》《甘露街》。后期主要是"象征文学"阶段，代表作包括《我们街区的孩子们》《千夜之夜》等。

其中，"开罗三部曲"《宫间街》《思宫街》《甘露街》在马哈福兹的创作生涯中具有无可争议的重要地位。此处以第一部《宫间街》为例，故事发生在 1917—1919 年间，以 1917 年初赛阿德掌权到 1919 年革命游行结束的历史重大事件为背景，把全部的激情和笔墨集中在人物描写上，塑造了道貌岸然、威严可惧的丈夫和温柔顺从的家庭主妇阿米娜，以及他们的五个孩子。从家庭成员的情感变化暗示外部世界的变化，揭示埃及的现代历史进程，呈现新一代同陈旧的封建传统、保守势力做斗争的过程，具有强烈的现实主义批判精神和巨大的艺术感染力。

小说描写的都是一些家庭琐事、日常生活、风俗人情等，虽然没有跌宕起伏的情节，但社会习俗是社会、政治、经济、历史、文化融汇一体的结果，是深入社会成员骨髓的东西。真实的风俗描写及其意蕴，对社会及其发展趋势提供了时代的高度和历史长度方面的认识，以及生活的厚度和思想的力度方面的深入理解。作品颇似一幅埃及现代的风俗画卷，描绘了传统家庭的生活方式及家风、长幼关系、婚丧嫁娶、衣着打扮、建筑布局、房间装饰等现代埃及的人情风俗史。文笔生动细腻，既反映了 20 世纪上半叶埃及传统家庭典型的思维方式、民族心理、行为准则、宗教信仰，又反映了埃及的社会、政治、经济、历史、文化等。作者笔下的开罗包罗万象，与狄更斯的伦敦、左拉的巴黎和陀思妥耶夫斯基的圣彼得堡相媲美。

此外，这部小说还有结构完整和布局周密的特点，作品以时空为轴展开全书。

首先，空间是小说展开的必需部分。小说以开罗闻名遐迩的爱资哈尔侯赛因街区——宫间街为故事发生的主要地点，在埃及近现代史上这个地方发生过许多重大历史事件。宫间街里各式各样的宅院、商铺、宫殿、清真寺、咖啡馆等，都向读者展示了埃及民众生活特有的活动坐标。艾哈迈德一家的活动也基本在这些场所展开，如底楼大厅是全家举办"家庭咖啡会"的地方，而屋顶阳台既是母亲放松心情的地方，也是年轻恋人们幽会的场所。其次，故事前后都以固定的时间点发展，马哈福兹十分注重时间对社会发展所起的作用。《宫间街》中每一节故事都是随着历史重大事件而发生，而事件发生的时间点也变成了推动故事发展的时间线索，包括最后法赫米的死亡、小侄女的诞生等都是以一定的时间线推动的结果。而作者的这种写作方式也使读者在生与死、新与旧的交替中感受到时代的脉搏，看到社会内部酝酿的深刻变化。作者也正是靠这种在大结构上匠心独具的安排和小细节上的严实缜密使整部小说成为一个相互联系、不可分割的整体，从而完成了这部体大思精的鸿篇巨制。

 **推荐译本**

目前，《宫间街》的中文译本有陈中耀、陆英英翻译的版本和朱凯翻译的版本。朱凯是一名非常杰出的阿拉伯语翻译家，早年在北京大学进修过阿拉伯语，后留校任教，主要开设翻译、阿拉伯伊斯兰文化、阿拉伯文学史等课程，现任中国阿拉伯文学学会副会长、中国社科院海湾研究中心理事等。他写过《阿拉伯语》、《教外国人中国语（阿文版)》（两册）、《传承与交融——阿拉伯文化》等专著并获得各种奖励。此外，他的优秀译著有《阿拉伯——伊斯兰文化史》以及纳吉布·马哈福兹的"开罗三部曲"等，为中国和阿拉伯文化世界的交流做出了重大贡献。朱凯的阿拉伯语水平极高。从朱凯翻译的"三部曲"来看，他的译本与原文不仅形似而且神似，既忠实原文，又符合中国读者的阅读习惯。因此，推荐朱凯翻译的版本。

朱凯对这部小说的翻译无论是在措辞上，还是在句法上，都达到了钱钟书先生所说的"化境"的标准。所谓"化境"，就是译者能够将一种语言翻译成另一种语言且不犯语法错误，保持原文的味道，并与译入语文化共鸣，是文学翻译的最高境界。

首先是在措辞上，朱凯对原文的直译和意译都掌握得很好。例如："亚辛和法赫米紧挨着坐在一起，有时互相扯上几句，有时默默听别人谈话。新郎哈利勒·肖凯特在这艰巨而又幸福的新婚之夜里只要有点儿空就跑到他俩这儿来坐上一时半会儿。整个气氛是欢乐的，但亚辛显得局促不安，老在走神，有时又暗自思忖着：有没有可能来个一两杯解解馋呢?"① 这段话中出现的"紧挨、扯上、默默、局促不安、暗自思忖"等词语都体现了朱凯在措辞上的严谨性,既不偏离原文,又要与译文的语法对应,以他对原作的理解和阐释,采用了最合适的措辞,帮助读者更好地理解原文。

其次是在修辞手法的运用上,修辞是翻译中最棘手的问题,朱凯却能通过对原著文化背景、语法、表达方式等的深入了解,将修辞手法翻译得准确无误。例如:"庞大的队伍开始行动了,其势如波涛汹涌,爱国口号声惊天动地,整个埃及犹如一支游行大军,又像一个人那样,高呼着同一口号。长长的队伍,绵延不断。"② 这段话中把游行队伍的行动比喻成波涛汹涌,爱国口号声夸张得惊天动地,将整个埃及比喻成一支队伍或一个人,只为体现口号声的响亮。作者对这段话中修辞手法的翻译既有直译也有意译,能够看出译者的翻译紧紧贴合原文,同时又考虑了中国读者的阅读习惯。

最后是在句法的翻译上,阿拉伯语语法和汉语差别较大。从发音到词类、句类都有很大的差别,这就需要翻译者在翻译时,有较强的阿拉伯语和汉语能力,朱凯在翻译时注意保持汉语的语法习惯,让读者能够更透彻地理解原文。

《宫间街》的翻译不仅忠于原文,且生动地表现出了原著的特点,可以说达到了"信、达、雅"的标准,读者可以通过阅读这篇文章看到一幅埃及现代风俗画卷,了解埃及的政治、文化及经济等社会状态,还能通过艾哈迈德一家人的生活看到埃及中产阶级家庭的真实生活样貌。

情节概述

《宫间街》以 1917 年初赛阿德掌权开始到 1919 年革命游行结束为时代背景,叙述了 20 世纪 20 年代一个埃及中产阶级家庭在两年多的时间里发生的故事。故事以主妇阿米娜深夜等待丈夫宵夜归来,并回忆起自己嫁过来后从一开始的不习惯、反抗到最后被驯服、只能恭顺的经历为开篇,叙述了家里每一个人物的性格和发生的事。下面将通过人物介绍来简单描述小说的故事情节。

丈夫艾哈迈德在白天是一个诚实的商人,在商界颇有威信和人缘,夜晚则换了一副面孔,前半夜是个纵情风月场所的玩家,后半夜是个温情的丈夫。他在家里专制独裁、威严可惧,五个孩子对他只能恭敬顺从,但凡有不从的都会遭到他严厉的管教,甚至对妻子他也执行着自己的独裁手段。

妻子阿米娜是一位典型的埃及旧式家庭妇女,以丈夫为天,对丈夫恭敬顺从,

---

① 纳吉布·马哈福兹. 宫间街 [M]. 朱凯, 译. 北京: 华文出版社, 2019: 245.
② 纳吉布·马哈福兹. 宫间街 [M]. 朱凯, 译. 北京: 华文出版社, 2019: 489.

对子女温和慈祥，每天往返于厨房、卧室和客厅之间，将家里打理得井井有条，不经丈夫同意从不随意出门。仅有的一次出门是趁着丈夫外出做生意，在儿女的怂恿下，带着小儿子凯马勒出家门朝拜侯赛因清真寺。而仅有的一次叛逆也发生了意外，在回家途中由于与小儿子凯马勒走散而在慌乱中被车撞伤，丈夫听说了事情的前因后果，先是安静地等她康复，在她康复之后用可怕的沉默对待她，并发出"滚出我家"的指令，迫于丈夫的威严，她只能被逐出家门。最后丈夫终于点头，她才被允许返家。

这个家庭共有三个儿子两个女儿。长子亚辛为前妻所生，亚辛继承了父亲爱玩的性子，却没有继承父亲挣钱的能力，游手好闲，好色贪杯，以酒和女人填补空虚的生活。他为亲生母亲的情史感到耻辱，自己却追逐女琵琶手宰努芭。在目睹父亲和歌女的奸情后，他认为自己比其他几个孩子更了解父亲，并以做着和父亲一样的事情而沾沾自喜，以至于在妹妹的婚礼上，他看到了父亲纵情声色的另一面，变得更加放肆，回到家后竟企图强奸比他大许多的女仆。而他父亲却因他生母的事情对他感到愧疚，从而宽容了他企图强奸女仆的行为，还为他娶了朋友的千金宰奈卜，这也进一步促成了亚辛之后的生活悲剧。与新婚妻子成亲后的亚辛已经有所收敛，但是在一次携新婚妻子外出看戏时却遭父亲斥责，于是他又故态复萌，竟企图强奸妻子随嫁带来的黑人女仆，最后妻子离家出走，提出离婚。

大姐赫蒂彻是个能说会道的女子，家里的其他兄弟姐妹都说不过她。她还喜欢给别人取不好听的绰号，但她是个家务能手，常常帮着母亲做家务，由于她没有姣好的容貌，所以一直没能嫁出去，直到被妹夫的哥哥求娶，而嫁入肖克特家族，与亲妹妹成了妯娌。

小女阿伊莎虽然家务事做得不好，但长得特别漂亮，她爱上一个警官，但只能从窗户暗送秋波。警官家人登门求婚，艾哈迈德却以可能导致名声受损而拒绝。后来在世交肖克特家族提亲时，艾哈迈德将阿伊莎先于姐姐赫蒂彻嫁了出去。

凯马勒是这个家最小的儿子，作者在刻画这个人物时细致入微地描绘了他的内心世界及思想感情的激烈冲突。凯马勒与作者本人一样，从小就充满了对真主和祖国的热爱，上小学时还与驻扎在家附近的英国士兵交朋友，直到二哥牺牲后心里才有了仇恨的种子。

次子法赫米是这个家里的高级知识分子，他爱上了其他兄妹都认为配不上他的邻家女儿玛丽娅，甚至想要谈婚论嫁，却被父亲以偷看女子为由斥责他不守礼法，他的爱情也在父亲的斥责声中熄灭。此后不久埃及就发生了重大历史事件：1918年诞生的资产阶级政党——华夫脱党，形成了反帝战线，并向英国政府提出明确的独立要求，很快华夫脱党的领头人就被英国政府软禁。当时的埃及发起了一系列反对英国殖民的运动，法赫米不顾父亲反对，参加了这场反英国殖民占领的学生运动，最后牺牲于反英游行示威的队伍中。他的死使全家包括不过问政治的母亲和两个女儿成为华夫脱党的支持者，他们的父亲也为了悼念儿子，停止了寻欢作乐。阿伊莎也在这个时候生下女儿，为这个死气沉沉的家带来了生机。整部作品以一个生命的结束，另一个生命的到来收尾，寓意着新时代与旧式社会斗争的结束。

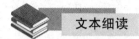 **文本细读**

片段一："等待丈夫深夜归来"

时间已是午夜，她像往常一样准时醒来了。唤醒她的不是闹钟或别的什么声音，而是一种执着的自我感觉，这种自我感觉总是准确无误、忠实可靠地把她叫醒。刚才她还似醒非醒，好像在做梦，又像有那么一点儿朦朦胧胧，忽然，担心睡过头的忐忑不安的情绪猛然袭来，她只得摇摇头，睁开了眼睛。四周漆黑一团，无法判断此时是几点钟。门外的马路总是彻夜不眠，咖啡店顾客和商店老板的谈话声通宵达旦，能够说明时间的只有她那像表针一样准确的自我感觉。室内寂静无声，说明老爷还没敲门，他的手杖还没点在楼梯的阶梯上。

她总是根据自己熟知的夫妻生活的礼数，于半夜醒来，等待丈夫禽夜归来，并伺候他上床歇息，这种老习惯伴随她度过了青春岁月，现在，又伴随着她步入了中年。

为了摆脱瞌睡的诱惑，她断然坐起身来，念了"奉安拉之名"后，便掀开被子下了床，摸着床沿和窗台，一直走到屋门口①。

片段一解析：

这一片段是作品的开头，描述了女主人公阿米娜深夜起床等待丈夫宵夜归来的画面，一个美丽善良、忠诚却懦弱的女性形象映入读者的眼帘。阿米娜是一个典型的埃及旧式家庭妇女，深受封建礼教的影响。作为妻子，她对丈夫忠贞不渝，关怀备至。14岁嫁给艾哈迈德，25年如一日，小心翼翼地侍奉丈夫。片段中呈现的正是她这25年来几乎每天都重复的生活，每到半夜她都要准时醒来，迎接丈夫宵夜归来，提灯为他照路，帮他宽衣解带、脱鞋脱袜，给他端盆提壶、倒水洗脸，一边侍候他，一边陪他说话或汇报家中儿女的情况。她的生活以丈夫为中心，整个生活都在围绕着丈夫转，可以没有自己的欢乐、思想和自由，却不能没有丈夫的意愿、

---

① 纳吉布·马哈福兹. 宫间街［M］. 朱凯，译. 北京：华文出版社，2019：1.

喜悦和满足。阿米娜认为自己要恪守的"妇道"就是为丈夫的幸福而自我牺牲，因此，她即使只是背着丈夫偷偷去向往已久的侯赛因清真寺而被丈夫逐出家门、休回娘家，也对丈夫毫无抱怨，只是默默地忍受着。

阿米娜和丈夫之间的关系充分反映了埃及社会对妇女的压迫。阿米娜虽为女主人，实际上过的是一种精神压抑的生活，她是丈夫和家庭的忠实奴仆。作家对阿米娜这一形象的多侧面刻画充分体现了埃及妇女的悲剧命运。

片段二："逐出家门"

先生沉默不语地喝着咖啡，不是那种自然的沉默，也不是劳累之后休息时的沉默，更不是无话可谈的沉默，这是一种做作的令人窒息的沉默。她曾抱有希望——哪怕一点点希望，等着他说一句温存的话表示安慰，或者，至少像往日一样谈点儿普普通通的事情。这种做作的沉默让她疑惑不解。她心里想：难道他还心存芥蒂？一种不安的感觉又开始刺痛着她的心。但是这种冰冷冷的沉默并没有持续很长时间。先生一直在不停地思考着，一心一意地想着问题，不是思考什么即兴的问题，而是在思考多少天来一直萦绕脑际的老问题。思考既然没有结果，便开始发问，连头也没有抬起来：

"你身体复原了？"

阿米娜轻轻地说："赞颂安拉，我的先生！"

先生痛苦地说："我真奇怪，我始终感到奇怪得很，你怎么敢这么干呢？"

她的心猛地一下跳起来，痛苦地撞击……她简直忍受不了先生的愤怒，她现在正在掩饰别人在她身上犯的过错，而她却是罪人！……她吓得说不出话来，先生继续带着责备的口吻问道："难道这些年来你一直在欺骗我吗？"

听到这句话，她痛心极了，急得摊开两手，声音颤抖地说："求安拉宽恕，我的先生！我的错误确实很大，但这种话对我是不适宜的……"

先生继续说着，态度冷静得可怕，比大喊大叫更加可怕："你怎么犯下这么一个大的过错呢！……仅仅因为我外出了一天？"

她身体打了个冷战，说话时声音颤抖着："我是错了，先生，请你原谅。我心里只想去看看圣裔侯赛因，我以为这种吉祥的探望能够抵消我仅仅一次外出的过错。"

他不以为然地摇摇头，像是在说：再辩解也没用。他面色阴沉下来，过了一会儿又愤怒地抬头看着她，用一种没有半点儿回旋余地的口吻说：
"我只有一句话好说：马上离开我的家……"①

片段二解析：

该片段出自阿米娜在一次丈夫外出做生意期间，在儿女的怂恿下，带着小儿子凯马勒走出家门，去侯赛因清真寺朝拜，却在回程时与小儿子走散，慌乱之下被车撞伤。而丈夫知道真相后，等她一康复，就将她逐出家门。

艾哈迈德是个典型的封建家长，他将传统的封建礼教、宗教信仰作为自己掌控家庭的武器，约束他的家人。他是家里的唯一权威，妻子是他的奴仆，唯言是听，决不许越雷池半步。他不允许妻子外出，甚至不能回娘家看望父母。片段中，当他得知妻子偷偷出门时，表现出"令人窒息的沉默"，并问妻子："你怎么敢这么干呢？"最后用没有半点儿回旋余地的口吻将妻子逐出家门，可以看出艾哈迈德在家里的权威，他掌控着家里的每一个人，当她们做出违反自己命令的事时，他会用让那个人最害怕的事情来对付他，以此来让那个人对自己言听计从。

此外，片段还体现了阿米娜作为埃及旧式家庭妇女的悲哀，她懦弱，没有自己的思想，当她看到沉默的丈夫，听到丈夫的质问，没有为自己辩解，而是一味地认错。她有什么错呢？她只是去朝拜而已。但她本人却并不这么认为，从"不安、刺痛、痛苦、痛心、颤抖"等词可以看出她对丈夫赶她出门这件事，有的只是为自己做错事的害怕，即使对丈夫决绝的话而痛心，但并不敢反抗，只能颤抖着承认自己的错误。从片段中可以看出，作者在刻画人物时的细致、认真，艾哈迈德与阿米娜对比，突出前者的专横、独裁与后者的柔弱、温良，将两个性格大相径庭的人物刻画得淋漓尽致，并通过人物个性体现了当时男尊女卑的社会背景。

片段三："法赫米之死"

时隔不久，又是一声巨响……啊！……再也没有什么疑问了，和先前一样，正是子弹出膛的声音。子弹究竟落在了什么地方？今天不是和平的日子吗？他感到游行队伍里一阵骚动，由前而后，如同船过河心，掀起层层浪涛，源源不断地波及两岸。之后，成千上万的人朝后退去，人们惶恐地四处逃散，相互碰撞，乱作一团，愤怒、恐惧的呼叫声此起彼伏。接着，又是一阵刺耳的响声，随后愤怒的呐喊和痛苦的呻吟声响成一片。人海波涛澎湃，怒吼咆哮，冲向各个出口，洪流所到之处被扫荡一空……赶快逃跑吧！不能不逃了！逃跑也没有活路，不是中弹身亡，便是被踩踏而

① 纳吉布·马哈福兹. 宫间街［M］. 朱凯，译. 北京：华文出版社，2019：185.

丧命。法赫米想逃跑,想后退,或者离开原来的位置,但是,他一动不动。众人都四散逃走了,你还站在那里干什么呢?你四周已经没有人啦,快快逃跑吧!法赫米的手臂和双腿慢慢地、软弱无力地动了动。多么剧烈的喧闹声!为什么高声呼喊,你可记得吗?记忆从你的头脑中消失得是何等迅速!你想干什么?想呼喊吗?呼喊什么呢?或者只是随便一喊……喊谁?喊什么?你的心里在说话,你听得到吗?你看得见吗?在哪里?没什么,什么也没有,周围是一片黑暗,只有一种柔和的动作,就像钟摆那样有节奏地跳动,心脏也随着跳动……随之而来的是"吱"的响声,那是公园大门开启的声音,不是吗?他开始抽搐,痉挛传遍全身,一会儿便沉寂了。参天的大树舒展着枝条,在随风中起舞。天空,天空呢?无边无际,高高在上的天空,只有它平静地微笑着,一点一滴地降下平安①。

片段三解析:

这个片段描写了法赫米在游行时被击杀的情景。法赫米是一个在革命中成长起来的进步知识分子,在民族解放运动感召下,他不顾父亲的反对,积极参加爱国斗争,秘密散发革命传单,组织学生示威游行,成为最高学生委员会成员,这些事情都体现了他英勇斗争的一面。但法赫米又有着懦弱的一面,在示威游行过程中,他虽然内心热血沸腾,但每次听到枪声,看到别人倒下去,又"吓得魂不附体"。从他性格的两面,我们可以看到一部分埃及知识青年在民族斗争中的觉醒与奋起,以及他们在前进道路上所遇到的心理上的羁绊。在这个片段中,可以看到法赫米已经突破了自己内心软弱的一面,为祖国献出了自己年轻的生命。听到枪声时,虽然他本能想的是逃跑,但他并没有逃跑!他勇敢地迎接枪林弹雨,而从他中枪后的画面"大树舒展着枝条""天空平静地微笑着""降下平安"等可以看出,他死亡时并没有恐惧,而是为自己勇敢地踏出这一步而感到满足,微笑着离开这个世界,希望自己的牺牲能给埃及人民换来平安。

在该片段中,作者用法赫米的内心独白:"逃跑也没有活路,不是中弹身亡,便是被踩踏而丧命",体现了那些心系国家存亡的斗士面对侵略者的无力。"想呼喊吗?呼喊什么呢?或者只是随便一喊……喊谁?喊什么?你的心里在说话,你听得到吗?你看得见吗?在哪里?"体现了国民站起来反抗侵略的呼唤。最后用"参天的大树舒展着枝条,在随风中起舞。天空,天空呢?无边无际,高高在上的天空,只有它平静地微笑着,一点一滴地降下平安",体现了对祖国未来的期待。作者用大量的笔墨细致地刻画法赫米这一人物,表达了以法赫米为代表的那些进步分子对

---

① 纳吉布·马哈福兹. 宫间街 [M]. 朱凯,译. 北京: 华文出版社, 2019: 491.

祖国无力的呐喊。

相关辩题

1. 正方：《宫间街》是一部描写大家庭生活的小说。

   反方：《宫间街》是一部反映埃及 20 世纪前半叶社会状况的小说。

2. 正方：艾哈迈德先生是一个专横的统治者。

   反方：艾哈迈德先生是一个强有力的保护者。

3. 正方：阿米娜的贤妻、良母、温顺形象源于其深受埃及传统道德价值观影响。

   反方：阿米娜的贤妻、良母、温顺形象源于她深爱着她的丈夫和孩子。

分角色朗诵

阿米娜：噢！我的先生，请你告诉我这不是真的，我们的儿子法赫米去了哪里？早上还好好的一个人怎么突然就没了呢？这不可能，他那么聪明，这一定是搞错了，上帝不会对他那么不公的，他不会有事的。先生，我从未忤逆过你，但是这次，我不会相信你的，除非我亲眼看到。

艾哈迈德：怎么会是你呢？法赫米！我的孩子，在这个全国上下普天同庆的日子，你怎么就离开了我们呢？为什么你不听我的话？为什么我叫你别去！别去！你非要去。现在好了，我要怎么向你的母亲交代，我要怎么告诉家里人你已经离开的消息，我要如何让自己过去心里的这一道坎，是我没有教育好你，才让你如此不听话，甚至丢了命。法赫米啊！法赫米！

法赫米：父亲，母亲，我做到了，我完成了自己的心愿，我为祖国捐躯了，这一刻，我的内心是满足的。请你们在我离开后不要为我伤心难过，请以我为荣，带着我未完成的余生好好地活下去。

凯马勒：法赫米，你那么聪明，怎么会被枪击中呢？我一直不敢相信这个事实，但是当我看到母亲的愁容，父亲的一改常态，我知道你已经离开了。我知道你是为了国家才牺牲的，我一定以你为榜样，长大后为祖国贡献自己的力量。

比较出真知

1. 马哈福兹对《一千零一夜》的续写①

《一千零一夜》描写了国王山鲁亚尔为报复出轨的王后，每夜娶一个少女，第

---

① 刘晖. 马哈福兹与《一千零一夜》[J]. 外国文学评论，1995（3）.

二天又把她杀掉。为挽救这些无辜的女子，宰相的女儿自愿嫁给国王，每夜给国王讲故事，讲到精彩处就停住，第二天再接着讲，以此迷住国王，一直讲了一千零一夜，最终感化了国王，从此与她过着幸福的生活。而阿拉伯现代作家们并不满足于这种过于单一的结局，开始续写《一千零一夜》。纳吉布·马哈福兹的新作《千夜之夜》就是一部独特的续写，他从《一千零一夜》中选取了 13 个故事，加以创新，情节从《一千零一夜》结尾之处开始，用象征主义、意识流以及魔幻现实主义等写作手法重新进行加工，使原本并无联系的故事最后联结为一个完整的叙事整体，并将其置于一种神秘且非历史的氛围之中，创造了马哈福兹后期象征主义文学创作阶段的巅峰之作。

故事的开始，山鲁亚尔已经停止了屠杀少女，他的王国因不义与腐败之风日益盛行令他陷入了沉思。王后山鲁佐德也同样不幸，她内心仍然怀疑丈夫嗜血成性，在她心里，与国王的婚姻不过是为终止一桩血腥暴行而做出的牺牲，一开始她认为自己与国王之间是没有爱情的。马哈福兹在这部作品中精心刻画了山鲁亚尔的形象，他循序渐进地向读者展示了山鲁亚尔内心的成长史，他从一个嗜血暴君再到正直君主，最后成为一个迷失方向的人。在故事中我们看到山鲁亚尔自从停止杀戮后，已经决心做一个正直的君主，但是在看到自己治理的国家日益萎靡的情况后，他开始迷茫，怀疑自己，认为是自己没有治理国家的才能，因此放弃了王位，踏上了寻求生存意义和自我拯救的道路。而一开始就抱有目的接近他的王后山鲁佐德，却在与他后来的相处之中爱上了他，不愿与他分开而试图阻止他离去。而山鲁亚尔为了寻求自己，最终离开，并经过漫漫的求索，进入了天堂。但很快又触犯了神律，被贬回人世。山鲁亚尔的罪不是犯了罪大恶极之事，也不是因为女人，而是源于自己。虽然他被贬回了人间，但他的灵魂却留在了天堂，他用自己的精神领悟到了天堂这样一个理想世界。

这部作品巧妙借用《一千零一夜》中的人物，生动、形象地道出一个真理："地狱空荡荡，恶魔在人间。""人之初，性本善"的论断受到了挑战，马哈福兹在这部作品中反复探讨人类斗争的胜利果实常常得而复失的教训时，极力想要证明的是人类选择的责任源于每个人自己的力量，把人自身的"恶"作为主要原因，提出了人的自身建设问题。

2. 马哈福兹与巴金①

马哈福兹与巴金两位文学大师先后奉献了两部家族题材的现实主义巨

---

① 陆怡玮. 殊途同归的两位文化巨人——简析巴金与马哈福兹的家族小说 [J]. 文艺理论研究，2009（6）.

著——"开罗三部曲"和"激流三部曲"。这两部巨作不仅在时代背景上相似，在内容、主题等许多方面都存在着相似之处，但由于不同文化传统的影响，且接受现代性的不同思路，在最为根本的人生哲学方面让两部作品有着天壤之别。

首先，这种不同体现在两位作家笔下的家庭中，一个是纯然黑暗的场所；一个是充满温情和爱的家园。在巴金的心里，旧式的大家庭使他闷得透不过气，他的短篇小说《在门槛上》就将他这种对旧式家庭憎恶而激愤的心情表达得尤为彻底。他把家比作"监牢"，人们在里面痛苦挣扎，最后灭亡。在他的笔下，旧家庭是一个恐怖的牢笼，埋葬鲜活生命的坟场，家庭中正常的祖孙、父子、母女、夫妻之间的感情无不遭到了玷污和败坏。而马哈福兹笔下的家却拥有完全不同的面貌，这个家里有温和的母亲、严厉的父亲，还有性格迥异的兄弟姐妹，他们在充满了夫妻之爱、亲情之爱、手足之爱的家庭中生活。虽然这个家庭还有威严的父权制以及庞杂的痛苦与罪恶，但家庭的主旋律仍然是"爱"而非"恨"。

其次，他们的不同还体现在对权威者的态度。两部小说中的人物具有众多相似之处，两部作品都刻画了威严的父亲、慈祥的母亲、性格各异的兄弟姐妹，人物的身份与命运互相映照，但是两位作家对人物的态度却有着很大的区别。下面以两部作品中代表家庭最高权威的高老太爷和艾哈迈德为例。

巴金笔下的高老太爷个性鲜明而强烈，作为这个封建家族的统治者，作品里的种种罪孽几乎都和高老太爷脱不了关系，他也成为这个家族腐朽的根源。作为一个典型的专制家长，他绝不允许自己的权威受到任何挑战。在作品中有一个情节是他将鸣凤送给冯乐山做妾，这件事也间接导致了鸣凤的死亡，但鸣凤的死并没有给这位封建家长的良心投下任何阴影，而是在当天又将婉儿送进地狱。高老太爷是这个家里的绝对权威，在他眼里生命的消逝没有任何意义，只有自己的决定顺利执行才是最重要的。高老太爷不是一个活生生的人，而是一种权威的象征，作者对他统治的直接描述也并不多，但他的"身影"在家中无处不在。

相比于高老太爷，马哈福兹对艾哈迈德先生的塑造更丰满、复杂。艾哈迈德的形象在"三部曲"的每一部中都不同，每一部经历过生死后的艾哈迈德都被作者塑造出另一种人格。在第一部《宫间街》中艾哈迈德是一个常年纵情声色、混迹在娱乐场所的男人，他有许多面，是家人眼中的暴君，是有情商的商人，是舍得花时间和金钱的情人。到了第二、第三部，随着这个家庭发生的一系列事情，艾哈迈德先生也改掉了过去的许多陋习，而年事已高、身体变弱的他也变得渐渐温和起来。在描写先生与宰努芭的交往过程时，作者用大段内心独白，描写了艾哈迈德对年华逝去的恐惧与哀愁，对青春的生命不由自主的迷恋与爱慕，将一个迷茫、痛苦的老人忠实地展现给读者。最后一部中，曾经专横独断的艾哈迈德先生已经成为一个只能独自留守家中、连下楼也困难的老朽，变成了只能在心中表达对儿孙疼爱的凄凉孤独的祖父。

最后，他们的作品呈现出不同的"憎""爱"哲学，两部家族小说由于两位作家不同的精神在作品风貌上显示出极大的差异。巴金早年是一个坚定的"安那其主义"者，作品更多的是对"憎的哲学"的鼓吹，在他的处女作《灭亡》中，这种"憎的哲学"表现得最为突出。但是巴金的"恨"与"憎"，最终还是来源于"爱"。他的作品《我的幼年》就描述了自己是生长于"爱"的环境之中的人，因而养成了自己纯善的性情。而这种纯善，却令他不能接受生活中的一切黑暗、苦难、压迫与不公，因此他从"爱"中生出了"憎"与"恨"。"安那其主义"正好在这个时候出现，以"正义"之名，为他调和了"爱"与"恨"，让他能够用这种以"正义"去爱那"该爱"的，毁灭那"该恨"的。"爱"和"恨"这两种鲜明的情感也让他创作出了同样"爱""憎"分明的"激流三部曲"这种具有强大煽动力的作品。

相比之下，马哈福兹因为宗教信仰的缘故使他更加坚定地认为只有信仰与理想才能建立文明。他认为现代人失却了宗教信仰，导致现代文明的迷茫与焦虑。他在作品《尼罗河上的絮语》中就说出了信仰对建立文明之重要的观念。可以看出，对马哈福兹而言，能拯救世界的只有爱。而他也将这种爱在其作品"三部曲"中体现得淋漓尽致，描写了夫妻、手足、朋友的各种爱。他用自己的作品将"心儿朝向安拉"的神圣的爱延伸到全国乃至全世界，呼唤"人类之爱"。他将"爱"视为人类文明的根本，用"爱"升华人的道德良知，推动人类文明进步。

巴金与马哈福兹这两位伟大的作家，尽管都选择了相似的题材，表达的思想内容却完全不同。但是无论是巴金"爱""憎"鲜明的人生哲学，还是马哈福兹所赞颂的"爱"，都是向世界发出悲悯，对人类生出共同的"爱"。他们用自己完全不相同的人生之路，汇集出一条真正的人道主义道路。因此，无论是巴金还是马哈福兹的作品，都是人类文明的重要思想资源。

创意写作

《宫间街》用现实主义的表现手法，使人在翻开这部作品时，似乎在翻阅着一幅埃及社会的风俗画，能够真实地让人体会到埃及的社会风俗人情和人们的日常生活。请展开你的想象，模仿作者现实主义的写作手法，写一篇不少于 500 字的家庭生活场景。

（李林芳　撰写）

第三节　大江健三郎《万延元年的足球队》

创作背景

1968 年，日本第一位诺贝尔文学奖获得者川端康成（1899—1972）的诺奖演说词标题是《我在美丽的日本》；26 年后，日本第二位诺奖获得者大江健三郎（1935—2023）的演说词标题却是《我在暧昧的日本》。同样在日本，两位作家的感悟却截然不同。如果说川端康成笔下描绘的是美丽、虚幻又纯净的世界，那么大江健三郎则展现的是痛苦、压抑的人类精神困境。初读或许难以忍受大江疑难沉郁的风格，但是你可以在字里行间感受到他的用心良苦，如果你了解日本近现代史，就会感叹他的确是当代日本文学的良心。他描述的不是一个精致生活的幻影，而恰恰是残忍但真实的真相。他是一位能够跳出日本主流意识形态、有社会责任感的作家，并且与中国颇有情缘。他是个"鲁迅迷"，从小拜读鲁迅的《社戏》《故乡》等作品，能够背诵其中的名段，还在访问中国时参观了鲁迅故居。2002 年，大江专程探访莫言的老家山东高密，并与莫言深入对话。2006 年秋天，大江还访问了南京大屠杀纪念馆，参观过程中他面色凝重，随后在与大屠杀幸存者见面时，大江鞠了三躬。

大江健三郎的婚姻、家庭和他的创作之间有很大的关联。1960 年，他同著名导演伊丹万作的女儿伊丹缘结婚。三年后长子大江光出生，这个孩子因先天性头盖骨缺陷，脑组织外溢而濒临死亡，经抢救活了过来，但患有脑功能障碍症，智力发展迟缓。幼年时他只对鸟叫声有知觉，而对人的声音没有任何反应，到四五岁都不会说话，但对音乐很敏感。听到贝多芬的乐曲就会支支吾吾地发出"贝……贝"，听到肖邦的乐曲又会说"嗯，邦"。在大江健三郎夫妇的精心照料下，大江光不仅学会了写字，还学会了多个国家的语言，出了个人钢琴专辑，成了有成就的音乐家。在《万延元年的足球队》这部作品中，主人公根所蜜三郎的孩子患有先天性疾病，这正是作家个人经历的真实写照。除了这部作品，在《个人的体验》中，大江健三郎同样写了残疾婴儿的出生。

《万延元年的足球队》这部作品是大江健三郎 32 岁时的作品，也是 1994 年获得诺贝尔文学奖时的获奖代表作之一，当时瑞典皇家学院列举了大江的五部代表作，包括《个人的体验》《万延元年的足球队》《M/T 与森林的不可思议的故事》《致令人怀念的岁月的信》《燃烧的绿树》，尤其高度评价了《万延元年的足球队》。初看到书名的读者肯定有这样的疑问：万延元年有何含义呢？其实万延元年就是

1860 年，这是日美关系史上的重要年份。为了交换《日美修好通商条约》的相关文件，当时的江户幕府派出了赴美使节团，这是自 1854 年日本开国后派出的第一个赴美使节团，标志着现代日美关系史上的一个重要节点。这部篇幅不很大的作品牵扯到的时间跨度却有一个世纪之久：从 1860 年万延元年到 1960 年第一次安保斗争之后。而 1868 年明治维新至 1968 年维新百年周年纪念这第二个百年史则是作品创作时期的重要历史背景。

在这部作品中，作者巧妙地将现实与虚构、现在与过去、城市与山村、东方与西方文化交织在一起，描绘出一幅离奇多彩的画面，以探索人类如何走出那片象征恐怖与不安的"森林"。诺奖委员会认为，它"集知识、热情、野心、态度于一炉，深刻地发掘了乱世之中人与人的关系"。

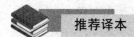

推荐译本

大江健三郎的作品用语艰涩，语句冗长，特别是复句结构多，修饰复杂，而且用词异于常理，因此中文对译颇有难度。即使是读中文版，还是能感受到作品语言和行文给阅读带来的重重障碍，加上作家在书中加入了很多隐喻，又给这个作品增加了新的阅读难度。

《万延元年的足球队》的翻译主要有邱雅芬译本、于长敏与王新新译本、赵双钰译本等版本，几个版本各有所长。赵译本主要使用了语义翻译模式，以"作者第一"为中心，保留了原作的语法及结构，尽可能地使翻译出来的文字再现原文本的含义。于译和邱译则使用了交际翻译模式，译者会按照读者的语言习惯进行重组翻译，力求更好地将原文描写的情况传递给读者。前者强调的是保持原文的"内容"，而后者强调的是译文的"效果"。其中邱雅芬的翻译又有 2006 年、2021 年、2022 年三个版本，她在早年翻译不足的基础上做了改进，有了后面的两个版本。她的翻译既能做到忠实原文，又比较符合中文语言习惯，所以不同的读者根据自身情况和学习需求的不同，可以选择不同的译本。

邱雅芬：1967 年生，日本文学博士，中山大学外国语学院日语系教授、博导。翻译有《万延元年的 Football》《一篇恋爱小说》《平山郁夫全集第七卷：丝绸之路 II》《世界文学文库：个人体验》《市民与环保城市垃圾减量战》等，发表多篇有关日本文学与文化研究的论文。

于长敏：1951 年生，吉林大学外国语学院日语系教授、博导。1975 年毕业于吉林大学外语系，1981 年赴日本留学，1984 年于筑波大学地域文化系毕业并获得国际学硕士回国。出版《日本文化史略》《比较文学与比较文化漫笔》《中日民间故事比较研究》《日本：再寻坐标》（合著）、《菊与刀：解密日本人》《管窥日本：

从日本民间文学看日本民族文化》等学术专著。

赵双钰：原名赵儒煜，1965 年生，博士，曾留学日本并讲学多年。著作和译著涉猎范围较广，涵盖心理学、社会学和哲学等多方面。其中文学译著《万延元年的足球队》，社会反响较大，广受好评。

情节概述

《万延元年的足球队》一共 13 个篇章，主要描述了根所家的两兄弟根所蜜三郎与根所鹰四的故事。主人公"我"（根所蜜三郎）的朋友突然有一天以一种奇怪的方式自杀了。朋友的死，再加上前不久妻子生下一个畸形儿，使"我"的人生陷入恐惧绝望、阴郁消沉的精神病态之中。不久后，"我"的弟弟根所鹰四脱离了在美国演出的剧团而回国。兄弟二人在现实生活中都遭受了一定的挫折，心灵也都受到了一定的创伤，因此鹰四就对哥哥发出了返回故乡（位于四国森林深处）的邀请。在鹰四的极力鼓动下，兄弟二人决定带着蜜三郎的妻子菜采，还有鹰四的两个朋友回到他们的故乡，开始新的生活，找寻内心的安宁、精神的寄托以及失去的自我。但回到老家的鹰四却一步一步显示出他此行的真正目的——发动一场类似曾祖父的弟弟曾经发动过的武装暴动。在这场注定失败的骚乱中，弟弟鹰四逐渐走向了自我毁灭。在自杀之前，鹰四向"我"解释了他之所以这么做的原因。随着老屋的坍塌，"我"家一段尘封的历史终于大白于天下……

为了便于理解，我们可以把小说的故事大致分为三个部分："进入森林前""在森林中"以及"走出森林"。

第一个部分是"进入森林前"。"我"（根所蜜三郎）的生活中发生了一系列事情："我"莫名其妙被一群孩子打伤了一只眼睛，友人因性自虐而自杀，妻子因生下畸形儿而整日喝威士忌入睡，"我"和妻子将残障的幼儿送进残疾人保育院等。这些事情让"我"觉得自己的死相可能会比朋友更加愚蠢可笑，于是"我"陷入阴郁消沉的精神病态之中。而弟弟鹰四在他的政治诉求失败后，也同样丧失了生活的方向，这也正是弟弟邀请"我"一起返回家乡"寻根"的理由。也正是由于这层关系，加上人物"根所"姓氏的深刻内涵，这部小说曾被归到"寻根文学"当中。到山谷前我们路过一片茂密的丛林，在曾经饮过的山泉旁，"我"意识到自己丧失了回归真我的身份，与鹰四不同，"我"的根已经彻底找不到了。这就是第一部分的内容，"根"的缺失以及主人公动身去"寻根"。

第二个部分是"在森林中"，描写他们一行五人来到山谷后的生活。如今"我"的家乡已经被一个叫"超市天皇"的朝鲜人把持了，山谷人的生活完全离不开他的超市。面对这样的现状，仇恨朝鲜人的当地山谷人虽觉耻辱，却又疯狂地进行物质消费。鹰四回乡后立马就成了山谷青年团体的首领，并且集结村里的年轻人组成了一个足球队，事实上他只是想以足球队为借口组织青年进行军事训练，他准备鼓动大家打垮"超市天皇"。在组织青年团体的过程中，鹰四展现出了惊人的个人魅力和洗脑本领，甚至连"我"颓废的妻子也被他吸引，自愿与他发生了性关系（乱伦）。弟弟鹰四一边美化自己的暴力行为，一边卖掉了自家的地产。最终他的"洗脑"成功诱导了山谷人对超市的哄抢，山谷人武装占领了整个村子。那么这场暴力行动中，"我"都做了些什么呢？答案是什么都没做。"我"把自己封闭起来，对鹰四所做的一切不闻不问。如果说第一部分的"我"是被迫成为局外人的话，那么到第二部分则变成了自愿。

　　小说的故事有明、暗两条线索。"我"和弟弟鹰四的故事为明线，曾祖父和曾祖父弟弟的故事为暗线。在万延元年（1860年），曾祖父的弟弟曾经发动了一场失败的暴动，暴动后曾祖父的弟弟就下落不明了。在战争中，根所家的大哥死在了战场上，二哥在一次村子和朝鲜人村落的摩擦中被作为平息摩擦的牺牲品打死了。这两位家族成员的事迹一直感染着"我"和弟弟鹰四。在弟弟的脑海中，这两位家族成员都是革命的领袖，都以一种荡气回肠的方式死去，所以鹰四决定效仿先人，恢复历史，于是就有了后来对"超市天皇"的抢劫。这其中有一个引人注意的细节：弟弟鹰四实际上非常害怕暴力和流血。熟知弟弟的"我"看出了他一直在人前做出高大形象的假象，也看出了弟弟无意扩大暴动局势，因为弟弟也知道这场斗争是注定会失败的。这就让人不禁怀疑，他发动这场暴动的根本目的是什么？

　　就在暴动的高潮，弟弟却突然自称奸杀了一个当地的姑娘，并且仿佛期盼着山谷人对他处以死刑。这一切都没能瞒过"我"的眼睛，"我"知道弟弟只不过想让人误以为他是凶手，弟弟故意砸烂发生意外的姑娘的脸，又造成被姑娘咬断手指的假象。在知道瞒不住"我"的情况下，鹰四对我吐露出他深藏已久的真相：原来早年在母亲死后，他和妹妹寄宿在伯父家，鹰四生来第一次喝酒，在喝醉后与智障妹妹发生了关系导致妹妹怀孕，而鹰四却不敢承担这个责任，最终妹妹自杀身亡。虽然随着妹妹的死，这段乱伦故事彻底被埋藏了，但鹰四也留下了永远无法排解的伤痛。带着这种伤痛的鹰四根本无法正常生活，他为了自我惩罚，在美国故意染上性病，包括他同"我"的妻子乱伦，其实也是想在人格层面上进行自罚，把自己贬低到极点。他之所以回到家乡发动一场与家族历史暗合的暴动，真正原因是想在临死之前完全洗刷掉过去自卑自贱的自己，以一种个人英雄的方式离开世界，简单来说，他就是想死得轰轰烈烈。然而作为哥哥的"我"却没有遂他的意，弟弟说要把眼睛捐给我，"我"拒绝了他的请求，并说出了他生性懦弱、恐惧死亡的真相。"我"并不是想毁掉弟弟，而是不理解弟弟的行为，但是这种不理解又巧合地促成了弟弟的死亡。书中以"我"妻子为代表的人物，自动屏蔽了弟弟显而易见的懦弱和矛盾，相信弟弟是一个充满生机的英雄。弟弟的死最终使"我"认识到无法逃避现实，必须投入生活当中，于是就延伸到了作品的第三部分。

第三部分是"走出森林"。"我"家的老屋坍塌后，一个地下室出现在眼前，原来曾祖父的弟弟在万延元年那场暴动后并没有下落不明，而是被"我"的曾祖父，也就是他哥哥藏在了这个地下室里，躲过了对他这个"始作俑者"的审判。从地下室里发现的文献来看，原来曾祖父的弟弟在地下室韬光养晦了数年之后又改头换面再次出现在人们面前，他再次领导革命并且成功了，他领导的革命反抗了腐朽政府对山谷人的压迫。可是"我"的弟弟鹰四并不知道这些，他也没有做到像曾祖父的弟弟那样接受失败后奋发图强，最终找到自己的"根"，找到自己的存在。不过以此为契机，"我"再次审视了弟弟的行为，发现他的暴动虽然失败了，但他也为山谷注入了新的生命力，至少山谷人不像从前那样醉生梦死了。"我"看见了弟弟的失败，也见证了弟弟的成功，于是"我"决定冒险接受前往非洲的工作，接受畸形儿，也愿意和妻子怀着的弟弟鹰四的孩子共生。全书的结尾并不是所谓的"毁灭后的新生"，"我"虽然接受了去非洲的工作，但"我"并不确定是否会在那里找到新的希望，所以这本书并不是以"结果"进行结尾，而是以一种可能性的"行动"作为结尾。"我"凭借自己的意志走出了森林，但是摆在"我"面前的只有方向，而没有确切肯定的结果。虽然如此，"我"仍然要走下去。

小说中描写的畸形儿的诞生、发起暴动、暴动失败、自杀、通奸、乱伦等重要情节，这些与作者在现实中所看到和经历过的事不谋而合，正是这种似现实又似幻想的故事情节共同组成了这部带有神话色彩的小说。作品中几次出现的意境——主人公故乡的大森林，也为作品的神秘色彩添加了浓重的一笔，成了整篇文章象征性的存在。

 **文本细读**

片段一："森林的力量"

在阴郁繁茂的常绿树丛中，林中道路仿佛行驶在深沟的底部。停于此处的我们的头顶上，可见冬日的天空细长狭窄。午后的天空仿佛色彩变幻似的，一边褪去色彩，一边缓缓降下。夜晚，天空会像鲍鱼的贝壳包住贝肉般锁住广袤的森林吧。如此想来，隔离的恐惧感向我袭来。虽然我是在林海中长大的，但每当穿越森林返回自己的山谷时，我都无法摆脱这种令人窒息的感觉。这感觉的核心里，聚集了亡故先祖们的感情精髓。为强大的长曾我部①持续驱逐，他们不断进入密林深处，发现了仅有的能抵抗森林侵蚀力的纺锤形洼地定居下来。洼地中涌现优质水。逃亡团体的统率者——我们家族的"第一个男人"朝着想象中的洼地莽撞地进入密林深处时的感情精髓，充塞了我窒息的感觉神经。长曾我部是极为巨大的他者，它无时不在，无处不有。我不听话时，祖母威胁我："长曾我部来了！"其回音不仅使幼时的我，也使八十岁的祖母自己确实感到了与我们生活在同一时代的、极为巨大的长曾我部的气息……②

（选自第三章"森林的力量"）

片段一解析：

这个选文描写"我"（根所蜜三郎）和妻子从城里回故乡四国的途中，"我"对故乡森林的感受。熟悉大江健三郎的读者会发现，"森林"是其作品中常见且重要的意象。大江健三郎在 18 岁离开家乡之后，故乡四国爱媛县喜多郡大濑村的峡谷森林就成为他记忆的牵挂，虽然作家曾经多次重返故乡，但是也只是为他记忆的生长添加新的养分，他的日常，更多的还是东京都市的繁华和靡丽。他在一次演讲中曾说："四国的森林峡谷之村——是我可爱的故乡……我的一切情感皆源于此……在不断创作的过程中，我发现自己小说中描绘的世界不知不觉地成为支撑我的精神力量，四国的森林则成为我创作的源泉。"

大江的很多作品都是围绕"森林"展开的，如早期小说《拔牙击仔》中，少年被暴戾的村民追逼，逃进了森林。私小说《〈罪恶的饶恕〉的青草》中，"我"在森林中失踪；《核时代的森林隐遁者》中，大江呼唤"想要残活在核时代的人们啊！应该与森林力量一起同化，逃离所有的城市、所有的村庄，到森林里隐遁"。而在《万延元年的足球队》中，他描写了"森林峡谷"的传说。森林里的村民们，每年盂兰盆会时都会举行一种特殊的仪式，他们跳"念佛舞"，曾经生活在森林中的祖先的亡灵，会排着队从属于他界的森林深处回到现实的村庄，村民们满怀敬意欢迎这些亡灵，他们相信村民们死后灵魂的归属地就是森林，而"我"的弟弟鹰四，最终也魂归森林。对作品中的人物而言，"森林"既是一个逃避现实、寻求庇护的地方，它接纳了来自城市、身心俱疲的蜜三郎一家，让他们治愈心理的创伤，找回了自我身份，获得新生，同时也是一个阴郁封闭、令人窒息的地方，它充斥着暴动、通奸和自杀，令人感到恐惧和不安；它既是逃无可逃者的庇护所，也是最终

---

① 长曾我部也叫长宗我部，是日本姓氏之一，传为圣德太子时豪族秦河胜的后代。

② 大江健三郎. 万延元年的 Football［M］. 邱雅芬，译. 北京：人民文学出版社，2001：35－36.

吞没人的无间地狱；对充斥着暴戾、恐惧和死亡的外部世界而言，它是生机勃勃、古老安宁的，但生机与安宁的背后依然是死亡。鹰四最后承认了自己的罪行，他用自杀的方式来赎罪，在"森林"的背景下，死亡和再生被联结到了一起。虽然作品中"森林"象征着恐惧和不安，象征着现代人的困惑，但"森林"也寄托了作家的乌托邦理想，蜜三郎最终决定走出"森林"开始新的生活，或许我们可以视为是作家对生活于现代社会的人们如何走出不安与困惑的一种思考。

片段二："在绝望中死去"

我磕磕碰碰地乱撞着脑袋跑上楼梯。一个男人半靠着对面墙壁躺着。其头部和裸露的胸部皮肤上仿佛堆放着许多石榴似的裂开着，鲜血淋漓。男人仿佛只穿着裤子的鲜红等身大的石膏模型。我不禁走上前，耳朵重重地撞上绑在光叶榉木大梁上的猎枪，呻吟起来。一根天蚕丝将枪的扳机与红色石膏娃娃垂在榻榻米上的手指连在一起。而且，在死去男人凝视枪口站起的高度，墙和柱上用红铅笔画了人头和肩膀轮廓，那头部仅一丝不苟地画了两只大眼睛。我再近前一步，感到脚底的铅沙子和黏糊糊的血，同时发现所画的两眼中密密麻麻地射进了铅沙子，那凹处的底部好像铅眼似的。草图脑袋旁的墙壁上，用同样的红铅笔写着：

"我说出了真相。"

死去的男人发出哼哼声。我跪在血泊中，试着摸了摸鹰四那血肉模糊的脸，他真的死了。这样的死者，而且在这仓房里，我曾多次遇过的虚假记忆占据了我的脑海①。

（选自第十二章"在绝望中死去"）

片段二解析：

这个片段是对鹰四绝望开枪自杀的场面描写。这个场面血肉模糊、鲜血淋漓，墙壁上有鹰四的遗言："我说出了真相。"鹰四说的真相就是他曾经和智障妹妹乱伦，导致妹妹自杀的真相。而作为哥哥的"我"，直到弟弟死，也没有理解和原谅弟弟的行为，对弟弟还是保留着批判、否定和厌弃。

兄弟俩的矛盾源自他们对家族历史事件和人物完全不同的印象和理解。在弟弟鹰四心中，曾祖父是保守派，曾祖父的弟弟则是英勇的反抗派、农民运动的领袖，是他去高知学习了新知识，用那些知识训练森林中的农民；而哥哥蜜三郎用事实证

---

①　大江健三郎. 万延元年的 Football ［M］. 邱雅芬，译. 北京：人民文学出版社，2001：204.

明，去高知学新知识的人是曾祖父而不是曾祖父的弟弟。关于S哥的死，两兄弟的印象也不同：弟弟的印象中，S哥很有男子气概，是山谷青年的领袖，因为袭击朝鲜村民而死；而在哥哥记忆中，S哥则完全是个窝囊废，因为同伙杀了朝鲜人被当成替罪羊而被打死。关于万延元年的历史暴动，流传两个版本：一个版本是曾祖父在暴动结束时杀了弟弟平息动乱，还吃了弟弟腿上的一块肉证明自己与暴动无关；一个版本是曾祖父帮助弟弟远走高知，弟弟改头换面成了大人物。在蜜三郎看来，两个版本的说法对家族都是不光彩的，因为如果按第一个版本的说法，曾祖父杀了弟弟撇清与暴动的关系，是家族的丑闻和耻辱；如果按第二个版本的说法，则曾祖父的弟弟是叛徒和懦夫，他扔下了革命同志独自逃命。哥哥蜜三郎眼中的生活是隐去外在光芒的生活真实，而弟弟眼中的历史和现实，总是充满英雄主义幻想，他把自己看作是像曾祖父的弟弟一样的领袖人物，在山谷中进行了一系列的模仿行动。哥哥是消极、冷漠的局外人和旁观者，弟弟则是积极、热情的行动派和模仿者。

虽然蜜三郎对弟弟的模仿行为采取旁观态度，但他身上携带的对弟弟的否定性力量足以对弟弟造成毁灭性打击。就在鹰四的全部追求快要实现的时候，一场意外使他光辉的形象跌入深渊，他精心组建的足球队也星散而去。这个失败的形象在蜜三郎眼中是可怜的，直到弟弟说出与妹妹乱伦的真相，哥哥都没有原谅他，没有理解他，依旧否定、厌弃和批判他，所以鹰四在绝望中开枪自杀。小说行文至此，读者肯定也会有一个疑问，兄弟俩究竟谁对谁错？随着仓房底下暗室的出现，曾祖父的弟弟最终的结局显露出来：他没被哥哥杀掉，也没有独自逃跑，而是自我封闭在幽暗的地下，却始终保持着暴动领袖的身份。这一结果表明鹰四的行动和追求将被上升到英雄行列，得到历史的肯定，而曾经自以为是、一味否定一切的蜜三郎需要重新审视自己、他人、历史和现实，恢复对正常生活的感觉和信心。所以在小说的结尾，蜜三郎准备和妻子走出森林，接回在保育院的残疾儿子，也预备和妻子肚中的鹰四的孩子共生，开启一段新生活。

片段三："新生"

　　我和妻子、胎儿穿过那片森林出发了，我们不会再次造访山谷吧。既然鹰四的记忆已作为"亡灵"为山谷人所共有，那么我们没有必要守护其坟墓了。离开洼地后，妻子将努力使福利院领回的儿子融入我们的世界，同时等待另一位婴儿的诞生。这期间，我的工作场所是充满汗水与尘土的污秽的非洲生活——我戴着头盔，叫嚷着斯瓦希里语，夜以继日地敲打着英文打字机，亦无暇反思自己的内心活动。我不认为用油漆在巨大的灰色肚皮上写有"期待"字样的大象，会蹲到我这位埋伏在草原的动物采集队翻译负责人面前。然而，一旦接受这项工作，有一瞬间我认为这对于我总归是一次新生活的开始，至少在那里可以轻而易举地建起草屋①。

（选自第十三章"复审"）

片段三解析：

这个片段是整部小说的最后一段："我"鼓起勇气面对残破的生活，从福利院接回残疾儿子，也接受了妻子肚子中鹰四的孩子，接受了去非洲做翻译的工作。小说开篇第一句话写："我在黎明前的黑暗中醒来，寻求着一种热切的'期待'的感觉，摸索着噩梦残破的意识。"而结尾的"我"虽然对非洲的生活没有确定的"期待"，但至少认为"对于我总归是一次新生活的开始"。开篇的"我"陷入精神危机的泥淖，带着对生存强烈的痛苦感受走入森林，而到了结尾，"我"以一种较平静的心走出森林，开始新生活。大江深受存在主义，尤其是存在主义小说家萨特的影响。《万延元年的足球队》中鹰四的死也被称为"存在主义的伦理的实践"。萨特的存在主义哲学要义如"存在先于本质""自由选择""自由与责任"等在这部小说中均有体现。蜜三郎在鹰四身上看到了积极奋争的生命价值，理解了直面现实的意义。作品正是通过根所家两兄弟内心深处的矛盾斗争，以及这种矛盾斗争引起的焦虑、不安和痛苦，还有在此之后的顿悟，表现了小说的主题：在荒诞的情境中，只有正视现实，积极奋争，追求人生存的本质意义，才能超越生存的困境。

相关辩题

1. 正方：鹰四自杀是由于哥哥的否定、厌弃和不谅解。
   反方：鹰四自杀是因为他无法摆脱内心与妹妹乱伦的梦魇和负罪感。
2. 正方：蜜三郎是一个懦夫式的存在。
   反方：蜜三郎是一个通晓事理的知识分子。

分角色朗诵

鹰四：阿蜜，不管你信不信，我确实杀了那姑娘，我身上留着暴力的血液，我是一个真正的暴力引导者，而你就是个懦夫！阿蜜，我对不起你，对不起妹妹，我要告诉你真相，一个妹妹死亡的真相……阿蜜，我希望我死后你能用我的眼睛，阿蜜，请原谅我！

---

① 大江健三郎. 万延元年的 Football［M］. 邱雅芬，译. 北京：人民文学出版社，2001：227.

星男：阿鹰，你不是那种人，我不相信你会杀人，你们快救救他吧，蜜三郎先生，只有你能劝阿鹰了，你救救他吧！

蜜三郎：阿鹰，你根本就不可能去强奸并杀死那姑娘，你只是为了让自己合乎情理地死去，你把自己伪装成疯狂的杀人犯，只是为了让自己像记忆中曾祖父的弟弟和 S 哥被暴乱的村民打死那样而编造的谎言，你自杀也只是为了隐藏内心的"真相"，你是负罪自杀的，跟我没有关系。

菜采：可是阿蜜，你为什么就是不愿意相信阿鹰，你为什么不相信他，你不肯原谅他，连他的眼睛都不愿意要，事实上只要你愿意对他说一句话，哪怕是一句无关紧要的话，他都不可能自杀的，是你逼死了他。

比较出真知

1. 大江健三郎与莫言①

大江健三郎与莫言的作品在写作内容、风格、形式等方面有诸多相似之处，在写作手法上都深受西方现代派的影响，但是写作内容又都植根于本民族的生活。就大江的《万延元年的足球队》与莫言的《红高粱家族》两部小说而言，其思想表现、艺术风格等都有一定的相似性。

第一，《万延元年的足球队》和《红高粱家族》都叙述了一个家族内部发生的故事。两人通过"森林峡谷村庄"与"红高粱世界"两个特殊环境展示了旧式家族的苦难史，两种文化环境都具有偏远闭塞、动荡、受压榨等特点。作品里的人也因为生活在这种环境而具有粗犷、强悍、贫穷、不幸等共同特征，且他们都具有反叛精神和复仇心理，甚至敢于铤而走险。同时，两部小说也都属于家族小说，两位作家都十分擅长把一个家族遭受的各种苦难命运和国家民族的兴亡盛衰结合在一起，透过家族经历的苦难历史，使读者看到社会的急剧动荡和历史的重大变迁。

第二，两部小说虽然主题不同，但都给人以沉重严肃的启示，带领读者在探索人生真谛的路上，看到了希望的曙光。《万延元年的足球队》中，大江试图为"现代社会中人如何走出不安和困惑"这一问题寻找一个解决途径。《红高粱家族》表达了莫言对"种之退化"的悲哀及对国民的呼喊。在《万延元年的足球队》中，蜜三郎深刻反思后决定面对现实，开始新生活。小说的最后，作者却只是用类似阿蜜内心独白的一段话说出了他的期待，并没有指出这种期待能否实现。作者用"潘多拉魔盒"式的结尾留给读者无限遐想，但这个结尾，让人感受到了希望。人类的

---

① 赵述晓. 论大江和莫言的故乡想象与艺术超越——以《万延元年的足球队》和《红高粱家族》为视点 [C]. 江南大学，2010.

未来也正是因为有了"希望"，生命才有了存在的意义。如果说大江在《万延元年的足球队》的结尾中留给读者的只是"希望"的话，那么莫言在《红高粱家族》的结尾却为人们明确指出了探寻希望的方向。莫言在作品中用"家族亡灵、启示、墨水河浸泡、纯种红高粱"等暗语指示出未来要找到的东西。这些暗示语正是莫言给人类开出的一剂医治"种之退化"的药方。

第三，大江和莫言都擅长描写现实世界与虚幻世界的交融，展示出亦真亦幻的文学世界。大江以自己的故乡构建了一个"森林峡谷村庄"；莫言则将自己对山东高密的历史、土地、先人的传说怀有的独特而厚重的情感，构造成了一个"红高粱世界"。两位作家都以各自的地域特征为创作基础，营造了各自的文学领地，也彰显了作家的个性。

第四，两位作家的作品都具有象征性。在《万延元年的足球队》中，"峡谷村庄"是根所兄弟寻找灵魂归属之地。而《红高粱家族中》中的"纯种的高粱"则象征着家族光荣的图腾以及中华民族延绵不息的血脉。

最后，他们的作品都展现了一幅色彩斑斓的具有民族特色的民俗画卷。《万延元年的足球队》中描写的跳诵经舞、新年打新水驱邪、晚上不能吹口哨、"长曾我部"的传说等都体现了大和民族独特的民俗；在《红高粱家族》里，作家描写的婚嫁、出殡、"起尸"等民俗，也展示了中国两千多年的民族风俗。两位作家都将笔墨泼洒在民俗民风以及传说上，不仅给他们的作品披上了东方神秘国度的外衣，也为作品增添了许多神话色彩。

2. 萨特对大江健三郎的文学影响[①]

大江健三郎受萨特存在主义理论的思想影响较深，并结合存在主义思想形成了自己极富独创性的文学形式，这对二战后的日本文学样式带来了巨大的冲击，因此他也被日本学术界称誉为"东洋存在主义"。大江健三郎早年在东京大学读书期间，就已经接触了萨特的存在主义思潮，当时大江格外关注萨特的《走向自由的道路》等法语原著，并写了题为《论萨特小说里的形象》的毕业论文。同时，尝试在萨特存在主义的命题下进行文学创作，并借此来体现对战后日本民众的关注。

大江健三郎受到萨特存在主义思潮影响而进行的创作主要是荒诞派创作，但大江不是机械地复制萨特的写作手法，而是结合自己的经历进行创新，形成独具特色的"大江式日本存在主义文学"。随着大江健三郎创作的日益成熟，结合自己对战后日本处境的关注，在接受萨特影响时不断修正自己的创作态度，保留了本民族文学传统的精髓，成功地超越了萨特的"荒诞"观念。因此，他的荒诞叙事模式可分

---

① 宋南南. 论萨特存在主义对大江健三郎创作的影响 [C]. 陕西理工大学，2017.

为荒诞阶段、抵制荒诞阶段和超越荒诞阶段。

首先是荒诞阶段，这一阶段是大江健三郎对萨特存在主义的荒诞元素初始接受阶段。以早期代表作《饲育》为例，小说的故事发生时间在二战即将结束时，日本上空仍有敌机盘旋。一天，一架美国飞机突然在森林中坠毁，一个美国黑人士兵从天而降，被村民们作为"猎物"捕获。而黑人士兵的内心也发生了一系列变化：从一开始的愤怒转为孤独，接着是绝望，后来认为村民愚昧，最后感到屈辱，心灵所受的伤害几乎使他陷入病态。大江健三郎对黑人"监禁状态"的描写，以及看穿"社会正义"的断绝感，构成了其作品在接受存在主义荒诞元素初始阶段的独创性。

其次是抵制荒诞阶段，这一阶段的代表作品为《我们的时代》。小说集中描写了战后日本青年的颓废生活。主人公靖男原是一名由妓女提供学费的法语专业的大学生，后来获得法国公费留学资格，但却因为向法国驻日本大使馆的官员公开表示支持阿尔及利亚游击队而失去了留法学习的机会。为此，他曾萌生自杀的念头，但又因没有勇气而放弃自杀。整个故事停在了靖男放弃自杀的镜头下，可见作为大江接受存在主义即将成熟阶段的作品，《我们的时代》虽充满杀机，但作者还是清醒地告诫读者，在特定的时代里，尽管有各种生存困境，也要继续生存卜去。

最后是超越荒诞阶段，这一时期的作品，作家将视野转向了自我拯救，大江超越萨特存在主义也正是在这一时期得以实现的。他将写作转向这样一个主题：当人们在面对荒诞的世界和不幸的人生时，如何通过自身的努力来摆脱生活中的苦难境地。代表作有长篇小说《个人的体验》，主人公"鸟"对残疾儿的态度从一开始的逃避，到后来的接受，最后乐观面对现实。大江健三郎成熟期的作品较之初期作品，存在主义思想有了升华，读者能清晰地感受到作品主人公抵抗荒诞的努力。

创意写作

请先从蜜三郎的角度整理故事要素（人物/主人公、事件、感情、冲突），然后以蜜三郎的故事为基础，试着从以下方面改写故事：

（1）作品人称。

（2）叙事视角。

（3）从次要人物的角度重新讲述故事（如菜采、星男、桃子等）。

（4）从鹰四的角度讲述故事。

（5）续写故事。

（李林芳　撰写）

第四节 库切《迈克尔·K 的人生和时代》

创作背景

约翰·马克斯韦尔·库切（John Maxwell Coetzee，1940—）是 2003 年的诺贝尔文学奖得主，两度获得布克文学奖，不过这些标签都无法让我们接近他。库切可是当代文学界著名的隐士，不苟言笑是他的重要标签。他像一个巨大的"黑洞"，不喜欢谈论自己的作品，不喜欢接受记者的采访，不喜欢抛头露面，但是库切非常青睐于自传性写作，《男孩》《青春》《夏日》是他的"自传三部曲"，从这三部作品我们可以看到他的少年时代、青年时代和成为作家之后的人生。而且他认为所有的创作，包括小说、文学评论等都是一种自传，那么基于库切的这种创作观点，我们就发现通过读作品去了解库切是最好的途径了。

小说人物迈克尔·K 能很快搭建起我们对库切的认识，他实在是一个典型的库切式人物，某种程度上甚至可以说是库切本人的精神代表。库切 1940 年出生于南非开普敦，是荷兰裔白人，他的一生简直是不断逃离南非而又不得不困于南非的历程。南非是一个需要斗争的地方，但对个人生存而言的确是一个巨大的挑战。

小说《迈克尔·K 的人生和时代》的第一重背景源自库切在南非的个人体验。南非位于非洲大陆最南端，17 世纪中叶，荷兰的第一批移民到达南非，欧洲殖民者开始了对南非长达 300 多年的殖民统治。1948 年，为了维护白人的统治地位和利益，南非成为世界上唯一一个通过立法实行种族隔离政策的国家。此后，黑白冲突和对立一直是南非的社会痼疾。库切的童年、少年到青年时期，都是在南非度过的，这也是南非种族隔离政策逐渐形成并盛行的年代。青年库切在南非开普敦大学攻读英语文学和数学两个专业，两个专业文理跨越很大，尽管库切后来的专业方向越来越文学，但数学专业是他可以拿来做"饭碗"的，他远赴伦敦在电脑软件设计行业做了 5 年程序员，难怪库切的文风总带着一种冷峻的理科生的感觉。5 年的伦敦生涯使他暂时远离南非却未能安顿下来。1965 年库切受聘于美国德克萨斯大学，一边做助教，一边攻读博士。1970 年受聘于纽约州立大学。最关键的是 1971 年，这一年库切 31 岁，婚姻稳定，已有一双儿女，用我们中国人的话说"三十而立"，就差一个稳定安全的居所了。但偏偏天不遂人愿，这一年库切在美国寻求永久居住权时饱受挫折，申请理由是如果儿女返回实行严格种族隔离的南非会遭遇种种困境，但结局是无果。最终一家老小回到南非，库切受聘于开普敦大学，任教达 30 年之久，类似默默无言的园丁。直到 2002 年，62 岁的库切移居澳大利亚。所以整个 1971 年申请绿卡的艰难与困顿与迈克尔·K 直接关联，小说中迈克尔·K 也是 31 岁，他一次次去领通行证却始终批不下来，又希望渺茫并决心坚定地要回到母亲在少女时代生活过的乡村，而唯一安慰的是作为园丁照顾自己的南瓜。

小说的第二重背景源自当时南非的社会境况。库切大约从 1980 年 5 月开始创作《迈克尔·K 的人生和时代》，数易其稿，直到 1983 年才最终完成。20 世纪七八十年代的南非，正值种族冲突加剧、社会急剧动荡的时期，整个国家都陷入压迫者和解放者之间的可怕战争中。尽管这部小说故意隐去时间，但库切研究者普遍认为，故事的直接背景是索韦托起义后南非社会的解体。1976 年 6 月 16 日，索韦托镇近两万名黑人学生举行大规模示威游行，抗议当局把"南非荷兰语"作为教学语言，因为黑人一直将"南非荷兰语"看作是殖民者的语言，强行推广这种语言就是文化侵略和压迫。在示威游行中，警察为了驱散人群开枪射杀了一名 13 岁的小男孩彼特森。中弹后的彼特森被愤怒而悲伤的游行者抱在怀中奔跑，这张照片被记者拍摄下来，一经发表，震惊了全世界。上千名军警血腥镇压，造成 176 人死亡、1228 人受伤。这次学生游行是南非人民反抗种族隔离制度的激烈爆发点。

索韦托起义这个事件对于南非的发展无疑是一个进步，但裹挟在历史洪流中的渺小个人都是牺牲品，因为它带来的社会动乱是摧毁性的。小说第一章提到一块危险警示牌，它用红色颜料画着一个骷髅和两根交叉叠放的骨头，底下刻着 DANGER-GEVAAR-INGOZI 的字样，这三个词都是危险的意思，但分别是英语、南非荷兰语和祖鲁语。"南非荷兰语"上文已提过，它是索韦托起义的导火索，大约是 1652—1705 年由欧洲移民带过来的荷兰语方言。这块带有三种语言的"危险"，就是当时南非社会状态和文化混杂的缩影。迈克尔·K 在这种境况下始终默默无言地对抗，拒绝一切的"被解放"，这构成了小说备受争议的焦点。与库切同在南非并获得诺贝尔文学奖的女作家纳丁·戈迪默不同，她笔下的主人公总是无论遭遇多大的困顿依然坚决地加入革命军。但库切的创作的确更为在意个人的感受和体验，这在某种程度上而言才是真正的人性。

小说的第三重背景源自库切的知识背景。库切本科读的是英语文学，读博期间的主要研究对象是写作《等待戈多》的贝克特。他崇拜 T. S. 艾略特，所以和很多知识分子作家一样，库切喜欢呼应前辈作家的经典之作，这差不多是一个长期从事教学和研究的人摆脱不了的"情结"——文学史在某种程度上而言就是他的世界观。小说的第一个呼应点是卡夫卡，符号性的名字 K 显然让人联想到卡夫卡《城堡》和《审判》中的 K，而一次次去领通行证却始终批不下来的迈克尔·K 也像极了永远在城堡外兜圈子的约瑟夫·K，他们都挣扎在强大体制的边缘，作品中弥漫的黑暗、荒诞的气氛也很近似。第二个呼应点就是笛福，事实上库切对鲁滨孙有持久而强烈的热爱，迈克尔·K 类似一个"逆向"的鲁滨孙，渴望生存在自由的荒岛上。第三个呼应点是凯鲁亚克的《在路上》，迈克尔·K 永远在路上，永远找不到家。

 **推荐译本**

目前市面上通行的主要是浙江文艺出版社出版的邹海伦译本和人民文学出版社出版的黄昱宁译本。这里我们主要分析一下黄昱宁的译本。黄昱宁，女，1972 年出生于上海，既是翻译家和作家，同时也是出版人，翻译过麦克尤恩、阿加莎·克里斯蒂等多位外国作家的重要作品。下面我们对照一下原文和译文。

The first thing the midwife noticed about Michael K when she helped him out of his mother into the world was that he had a hare lip. The lip curled like a snail's foot. The left nostril gaped.

黄昱宁译本：助产婆把迈克尔·K 从他母亲的腹中迎到这世上，第一眼就发觉他长着兔唇。那兔唇如蜗牛的腹足一般翻卷，左鼻孔裂开①。

She shivered to think of what had been growing in her all these months. She tried a bottle；when it could not suck from the bottle she fed it with a teaspoon，fretting with impatience when it coughed and spluttered and cried.

黄昱宁译本：她一想到这几个月来肚子里一直在生长着什么，就忍不住瑟瑟发抖。孩子没法吮吸乳房，饿得直哭。她试过奶瓶，孩子也吸不了，于是她用一把勺子喂。那孩子呛得直咳嗽，奶水四溅，啼哭不止，她便也跟着心烦意乱②。

解析：这是小说的开头段落，从 K 的出生开始写起，时间上没有明确标志，淡化到几乎于无，使用过去式。库切赋予 K 一个"脆弱个体"的艺术象征，迈克尔·K 是母亲安娜生的第四个孩子，第三个孩子生下来就死了。小说始终没有提孩子的父亲，而兔唇和裂鼻的天然缺陷、饥饿与贫穷更将这对母子压到了社会的最底层，挤到了生活的最边缘，他们的生存困境像是被上帝遗忘的角落。语言上冷静克制，简洁有力，没有过多冗繁的修饰，有一种无言的悲伤感。这种语言非常有卡夫卡的风格，好像一本正经地在写实，实际上是控诉荒诞悖谬的社会。

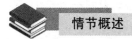 **情节概述**

打开《迈克尔·K 的人生和时代》的扉页，上面写着："战争是众生之父，万

---

① 库切. 迈克尔·K 的人生与时代 [M]. 黄昱宁，译. 北京：人民文学出版社，2021：3.
② 库切. 迈克尔·K 的人生与时代 [M]. 黄昱宁，译. 北京：人民文学出版社，2021：3.

物之王。对有些人他显现为神，对另一些人他显现为人。他让有些人沦为奴隶，让另一些人获得自由。"这段话引自古希腊哲学家赫拉克利特的著作残篇，库切通过这段话隐晦地表达了 20 世纪七八十年代在南非发生的这场压迫者和解放者之间无止境的可怕战争。作为一个脆弱的个人，他不想站在任何一方，因为战争就是灾难，无论它有什么正义的理由。整个小说分成三个部分，第一部和第三部采用第三人称叙事，第二部分改用第一人称叙事。从篇幅来看，黄昱宁译本的第一部分 146 页，第二部分 47 页，第三部分 15 页，呈一个递减的曲线。

第一部分从迈克尔·K 的出生开始写起，兔唇和裂鼻不仅让他样貌丑陋、婴儿期进食困难，更让他受人排挤和嘲笑。母亲带着他给别人做帮佣，在正规学校试读了一段时间就很快被赶走了，于是去了靠政府救济的特殊学校，后来成了一名三级二等园艺师。成长的时间进程安排得很快，开篇第七自然段就写到 K 到了人生的第三十一年，从此刻时间缓下来。开普敦发生暴力事件，有条件的人都去逃难了，K 和母亲躲在主人家的楼梯间小屋，整栋楼被洗劫，街区一片混乱，他们只能静静地躲着，不发出任何声响。

本来就羸弱的母亲生病了，由于社会动乱和贫穷，得不到正常的照顾，受尽了折磨，医生和护士忙着应付伤兵，根本照顾不过来。于是母亲提出一个计划，和 K 一起回到自己在少女时代住过的艾伯特王子镇的农场，就算在那里死了，也至少死在蓝色的天空下。本来要买火车票，但是通行证迟迟不能办下来，于是 K 自己打造了一辆手推车，推着母亲前行，但母亲的身体终于扛不住了，死在了医院里。表面上看 K 似乎一直沉默寡言，与母亲的言语交流很少，但母子俩的精神是一直依偎在一起的，K 曾经苦思冥想自己为什么被带到这个世界上来，后来终于有了答案——就是为了照顾母亲。母亲死后，K 发觉自己并不想念她，那是因为他这辈子一直都在想念她。K 带着母亲的骨灰逃难，一路千难万险就是要把骨灰送回艾伯特王子镇的农场，这一路唯一的亮光是梦见和母亲一起在山间漫步，"尽管他双脚沉重，模样倒是年轻漂亮。他挥手指点苍穹；他又欢喜又兴奋。一条条河道拉出绿色的线条，在浅褐色土地的映衬下颇为显眼；目之所及，没有公路也没有房子；空气静止无风"①。

除了与母亲的精神依偎，第一部分的重头戏是 K 一路颠沛流离来到一个废弃的农场，此刻的他非常像荒岛上的鲁滨孙，大家应该还记得《鲁滨孙漂流记》里捕猎野羊并加以驯化也是一场重戏，并贯穿着乐观向上、积极进取的精神。但在迈克尔·K 这

---

① 库切. 迈克尔·K 的人生与时代 [M]. 黄昱宁，译. 北京：人民文学出版社，2021：140.

里差不多是完全相反的，他不想变成手里握着刀子的野蛮人，这个血淋淋的过程让他非常反感，并很快发起了高烧，从此远离荤腥。他自己耕作、寻找水源、种植南瓜、追杀野山羊、用弹弓打鸟，但这种"孤岛幸福"没有维持多久，就被逃回来的农场主的孙子打破了，他企图让 K 充当《鲁滨孙漂流记》里的"星期五"，作为奴隶，为他服务。K 不得不放弃幸福的南瓜，离开农场。露宿街头，被关进难民营。逃出营房，又被当作游击队的支持者关进了监狱。

第二部分是 K 被送到一个监狱医院之后，以照顾 K 的军医的第一人称叙事，是军医照顾病人的工作日志。这个军医无法理解 K 为什么要绝食？为什么要放弃自己？这部分的意义实际上是作者用一个"他人"的身份去观测"自我"，这个视角很有趣，如同你通过与别人对话交流才更能了解自己一样。军医的观察非常细致，文中写道："他像一块石头，一块鹅卵石，从远古开始便已安安静静地躺着，只关心自己的事儿，如今他突然被人捡起来，给随随便便地从一只手扔到另一只手。一颗坚硬的小石头，几乎感觉不到周遭事物，将自己和自己的生活包裹起来。他像一颗石头，从这些学校，营地，医院，还有天晓得什么别的地方穿过。从战争的肠道里穿过。一个没有儿女，连自己都仿佛从未出生的人物。我没法把他看成一个男人，尽管算起来他要比我年长。"[1] 特别有意味的是，军医作为一个旁观者，态度从怜悯变成了理解，甚至渐渐卷入到 K 的人生中，他观测 K、解读 K，发现自己其实和 K 一样。这是作家库切"创造了 K 并发现自己就是 K"的历程，库切名字（Coetzee）的首字母发音不也是 K 吗？

第三部分篇幅很短，是 K 逃离医院后继续漫游，这部分的玄幻感特别强烈。从"海滨大道""海角广场"得知主要的背景在海岸，这里有可能在影射南非，南非有挺长的海岸线。K 遇到一个男人和三个女人，但身份不明，男人给予他一些酒食，女人给他性抚慰，但他感觉并不好，他除了逃离营地，还想逃离虚假的博爱和施舍，他想念种子和农场。小说结尾 K 的脑海中出现幻象，一个驼背小老头，口袋里揣着酒瓶，嘴里嘟嘟囔囔，这像是一个没有什么危险但同样可怜的朋伴，K 教他发现水源。原文是这样的："迈克尔·K，会从口袋里掏出一把茶匙，一把茶匙加上长长一卷绳子。他会把井口的碎石清理掉，会把茶匙柄弯成环状，系上绳子，然后用升降机把它往下放，深入地底。等他把茶匙再拉上来的时候，它就会盛着水；他会说，用这个办法，人就能活下去。"[2] 小说结尾最后一个词是"活下去"，仿佛

---

① 库切. 迈克尔·K 的人生与时代 [M]. 黄昱宁, 译. 北京: 人民文学出版社, 2021: 160.

② 库切. 迈克尔·K 的人生与时代 [M]. 黄昱宁, 译. 北京: 人民文学出版社, 2021: 217, 218.

给人带来了某种安慰，这是迈克尔·K在弥留之际出现了跟着一个老头儿回到农庄的幻象，他向老头展示被革命军炸毁的大坝下面仍然隐藏着的水源，只要有水，人就能活下去。从前到后，K最舒服的状态只有一种——"整个世界肯定只有我才知道我在那里，我可以认定我已经失踪了"，K是一个在悖谬的现代社会被挤压得变形的小人物。

文本细读

片段一：预示死亡的梦境

> 他在小巷中入睡，脑袋伸进一只纸板箱。他做了一个梦：母亲到休伊斯·诺伦纽斯学校来看他，带了一袋子食物。"小车太慢了，"她在梦中说，"——阿尔伯特亲王要来接我了。"那袋子轻得诡异。他醒来时冷得不行，简直腿都伸不直。远远地传来一只钟敲三点的声音，也没准是四点。星星在晴朗的天空中散发光芒。他挺惊讶，那梦居然没有让他心烦意乱。他披上一条毯子，在巷子里来来回回踱步，然后信步逛到街上，窥视昏暗的商店橱窗——菱形格栅后，人形模特展示着春季新款时装①。

片段一解析：

小说中多次出现梦境，迈克尔·K不善言表，他内心很多的隐秘欲望或强烈的思想情感往往借助梦境来表达。选段中的这个梦境出现在母亲安娜·K去世的前夜，母亲曾在少女时代居住在艾伯特王子镇的一家农场，那是她最美好的回忆，所以K自己做了一辆手推车，要把母亲一路推回去，但这一路特别艰难。所以母亲在梦中说"小车太慢了"，读到这句内心一阵酸楚，有一种永远不能到达目的地的绝望感。母亲又说"——阿尔伯特亲王要来接我了"，艾伯特王子镇是南非西开普省小镇，以英国维多利亚女王的丈夫阿尔伯特亲王的名字命名，这里可看出殖民的深刻印记。而"阿尔伯特亲王要来接我"则类似卖火柴的小女孩被冻死前擦亮火柴看见的"冒着香气的烧鹅"与"慈祥的祖母"，那个美好到虚幻的画面让人更添一层沉重，直接链接死亡。K甚至根本没有见到母亲最后一眼，仅仅是在第二天去看望母亲时，发现母亲的病床被另一个头上裹满绷带的陌生女人给占了，护士说他们想联络他，但他没留电话号码。这就是"赤贫"，穷人连悲伤的权利、告别亲人的权利都不配有，这个世界绝不怜悯你。K梦到母亲去特殊学校看他，这是母亲对他的最后一次眷顾，这也是他和母亲相处的主要方式——每周一次探望。

---

① 库切. 迈克尔·K的人生与时代［M］. 黄昱宁，译. 北京：人民文学出版社，2021：33.

片段二：解剖羊

他划开羊肚子，把一只胳膊伸进切口；他本来以为会摸到热血的温度，但遭遇的还是类似于沼泽淤泥的阴冷黏湿。他用力拧，羊的内脏滚出来，落在他脚边，蓝色的，紫色的，粉色的；他只能拖着死羊走几步，直到他有地方继续干下去。他尽量剥掉羊皮，但是没法把羊蹄和羊头砍下来，于是他又在棚屋里搜寻了一番，总算找到一把弓锯。最后，他把这具剥掉皮的尸体挂在配餐室天花板上，其余的内脏之类的杂碎弄成一堆卷进袋子，埋在假山顶上。与那堆东西相比，尸体显得很小。他的双手和衣袖里满是淤血，附近也没有什么水；他用沙子把自己洗刷了一遍，可是走进那栋房子的时候，身后还跟着一群苍蝇①。

片段二解析：

库切花了五页篇幅写 K 与羊的缠斗——解剖羊——烤羊，是一场大戏，全部都是细节描写。解剖羊是整个过程中最血淋淋的场景，但 K 却是一个完全"逆向的鲁滨孙"，尽管他在生存的压迫下一次次地鼓励自己，但这一场"弱肉强食"有着另一种隐喻——南非的社会现状，所以 K 吃羊吃得毫无快意，还发起了高烧，从此远离荤腥不算，到后面还得了厌食症。K 对于动物和植物都有悲悯之心，因为自己和它们一样都是弱者，他只求过自己的生活，但这点小小的愿望也不能实现。

片段三：心灵的归乡

母亲的心灵归乡：在安娜的记忆里，搬到奥茨胡恩之前的岁月是她一生中最快乐的时光，温暖而充沛。她记得自己坐在飞跑的小鸡扬起的尘土中，小鸡咯咯叫得欢实，左挠右刨；她记得自己在灌木丛里翻找鸡蛋的样子。冬日午后，躺在她那个不通风的房间里，听着门外台阶上雨水嘀嗒落下，她梦想着逃离冷漠的暴力、拥挤的巴士、等待买食品的队伍、傲慢无礼的店主、小偷和乞丐，梦想着逃离宵禁、深夜里拉响的警报、潮湿与阴冷，回到乡间去——在那里，就算她要死了，至少也是死在蓝色的天空下②。

K 的心灵归乡：让我来告诉你，那个神圣而诱人的、在沙漠中心枝繁叶茂、为生命创造食物的菜园具有什么样的意义。你正在奔赴的菜园既无处可寻，又无处不在（唯有营地除外）。那是你唯一归属地方的别称，迈

① 库切. 迈克尔·K 的人生与时代 [M]. 黄昱宁，译. 北京：人民文学出版社，2021：66.
② 库切. 迈克尔·K 的人生与时代 [M]. 黄昱宁，译. 北京：人民文学出版社，2021：9.

克尔斯，在那里你不会感到无家可归。它不在任何一张地图上，没有一条简单纯粹的路通向它，只有你才知道怎么走①。

片段三解析：

整个小说都特别灰暗，一直非常压抑，而母亲和 K 心灵的归乡是小说唯一的亮光，像一片暖阳，同时它也是统摄小说的核心，母亲和 K 的所有行动都是奔向这个目的地，但也似乎永远到不了。恰如《圣经·旧约》中的迦南，那个上帝应许之地，那个流着奶和蜜的地方，它其实就是我们生活下去的信仰，但理想与现实永远有差距，所以也就永远无法抵达。颇有意味的是，对 K 的心灵归乡的描述并不出自 K 之口，而是出自照顾他的军医之口，这在某种程度上达成一种隐喻，我们有时候并不知道自己想要什么，反而别人会看得更清楚。对这个军医而言，他也不清楚自己想要什么，反而在观测 K 的境遇时，他看清了自己和自己的病人是一样的，一样被关在墙内，一直向往渴求自由。

母亲的心灵的归乡以美好的过去为象征，是一个实有之地，是少女时代住过的农场，"在那里，就算她要死了，至少也是死在蓝色的天空下"，而"冷漠的暴力、拥挤的巴士、宵禁、深夜里拉响的警报"是对当时南非混乱社会状态的直接控诉。K 的心灵归乡却是一个子虚乌有之所，"它不在任何一张地图上，没有一条简单纯粹的路通向它，只有你才知道怎么走"，正是通过这句话 K 超越了时间和空间，获得了一种全人类的普世意义，那就是人总得不断地向着目标奔跑。

相关辩题

1. 正方：迈克尔·K 类似俄国现实主义文学中的小人物。
   反方：迈克尔·K 类似西方现代主义文学中的边缘人。
2. 正方：迈克尔·K 是毫无反抗能力的弱者。
   反方：迈克尔·K 是内心坚韧的强者。

分角色朗诵

母亲（安娜·K）：我出生在艾伯特王子镇的一家农场里。父亲酗酒贪杯，母亲干点洗衣活，在各式各样的厨房里打工。在我的记忆里，我们一直在搬家，没有固定的住处。在这样的环境长大，注定我的人生只能恶性循环。我的第一个孩子出生后，我来到了开普敦，接着又跟另一个男人生了第二个孩子，第三个孩子生下来

---

① 库切. 迈克尔·K 的人生与时代 [M]. 黄昱宁，译. 北京：人民文学出版社，2021：199.

就夭折了，第四个孩子就是迈克尔。迈克尔生来就是兔唇、裂鼻，他无法吮吸乳头，饿得直哭，我想着肯定是老天爷在惩罚我。K 长大了就跟着我到各处做活，他样貌丑陋，而且还有点智障，我也没有能力养活他，只好把他送去特殊学校，每周去看他一次。我后来找到一个不错的差事，在一个退休的针织品厂老板家里帮佣。谁知后来时局乱起来了，老板一家逃难走了，我和我儿子只好躲在他家的楼梯间里，吃不饱，穿不暖，天天担惊受怕。我到底还是病了，医院里很混乱，到处是伤兵，我被打发来打发去，连张像样的病床都没有。我真想回到那个小时候住过的农场，在那里就算死了也比现在好。

军医：我一直在跟这个叫迈克尔·K 的新病人做斗争，他说自己什么病都没有，其实他体重只有三十五公斤，严重营养不良，还不愿意进食，他的肠壁显然已经退化，脉搏很低，血压也很低。我一开始一直不明白这个病人明明很饿，为什么就是不肯吃，日复一日，我理解了真相，他想吃的是"自由的面包"。

迈克尔·K：我喜欢自己一个人待着，我唯一的念想就是把母亲的骨灰带回她小时候住过的农场。但在这条漫长的回乡之路上，我不断地被纳入某个群体，一会儿是劳工营地，一会儿是慈善救济，一会儿是游击队，我用我孱弱的身体和石头般坚硬的内心一次次挣脱他们，我不喜欢说话，我脑子不灵，还嗜睡。安静地守护着自己的土地，把种子播撒下去，天天浇水，等待着我的南瓜一天天长大，南瓜的甜味就是我劳动的结晶，这就是我的幸福，我觉得南瓜像我的孩子一样。

比较出真知

1. 卡夫卡的约瑟夫·K 和库切的迈克尔·K

卡夫卡（Franz Kafka，1883—1924）是 20 世纪最伟大的作家之一，《城堡》是他所有创造中篇幅最长的，并且是一个未完成的作品。卡夫卡生前只发表过少量作品，他生前的好友马克斯·布洛德并未遵从他的遗愿焚毁所有书稿，而是将其整理发表，布洛德也成为卡夫卡研究专家，他认为"《城堡》之于卡夫卡"相当于歌德与《浮士德》的关系，也就是说《城堡》是卡夫卡一生经历和思考的缩影。

库切《迈克尔·K 的人生和时代》与卡夫卡《城堡》最明显的相通之处是"一张通行证"。《城堡》中的约瑟夫·K 想尽一切办法要进入城堡，但就是不能如愿以偿，他被要求有一张可以留在城堡的通行证；而迈克尔·K 在战乱中想带母亲回到家乡，去买火车票时，也被要求有一张通行证，K 和母亲把所有希望寄托在通行证上，可是却迟迟批不下来。通行证在 20 世纪七八十年代的南非有着特殊的寓意，当时的政府为了管控有色人种，利用通行证来限制人民的自由。而现实人生中，31 岁时的库切在美国大学取得博士学位之后，多方努力希望能获得在美国的永久居留权，一张绿卡成了库切的心头大患，更为戏剧化的是库切没能拿到美国绿卡，返回南非开普敦大学从教三十年。"三张通行证"的背后暗含着一个的隐喻，强大的权力机制和渺小脆弱的个人。

两部作品的笔法也非常近似，文风明白晓畅，语言一点都不晦涩难懂，但就是书中描写的事情比较怪诞离奇。比如《城堡》中管辖的村子并不大，但却有一大堆官员，文件堆积如山，官员焦头烂额地忙碌；《迈克尔·K 的人生和时代》中时间几乎完全淡化，地点也不甚明了，迈克尔·K 在小说结尾到底漫游到了哪里，给他酒食的男人和性抚慰的女人到底是谁。大家都熟悉，几乎不带任何感情色彩的客观叙述，语言明白晓畅，实则事件荒诞不经的艺术风格，是卡夫卡的重要特色，库切对迈克尔·K 的笔法显然是对这种风格的继承。

2. 库切《福》与《鲁滨孙漂流记》

库切从童年时代开始就对《鲁滨孙漂流记》非常着迷，小时候的他坚信小说中的故事是真实发生过的，长大后才发现，其实故事中的原型经过四年荒岛生活几乎完全丧失语言能力，作者笛福对他进行了大量的艺术加工和想象，小说情节基本上是虚构的。这个发现为库切解构和颠覆这个经典作品埋下了伏笔，1983 年出版的《迈克尔·K 的人生和时代》中，K 一路颠沛流离来到废弃的农场开启了一个"逆向鲁滨孙"的生活。显然这个尝试让库切感到意犹未尽，紧接着 1986 年库切出版了《福》。

《鲁滨孙漂流记》的作者笛福，曾经来过一拨类似巴尔扎克的操作。他本姓是"福"（Foe），在四十多岁时，为了附庸风雅，在自己的本姓前加了一个贵族头衔"笛"（De），于是就成了"笛福"（Defoe），而 foe 本身有"仇恨"的字面含义，这为小说标题的含义又增加了一重理解。

库切要改变原小说中没有女性的局面，女性应该有合法的地位，所以主人公不再是鲁滨孙·克鲁索，而是女人苏珊·巴顿，她从一艘船上被抛下后来到一座小岛，遇见了克鲁索和他的仆人"星期五"，这种改编让小说有了从女性主义批评解读的可能性。

苏珊·巴顿遇到的克鲁索是一个冷漠的没有多少生活激情的人，他日复一日地搬石头，也无心回国。克鲁索死后，苏珊·巴顿回到英国，她给作家福写信，希望福将自己的故事写成书。苏珊·巴顿觉得自己的故事还是能解闷的，只是自己对艺术一窍不通，担心自己把本来很吸引人的故事弄得黯然失色，但一旦真实的故事交到作家福的手里，那么故事的命运只能掌控在作家手里了。果不其然，作家福并不认为苏珊的漂流有什么艺术价值，冷漠的克鲁索也没什么可写的，所以他要加入别的情节，例如母亲寻女儿。这遭到了苏珊的极力反对，她不能接受这样的安排。在这层意义上，这个作品可以从写作、人物、虚构以及故事的真实性层面加以讨论。

《鲁滨孙漂流记》的主题是一个大英帝国的殖民者对海外领地的改造和控制，而《福》的主人公却是苏珊·巴顿这样的被殖民者，苏珊·巴顿比"星期五"这样的被殖民者更为可悲。鲁滨孙按照被营救的日期，用文明人所使用的日历给自己的奴仆取了"星期五"的名字，教他文明人所使用的英语，教他文明人的穿着和举止，这种殖民控制已经非常野蛮了。但对苏珊·巴顿的"殖民"则更为野蛮，直接取消了她的存在，她没有话语权，更没有故事性。在这层意义上，这个作品可以是种族隔离制度下的南非状况的现代寓言。

3. 库切《彼得堡大师》与陀思妥耶夫斯基

库切在四十不惑的年纪上有一段非常惨痛的经历，那就是他的儿子在二十多岁时死于一场意外事故，丧子之痛对一个父亲的打击是刻骨铭心的。库切又一直非常热爱俄国文学，对俄国文学有精深的研究，特别是非常崇拜陀思妥耶夫斯基。令人惊奇的是，库切把这两件本来风马牛不相及的事件嫁接在了一起。

《彼得堡大师》以陀思妥耶夫斯基为主人公，描写他经历继子巴维尔死亡之后在彼得堡的种种探寻和复杂的心绪，而小说的背景又放置在陀思妥耶夫斯基的小说《群魔》之下，库切把文学与历史、真实与虚构、小说与现实缝合得天衣无缝。陀思妥耶夫斯基的确有一个继子叫巴维尔，是他的首任妻子与前夫的儿子，据说真正的巴维尔一事无成、好吃懒做。库切以自己的丧子之痛改造了巴维尔，悲痛的陀思妥耶夫斯基前往彼得堡追踪儿子的死因，他住进儿子曾住过的出租房，遇到儿子生前结识的房东、房东女儿、无政府主义者以及警察等人。他慢慢发现儿子绝不是简单的自杀，可能是一场谋杀。他在调查中不断地理解和追寻自己的儿子，最终决定以写作的方式与儿子的亡灵对话。小说的最后一章以《群魔》的主角斯塔夫罗金的名字为标题，陀氏坐在巴维尔生前所居住的公寓中开始了《群魔》的创作。

　创意写作

1. 模仿库切的方式，改写或重塑一个经典文学形象，可以是西方文学中的浮士德、唐璜，也可以是中国文学中的孙悟空、贾宝玉等。

2. 梳理文学史上小人物的写作传统，陀思妥耶夫斯基书写自虐型的小人物，卡夫卡书写异化的虫形人，分析比较库切的小人物与他们的亲缘关系，以小人物为主角创作一篇小小说。

（马　维　撰写）

第五节　帕慕克《我的名字叫红》

 **创作背景**

费利特·奥尔罕·帕慕克（Ferit Orhan Pamuk，1952—）是土耳其第一位获得诺贝尔文学奖的作家。土耳其是一个信仰伊斯兰教的国家，最大的城市伊斯坦布尔是连接亚欧大陆的十字路口，原名君士坦丁堡，帕慕克生于斯长于斯，这个充满故事的城市就是帕慕克全部作品的创作来源。

博斯普鲁斯海峡把伊斯坦布尔这个城市分成两半，东边一半在亚洲，西边一半在欧洲。帕慕克的公寓有一个巨大的落地窗，可以俯瞰博斯普鲁斯海峡上连接欧亚两大洲的一座桥梁，这仿佛是一个绝佳的象征。帕慕克走上文坛的几乎所有创作，从《寂静的房子》到《白色城堡》，从《黑书》到《我的名字叫红》，再从《新人生》到《雪》，东西方文化的冲突、融合与交流的主题始终贯穿作品。

帕慕克为何对这个主题如此执着和痴迷呢？首先从出身说起。他出生于伊斯坦布尔一个富裕的建筑工程师世家，帕慕克是一个姓氏，意思是"棉花"，因为这个家族在外形上的显著特征是白头发和白皮肤。他从小在一家美国人开办的私立学校接受西式教育，6岁开始学习绘画，同时对伊斯兰古典绘画兴趣浓厚。本来他应该继承家族事业，于是15岁进入科技大学攻读建筑工程，但中途退学，转入另一大学的新闻学院学习，22岁开始写作。从他的血统和教育，已经发现颇有东西方混杂的特点了。

如果从土耳其的伊斯坦布尔说开去实在太大的话，我们不妨聚焦于这座城市最著名的建筑——圣索菲亚大教堂，这座有1500年历史的大教堂足够拍一部100集纪录片了。532年，拜占庭皇帝查士丁尼一世依托强大的国力下令建造，两位著名数学家和物理学家的天才设计，成就了这座不朽的辉煌，光是它巨大而无与伦比的穹窿顶就足以令世人惊叹不已了，只是它命运多舛，几乎是从未安宁过。最初它是作为供奉耶稣的基督教宫廷教堂存在的，后来成为东正教的文化代表，最为戏剧化的大变身发生在1453年，奥斯曼土耳其苏丹穆罕默德二世攻入君士坦丁堡，他下令将圣索菲亚大教堂的所有基督教的祭器、雕像全部移出销毁，还用灰泥覆盖了所有壁画，日后逐渐在周围添加伊斯兰建筑，比如周围的四座尖塔就是伊斯兰教的叫拜楼。从建筑风格来说，这绝对是不伦不类的混搭，但这种混搭竟然奇迹般地创造出了圣索菲亚大教堂协调的磅礴气势，并且摇身一变成了圣索菲亚清真寺。1935年，土耳其共和国将其世俗化，改建为国家博物馆。2020年，总统宣布它将以清真寺的形式向穆斯林重新开放，引来了国际社会的争议和反对。单是管窥这一段冰山一角的历史，就可以让你感受到其中的东西方文化和宗教文化冲突有多么剧烈了！

《我的名字叫红》（以下简称《红》）的故事背景设定在 1574—1595 年间的奥斯曼帝国鼎盛时代。奥斯曼人原为中亚游牧部落的一个突厥小部族，上文提到的圣索菲亚教堂的大变身就是奥斯曼帝国消灭拜占庭帝国后的直接产品。在 15—19 世纪，奥斯曼帝国是唯一能挑战欧洲国家的伊斯兰势力，由于它连接欧亚的独特地理优势阻碍了欧洲向东扩张市场，又因为其伊斯兰宗教氛围极其浓厚，与基督教文明势不两立。19 世纪初，奥斯曼帝国趋于没落，最终分崩离析。所以帕慕克把东西方文明的冲突、宗教与世俗对抗以及帝国辉煌中潜伏的危机等主题放置在了 16 世纪的奥斯曼帝国，并且选了一个很好的切口——那就是伊斯兰传统细密画与欧洲透视法的冲突，因为两种文明冲突的表征就是艺术观念的对抗。

细密画，是一种用来装饰书籍的插画，颜料昂贵，精致细腻，运用安拉式的全知视角作画，不同于西方绘画的焦点透视，也有别于中国传统绘画的散点透视。它兴起于蒙古人统治时期的伊朗伊尔汗王朝，受到中国宋元时期绘画的部分影响。细密画的著名画派有"大不里士派""设拉子画派"和"赫拉特画派"。其中，"大不里士派"的巅峰作品就是菲尔多西的《列王纪》。细密画没有阴影，采用神的俯视视角，强调共性；透视法与之完全相反，产生于文艺复兴时期，通过明暗、远近和比例创造出三维空间，比如大家熟知的达·芬奇的《蒙娜丽莎》。这是一次凸显普通人人性光辉的胜利，也是科学的胜利，多少年过去了，蒙娜丽莎恰如一个真人向着世人微微一笑。要知道中世纪以前西方绘画的中心人物只能是圣母、耶稣和天使等神灵，且形象呆板。由此得解，细密画的核心是神，而透视法的核心与文艺复兴主题一致，是把人从神的束缚中解放出来。张扬个性对于长期压抑在共性中的人而言，永远是一种诱惑。帕慕克本人就是个细密画专家，从细密画历史、画派到经典作品，无一不通晓，为了读好这本书，我们也需要非常细致精到地研究一番细密画。

帕慕克在《红》中最令人惊叹的手法是把这种艺术观念的对抗具体到了人，人与人的对抗是一桩谋杀案。工匠坊代号为"橄榄"的细密画师为了维护传统画法，谋杀了镀金师高雅先生和姨父大人，为了这种矛盾而杀人似乎是完全没必要的（另有师兄弟间的嫉妒和维护权威和尊严等原因），其实这在深层次上反映了土耳其对西方文化入侵的恐慌。

综上，《红》这部小说最大的写作机密是帕慕克将"文明冲突—艺术对抗—人的斗争"这个正向公式，通过文学想象和加工使它逆向呈现在作品中，即"两场谋杀—细密画与透视法的对抗—基督教文明与伊斯兰文明的冲突"，这种"逆向"使读者饱尝阅读冒险的快乐。

推荐译本

土耳其语是小语种，目前国内也只有极少数高校开设土耳其语专业。《红》的译者沈志兴老师任教于洛阳外国语学院，曾在土耳其留学五年，是国内资深的土耳其语专家。

目前国内通行的译本就是上海人民出版社出版的沈志兴译本，但分"普通本"和"插图注释本"，后者的价格是前者的好几倍。因为《红》这个作品非常特殊，它最重要的写作背景就是"伊斯兰细密画"，所以"插图注释本"的优点在于，可以一边读小说，一边欣赏小说中提及的细密画，如内扎米长篇叙事诗中拥有大不里士画派风格的《席琳开窗与霍斯陆相见》（尺寸：29cm×19cm），再如收藏于大不列颠博物馆的贝赫扎德于 1494 年绘制的《席路耶弑父》（尺寸：20cm×14cm）等。以细密画为窗口，领略土耳其曾经辉煌耀眼的历史，本身也是作者的创作初衷。

据沈志兴老师介绍，土耳其语是"黏着语"，这种语言特性使他们特别擅于使用修饰成分很多的复杂长句，但汉语的语言特性则是短句才清晰明了，为了迎合中国读者的阅读习惯，译本中多将原著中的长句改为了短句。

情节概述

当你打开《红》的扉页，和你打开任何一本帕慕克的作品一样，映入眼帘的第一句话是"献给我的女儿如梦（Rüya）"，看来帕慕克是一位慈爱的父亲。扉页接下来的部分就是解读《红》这个作品的三把钥匙，第一把钥匙引自《古兰经》的"黄牛"章第 72 节，"当时，你们杀了一个人，你们互相抵赖"，这就是故事的首要线索谋杀，揭开重重迷雾找出凶手；第二把钥匙引自《古兰经》的"创造者"章第 19 节，"盲人和非盲人不相等"，盲人看见的是内心和真理，非盲人看到的是物质和欲望，奥斯曼帝国的名画师以刺瞎双眼的方式来表达自己接近艺术和真理，这就是小说的暗线和主题——文明的冲突；第三把钥匙引自《古兰经》的"黄牛"章第 115 节，"东方和西方都是真主的"，这是作品最深刻的隐含主题，对抗带来的只能是战争和杀戮，"美人之美，美美与共"才能带来和平与共荣，但互惠互利没有那么容易，需要双方的大度和包容，而历史恩怨和遗留又是轻易不能遗忘的，所以这真是永世难解的命题。

《红》的创新写作技法主要有两种，一种是"角色自己说话"，另一种是"故事套故事"。这两种技法为读者在阅读时不断提供新鲜感和参与感，同时也增加了审美愉悦和艺术享受，而最直接的效果是它把一个简单的故事升级得非比寻常的复杂并成功地设置了重重悬念。

"角色自己说话"的手法，表面上看起来并不复杂，其实是颇有玄机的。小说总共 59 章，每一章不同的角色都用第一人称叙述，除了活人和死人、动植物和静物都可以叙事，多个叙事者可以讲述同一件事，彼此独立又相互补白。以"我的名字叫黑"为标题的章节出现了 11 次，以"我，谢库瑞"为标题的章节出现了 8 次，黑和谢库瑞就是男女主人公。第一条故事线索并不复杂，16 世纪末，离开伊斯坦布尔 12 年之久的青年黑回到了家乡。12 年前他曾不可自拔地爱上了自己的姨表妹谢库瑞，但谢库瑞在姨父大人的安排下另嫁他人后生下两个儿子，不幸的是其丈夫远涉重洋去打仗，生死未卜且至今未归。小叔子哈桑等着迎娶嫂子已经急不可耐。姨父大人将女儿和外孙接回娘家，同时以为苏丹陛下编纂秘密书籍为名召回了侄子黑。在这样的机缘下，黑梦寐以求的当然是接盘孤儿寡母，更何况谢库瑞非但没有变为半老徐娘，倒是增添了几许成熟风韵之美，但来自外界的种种阻碍着这段姻缘，谢库瑞的"拒爱信"、小叔子的阻挠、镀金师高雅和姨父大人的被杀等，黑必须一一攻破。

多个叙事者讲述同一件事会带来怎样的效果呢？比如小说中对于"黑收到谢库瑞的拒爱信"这一事件的叙述，第七章黑以第一人称自叙，"我"意外遇到推销商品的小贩艾斯特，正在一次次地厌烦小贩的花言巧语中，"我"意识到这个小贩是来秘密送信的，并迅速地感知到是阔别十二年的恋人写的信，"我"变得激动、慌乱、兴奋、不知所措。接下来小说第八章又以"我是艾斯特"的视角，描述"我"虽然不识字，但好事且热情，"我"知道"拒爱信"的全文，可以逐字逐句地说给大家听。紧随艾斯特的叙事后，第九章谢库瑞以第一人称"我"现身说法，说自己撒了谎，违背真心写了一封拒绝黑的信。接下来，黑以第一人称写自己收到信后激动—慌乱—兴奋—绝望的心路历程。在这个叙事单元中，首先我们发现，作者并不是用黑的口吻也不是用谢库瑞的口吻（即男女当事人），叙述"拒爱信"的内容，恰恰是用小贩艾斯特的口吻，说明黑与谢库瑞对于自己激烈的感情是极为压抑和隐忍的，这种压抑和隐忍是通过叙事策略呈现出来的，而不是明明白白用文字表述的。其次，同一事件出现了三个不同的叙事者，叙事彼此独立又相互补白，叙事中有交集。再次，这样的叙事策略将一对压抑着激情、彼此误会的苦命鸳鸯活脱脱地展示在读者面前，令读者扼腕叹息[1]。

"故事套故事"的手法，可以使故事更丰富、饱满，并具有多层次的韵味。比

---

① 马维．一幅技艺精湛的细密画——叙事学视阈下的《我的名字叫红》［J］．旅游文化，2020，11：8.

如黑与谢库瑞的爱情，古往今来的作家写遍了"两小无猜""久别重逢""破镜重圆"，到底还能怎样书写爱情呢？帕慕克有意将波斯经典爱情故事《霍斯陆与席琳》和现实中"黑与谢库瑞"的爱情有机组合起来，形成"双重叙事"，两段令人心醉又心碎的爱情彼此相似，共同行进。《霍斯陆与席琳》的故事在中亚、北印度、高加索和小亚细亚半岛等广大地区可谓家喻户晓，号称"东方的罗密欧与朱丽叶"，并且历代诗人参与加工润色，其中波斯中古诗人内扎米的长篇叙事诗最为出名。在帕慕克的叙事中，并没有让某个叙事者一口气讲完"霍斯陆与席琳"的爱情故事，而是有意放慢了叙事的节奏，让这段爱情稀稀落落地遍布在每一个人的陈述中，它像血液流淌一样散布在整个小说中，如同品一杯爱情的醇酒，慢慢地、慢慢地浸入骨髓，而那些双重失落、擦肩而过和生死两隔又慢慢地、慢慢地让人肝肠寸断、五内俱焚。帕慕克也有意不按事件的物理时间顺序来写，"霍斯陆与席琳"爱情故事的物理时间顺序如下：①祖父托梦—②画师相助—③擦肩而过—④在阿拉穆邂逅—⑤席琳拒爱—⑥霍斯陆另娶—⑦终获席琳芳心—⑧席路耶弑父—⑨席琳自绝。小说《红》中第一次比较详尽地展示"霍斯陆与席琳"的故事是第4章，杀手自叙自己杀死高雅先生的细节和经过，联想到了"席路耶弑父"，两个事件都是谋杀，这是正常时序下故事的第8个节段，被作者调整为第1个时间出现。小说中第二次比较详尽地展示"霍斯陆与席琳"的故事是第9章，谢库瑞回忆起年少的黑为向自己表白送了一幅画，画中在席琳看到霍斯陆画像被深深吸引的相同位置上画着黑与谢库瑞①。

帕慕克处理第二条故事线索谋杀时，使用了"333"的原则去嵌套。谋杀镀金师高雅先生的最大嫌疑人有3个，为了寻找凶手，黑带着"风格与签名""绘画与时间""失明与记忆"这3组关系问题，分别走访了奥斯曼大师的3位高足——蝴蝶、鹳鸟和橄榄。为了回答黑的问题，3位高足又分别讲了3个故事。这3×3的9个故事简直令我们眼花缭乱、扑朔迷离，因为这9个故事的阐释空间是非常大的，每个故事里也会蕴含一些3。比如"蝴蝶"为了回答"风格与签名"的关系，他讲的故事之一就是一个国王给女儿选女婿，3位候选人都是细密画师，第一位画师在画作中藏入了自己的签名，第二位画师在画马的鼻孔时带上了自己的风格，第三位画师没有留下自己的签名或风格，所以第三位画师成功入选。故事讲到这儿，主题已经十分明显，那就是东方价值观中的遵循传统，泯灭个性。但故事的发展却是画风一转，国王的女儿一整天都在看未来丈夫作画，但在他画的所有少女身上却找不

---

① 马维. 一幅技艺精湛的细密画——叙事学视阈下的《我的名字叫红》［J］. 旅游文化，2020，11：10.

到一点自己的影子，于是取消了婚礼。画师不能在画作中留下自己的签名和风格，但是又应该留下自己的真心。这前后的矛盾设置得非常巧妙，因为张扬个性对于长期压抑在共性中的人而言，永远是一种诱惑。而在章节标题的设计上，"人们都叫我蝴蝶"的章节名出现了3次，"人们都叫我鹳鸟"的章节名也出现了3次，而"人们都叫我橄榄"的章节名同样也出现了3次。

 文本细读

片段一：死者的叙述

如今我已是一个死人，成了一具躺在井底的死尸。尽管我已经死了很久，心脏也早已停止了跳动，但除了那个卑鄙的凶手之外没人知道我发生了什么事。而他，那个混蛋，则听了听我是否还有呼吸，摸了摸我的脉搏以确信他是否已把我干掉，之后又朝我的肚子踹了一脚，把我扛到井边，搬起我的身子扔了下去。往下落时，我先前被他用石头砸烂了的脑袋摔裂开来；我的脸、我的额头和脸颊全都挤烂没了；我全身的骨头都散架了，满嘴都是鲜血①。

片段一解析：

这是小说开头的第一段，并不是什么鬼魅小说，但灵魂开口说话的惊异感诚然震了读者一下。这种独特的叙事视角来源于伊斯兰教信仰的真主安拉，他无所不知，可以听得到灵魂说话。《末日之书》中认为死者的灵魂在死后三天，在安拉的准许下，可以回来探望生前的躯体。于是小说成功设置了第一个悬念："这个让我愤恨难当的凶手究竟是谁？他为什么用如此出其不意的手段杀我！"小说的第24章，章节标题是"我的名字叫死亡"，是一幅死亡之画以第一人称描绘自己如何被画成的过程，一个老瘦、神秘的老人以丰厚的酬金要求年轻的画师为他画"死亡"，老人选取了很多书本上关于死亡的段落讲给画师听，画师画完后每天惊恐不安、悔恨交加。这幅死亡之画很可能直指镀金师高雅和姨父大人的死以及凶手橄榄的死，每个人都怕死，但又不得不面对它。

片段二：我的名字叫红

我出现在《列王记》英雄鲁斯坦姆的箭囊上，随着它浪迹天涯寻找失散的坐骑；在它用神奇宝剑把恶名昭彰的食人巨妖砍成两半时我就在那喷

---

① 帕慕克. 我的名字叫红［M］. 沈志兴，译. 上海：上海人民出版社，2006：1.

涌而出的鲜血当中；当他与接待他的国王的美丽女儿翻云覆雨时，我就在那盖在他们身上的被单的褶缝之中。我无所不在，过去是这样，现在也是这样。当叛逆的图尔砍下兄弟伊拉吉的脑袋时；当梦境般壮丽的传奇军队在大草原上厮杀战斗时；还有，当亚历山大中暑后，鲜艳的生命之血从英挺的鼻子闪闪发亮地流下时，我都在现场。是的，萨珊王巴赫拉姆·古尔每天晚上都会在不同颜色的帐篷里选择一位来自不同国家的美女陪他过夜，听她说故事，我，则出现在他每星期二拜访的那位绝代佳丽的衣服上；他看到了这位美女的画像而爱上了她，就如同席琳看到了霍斯陆的画像而爱上了他一样，而我，也同样出现在霍斯陆的一身服装中。真的，我无处不在：在围城军队的旗帜上，在举行盛宴的餐桌桌布上，在亲吻着苏丹脚背的使者的长衫上，以及任何描绘着宝剑的场景中，它们的故事深受孩童喜爱。是的，在俊俏学徒和细密画大师的目光注视之下，通过纤细画笔的涂抹，我在产自印度及布哈拉的厚纸上展示了乌夏克地毯、墙壁纹饰、伸长脖子从百叶窗里探头张望街道的佳丽身上的衬衫、斗鸡的鸡冠、神话世界的神话果实、石榴树、撒旦的嘴巴、图画边框的精巧勾线、帐篷上的弯曲刺绣、画家自得其乐所画的裸眼才能看到的花朵、糖制鸟雕像上头的樱桃眼睛、牧羊人的袜子、传说故事中的日初破晓，以及成千上万战士、君王和爱侣们的尸体和伤口。我喜欢被抹在血像鲜花一样开放的战争画面上；我喜欢被抹在大师级诗人的长衫上，与一群漂亮男孩及诗人们一起郊游踏青，聆听音乐，饮酒作乐；我喜欢被抹在天使的翅膀上、少女的嘴唇上、尸体的致命伤口上和血迹斑斑的断头上①。

片段二解析：

小说的第 31 章的章节标题是唯一出现过一次的"我的名字叫红"，与小说命名对应。第 31 章正好是小说最中间的一个章节，它像一面旗帜出现在山峰顶端的高塔上，这一篇"华章"将细密画中的红颜色发挥到了极致。叙事主体竟然是红颜色，它像一个会说话的人一样追述了自己在细密画中出现的各种场合，这等同于用一种比较新颖的方式回顾了一遍细密画发展的历史，将各个阶段的细密画杰作做了一个匆匆巡礼，倘若你观赏过细密画插图的精致手抄本《七宝座》《蕾莉与马杰农》《列王记》《席琳与霍斯陆》等，你会发现这篇"华章"的灵感来源是帕慕克作为一个美术鉴评专家的视野。通过红的讲述，你悄悄熟悉了很多故事，比如英雄

---

① 帕慕克. 我的名字叫红［M］. 沈志兴，译. 上海：上海人民出版社，2006：225，226.

鲁斯坦姆浪迹天涯寻找失散的坐骑，把食人妖砍成两半，爱上国王美丽的女儿，又如萨珊王每天与一位来自不同国家的美女过夜，他通过画像爱上了每星期二拜访他的佳丽等。文学的魅力实际上在于厚重，东方文学尤擅于此，试想《红楼梦》如果删掉"木石前盟""太虚幻境"和诗词曲赋等，那将黯然失色！后文中颜色红还讲述了自己的原料来源与制作过程，由于这个独特的叙述者，整个讲述变得生动有趣，摆脱了说明文般的枯燥。"红"到底代表什么？为什么小说标题要取作"我的名字叫红"？这是帕慕克设置的迷津，有学者认为红代表血液、生命和欲望，也有学者认为红代表真理和艺术。从以上这段"红"的华章来看，颜色红在细密画画卷上无所不在，或为点缀，或为主色，它足以涵盖所有，成为主题。

片段三：我是一枚金币

在这最近的七年中，我在伊斯坦布尔被转手了五百六十次，没有一个家庭、商店、市场、市集、清真寺、教堂或犹太会堂没有进去过。当我四处流浪时，听过各种与我有关的谣言、传说、谎话，数量之多远超过了我的想象。人们不停地往我身上安各种名分：我是最有价值的东西；我是无情的；我是盲目的；甚至连我自己都爱上了钱；很遗憾，这个世界是建立在我之上的；我可以买所有的一切；我是肮脏的、低俗的、下贱的。那些知道我是伪币的人，甚至会更加生气地对我说些更为糟糕的话。当我真实的价值贬值时，隐含的价值反而升高了。不过，尽管有这些无情的隐义和无知的诽谤，我却看到绝大多数人是从心底里真正喜欢我。我想，在这个没有爱的年代，如此发自内心的甚至是洋溢在外的喜爱实在该让我们感到高兴①。

片段三解析：

叙述者竟是一枚假的 22K 奥斯曼金币，它在威尼斯用低含量的金子制造出来，被带到伊斯坦布尔的市场上流通。假金币的身份本身颇有内涵，说明了西方对东方的经济入侵，而唯金钱马首是瞻的贪婪观念也在慢慢入侵。假金币嘲讽地说威尼斯异教徒画的画很逼真，但铸钱的时候却都是假的，假币从这个人手中流到那个人手中，知道了很多事，而这些事都与贪欲有关，比如"我"是衡量一个画师价值唯一工具，"我"让穷鞋匠学徒念到了天亮。这个写法确实很让人惊讶，作者并不是通过什么事件来写人对金钱的渴求与贪欲，也没有通过什么事件来写西方对东方的贪欲，而是通过一枚假的奥斯曼金币。

---

① 帕慕克. 我的名字叫红［M］. 沈志兴，译. 上海：上海人民出版社，2006：125.

相关辩题

1. 正方："橄榄"的杀人动机不合理。
   反方："橄榄"的杀人动机很充分。
2. 正方：帕慕克主张坚守民族传统。
   反方：帕慕克主张向西方学习借鉴。

分角色朗诵

黑：我的名字叫黑，我离开伊斯坦布尔 12 年了，12 年中发生了很多变化，很多朋友、亲戚相继去世了，我也 36 岁了。但不变的是，我有一段不了情，那就是我的姨表妹谢库瑞。我父亲早逝，我和母亲曾寄居在姨父家，这个理由使我和表妹得以朝夕相处，很多子弟觊觎我表妹，因为她是美人中的美人。12 年前我在霍斯陆和席琳相遇的画面上画上了我和谢库瑞，没想到我的表白激怒了我的姨父，我被赶走了。12 年的别离让我明白一件事，无论你多么爱一个人，但人会渐渐遗忘那张久未见面的脸，我差点就快忘了谢库瑞长什么样了，我甚至想像西方人那样给谢库瑞画一张肖像画，那样就可以永恒了。

狗：我是一条伊斯坦布尔的狗，我光着身子自由自在地在大街上乱跑，随地大便，随便咬人。据说西方的狗没有我们这么自在，它们都有自己的主人，脖子上都拴着锁链，像人一样穿衣服，好像很有教养的样子，也不能乱咬人。你不要问我那样的文明到底好不好，反正我肯定觉得不好。

树：我是一棵被细密画家潦草地画在一张表面未涂胶的粗纸上的树，所以我带着细密画的绘画视角和风格，我被挂在说书大师身后的墙上。我不想成为一棵树本身，我只想成为它的意义。我并不像西方画家画得那么逼真，它们画的树简直和一棵真正的树没什么不同，逼真到野狗要冲过去撒尿的程度，还好我和它们不一样。

橄榄：人们将称我为凶手，每个凶手杀人的原因都是很复杂的，那些低能的人还自以为弄清了我杀人的原因。杀死高雅先生和姨父大人的人都是我，他们都已经被异端邪说蛊惑了，西方的价值观和艺术观本来就是一种欲望之罪，是在真主安拉面前的自我膨胀，是把自己放置在了世界的中心。

谢库瑞：我，谢库瑞，虽然我的身体和容貌恰如十六岁一样年轻，打我主意的人很多，但我必须找到我后半生最坚实的保障，所以我的心已经很沧桑了，我不能像个单纯少女一样为了爱情而不计后果了。我是两个孩子的母亲，我那不知天高地厚的丈夫离家出征作战，是死是活都不知道，尽管我不想承认，但我就是在守活寡。我必须以自己为筹码，逼着黑找出我的杀父仇人，逼着黑将我的两个孩子视如己出。

比较出真知

1. 帕慕克的"多声部"与"故事套盒"

传统的小说家用第三人称的"全知全能"视角写作，作家像上帝，无所不知，比如巴尔扎克。传统小说家也用第一人称写作，便于直抒胸臆，比如夏洛蒂·勃朗特的《简·爱》。但她的妹妹却非常超越地使用主人公以外的旁人视角来叙事，搞得当时的读者很费解，觉得艾米丽·勃朗特真是一个非常糟糕的作家。幸亏现代的读者弄懂了，艾米丽超越了自己的时代。

美国作家福克纳又进了一步，用几个人或几十个人讲述一件事，这有点像警察抓了数个嫌疑人，分别审讯，每个人知道的有限，而且都会站在对自己有利的角度说话，甚至不惜撒谎来歪曲事实、模糊真相，每个人回答的内容还会受到身份、背景和阅历等的影响。福克纳在《喧哗与骚动》中分别以康普生家族的三兄弟班吉、昆丁与杰生各讲一遍自己的故事，最后以女仆迪尔西讲剩下的故事。他还创造性地用一个白痴来叙事，他就是班吉，班吉有 33 岁的身体，却只有 3 岁的智商，以此还原一种对世界最本初的认知与感受。

帕慕克更进一步，《红》的叙事者有 17 个，每一个叙事者以第一人称叙事，视角有限并各有风格，可分为 3 组。家人组：黑、谢库瑞、姨父、奥尔罕和小贩艾斯特；画师组：蝴蝶、鹳鸟、橄榄和奥斯曼大师；其他事物组：死人、红颜色、狗、马、树、金币、撒旦和死亡。最具有创新意义的是"其他事物组"，它们的视野比较独特，往往能洞悉常人不太注意的领域，增加阅读的陌生感和新鲜感。

"故事套盒"的形式早就有，帕慕克也是进一步创新。比较早的阿拉伯民间故事集《一千零一夜》，用一个故事楔子"山鲁佐德每天给杀妻狂魔国王讲故事"统摄整个框架，薄伽丘《十日谈》用"十个青年男女躲避瘟疫"的故事楔子统摄整个框架，另有乔叟（Geoffrey Chaucer）的《坎特伯雷故事集》也同样如法炮制。阿根廷作家博尔赫斯（Jorge Luis Borges）迷恋"时间"和"空间"的概念，偏爱"迷宫"的独特意象，其作品《小径分岔的花园》《圆形废墟》等都比较成功地运用了一些较为复杂的几何式嵌套。帕慕克的嵌套也是极为精致的，除了像但丁《神曲》一样追求"333"的完美结构以外，特别引人注意的是阿拉伯的文学绘画史像宝石和金边一样被镶嵌在 17 位叙述者的叙事中，特别突出的是波斯文学家内扎米（Ilyas Janalddin Nezami）和伊朗最著名的细密画家贝赫扎德（Behzad）。内扎米最重要的代表作是《五卷书》，由各自独立的五首长诗组成，分别是《秘密宝库》《霍斯陆与席琳》《蕾莉与马杰农》《七宝宫》和《亚历山大故事》。

2. 帕慕克《雪》与陀思妥耶夫斯基《群魔》

《雪》被认为是帕慕克最受争议的小说，甚至遭到一些同胞的憎恨，甚至被公开焚烧。故事时间被设定在 1992 年，受西方文化熏陶的主人公卡，借着记者的身份来到土耳其的边远小镇卡尔斯，怎料大雪封路，卡尔斯陷入一场军事政变。小说扉页上的两段引文暗示着《雪》是一本政治小说，一句摘自司汤达的《巴马修道院》："文学作品中的政治，就像音乐会中响起的枪声一样粗野，却也是我们不能不予以重视的东西。现在我们要说一说十分丑陋的那些事情。"另一句摘自陀思妥耶夫斯基关于《卡拉马佐夫兄弟》的笔记："把人民消灭，得罪他们，让他们闭嘴。因为欧洲的光明比人民要重要得多。"① 瑞典学院常务秘书长贺瑞斯·恩格道尔认为："《雪》从一个更深层次的意义上说，它就好比陀思妥耶夫斯基的《群魔》，是对政治及其作用于人类思想的批判。"②

创意写作

1. 《我的名字叫红》中，采用了很多另类的叙事视角，比如"我是一个死人""我是一条狗""我是一棵树""我是一枚金币""我是一匹马"等，赋予现实生活中的"沉默不语者"一种生动鲜活的话语权。请选取这种独特视角写一篇 600 字的短文，突出"换一种视角，世界就会不一样"的主题。

2. 尝试用"故事套故事"的方法，嵌套三个以上相互关联的小故事，故事与故事之间要有互相辉映、互相阐释的效果。

（马　维　撰写）

---

① 帕慕克. 雪［M］. 沈志兴，等，译. 上海：上海人民出版社，2007.
② 宋兆霖. 诺贝尔文学奖全集（下）［M］. 北京：北京燕山出版社，2018：1264.

后　记

　　本教材由马维主持编写，负责总体规划，设计教材总体框架和具体板块，指导写作方向，审读调整等。导论、第三章第四节、第四章第一节、第四章第四节、第四章第五节，由马维撰写；第一章第一节、第二章第一节、第三章第三节，由缪霄撰写；第一章第二节、第一章第三节、第二章第二节，由施成群撰写；第二章第三节、第三章第一节、第三章第二节，由李红营撰写；第四章第二节、第四章第三节，由李林芳撰写，马维、施成群修订。